我知道
有人在什么地方
等我

[法] 安娜·戈华达 / 著
金龙格 / 译

JE VOUDRAIS QUE
QUELQU'UN M'ATTENDE
QUELQUE PART

ANNA GAVALDA

CTS 湖南文艺出版社 HUNAN LITERATURE AND ART PUBLISHING HOUSE 博集天卷 CS-BOOKY

献给

我的妹妹马丽安娜

Le traducteur témoigne toute sa gratitude au Ministère de la Culture et de la Communication de France (Centre national du livre) de lui attribuer une bourse de séjour en France pour bien traduire cet ouvrage.

本书在翻译过程中获得法国文化部国家图书中心颁发的旅法奖译金资助，谨致谢忱。

致中国读者

我的作品被翻译成中文了，我感到非常幸福，非常开心。在此，我要感谢出版我作品的出版公司，我的译者，以及所有使这种幸福成为可能的朋友。我尤其要感谢我所有的读者，感谢你们对我的作品的关注、好奇和善意。

我希望我们能在一起度过一段温馨怡人的阅读时光。当我们爱上作品中的故事、情感以及作品带给我们的幸福的孤独时，地理上的距离和文化间的差异不复存在，我们成了相亲相爱的一家人。

——安娜·戈华达

2015年5月11日

推荐序

S E Q U E N C E

我知道有人在什么地方等我

胡小跃
（法国艺术与文学骑士勋章获得者）

《我知道有人在什么地方等我》包括十二个短篇小说，出版后风靡法国，是红极一时的畅销书。对于畅销书，我向来是比较警惕的。在这个商品和信息时代，书外的因素往往会影响我们的阅读和判断。不过，在这本书上，大家似乎达成了共识，无论是评论家、作家、记者，还是普通读者，大家都有一个共同的感觉，那就是这本书值得一读。我在巴黎时，不但有许多同行向我推荐这本书，圈外的朋友也多次跟我谈起安娜·戈华达。我记得，在一次聚会上，一位当医生的朋友说着说着就哭起来了。我知道她在书中找到了自己的影子，她也像书中的人物一样，曾经被抛弃，后来又得了癌症，多次想轻生，最后，是友情和亲情救了她。

反映普通百姓的日常生活和喜怒哀乐，正是这本书的特点之一。安娜写的都是一些下层人，职员、大兵、兽医、商场女工、小秘书，他们就像我们的朋友，我们的家人，我们的同事，我们在街上、商店里、写字楼随时都会碰到。作者在书中讲的，就是我们身边的人，身边的事，我们熟悉得不能再熟悉了。他们也说粗话，做蠢事，爱虚荣，得意时忘乎所以，让我们感到格外亲切和真实。法国还有一位写短篇小说出名的小说家，叫菲利普·德莱姆，他写的也是身边琐事，如品尝第一口啤酒，在花园里午睡等，但与安娜比起来，他显得太贵族气了，那种“采菊东篱下，悠然见南山”的悠闲和超脱的生活并不是每个人都能过上的，大部分平民百姓还得为一日三餐而奔波、劳累，甚至受气，要为尊严和人权而斗争。

生活是艰难的，充满了悲剧，然而快乐也无处不在，关键在于发现，在于你的心态。其实，真实的生活和完整的人生正是由悲剧和喜剧构成的，这也是安娜这些中短篇小说的主要内容。在她的笔下，悲喜剧往往交织在一起，而二者之间的突然转折和意想不到的结局则是作品的出彩之处，作者懂得如何在关键时刻抖出包袱，如同在相声中一样，然后戛然而止，让人回味无穷。《非自愿中断妊娠》中的女人喜悦地期盼着孩子出生，却突然在怀孕六个月时被告知胎死腹中，更不幸的是，她还得装出没事的样子，去参加别人的婚礼，一位亲戚还喜滋滋地把手放在她的肚子上，问她：“可以吗？……人家说摸一下会带来好运气……”同样，在圣日耳曼大街上邂逅的那对男女，一见钟情，然后相约烛光晚餐、共度良宵，这是典型的巴黎艳遇。然而，正当水到渠成，情到深处时，该死的手机响了，整个餐厅里的人都朝他们投来异样的目光，虽然不一定是责备，但足以破坏情趣，一件好端端的事就这样毁了。《休假》中的大兵风尘仆仆，坐了一天一夜的车，横穿半个法国回家过生日，却发现家中无人，一片漆黑，只有两条狗扑过来欢迎他。就在他沮丧到极点时，灯突然亮了，不但家人都在，还请来了他的朋友和同学，大家一起给他庆祝生日，这真是一份独特而意外的礼物。《跛》也是如此，满怀希望的业余作者被出版商召去，原以为有什么好事，谁知被泼了一盆冷水，当即瘫了，无法行走，被人抬到街上。后来作者想通了，并显得很大度，把稿子送给了坐在街边休息的一个漂亮的女人，让人意想不到的是，这个“光彩照人的年轻女子”竟是个外国游客，不懂法语。

《跛》写出了包括作者在内的许多无名作者的艰辛，安娜成名前也正是那样盼望出版社的来信，她把自己的稿子几乎寄给了巴黎的所有出版社，但没有一家给她回信，甚至连一张打印的退稿信都没有。尽管六千多万人口的法国有五百多家出版社，但一家六七人的小出版社，平均每年都会收到两千多部书稿。文学的道路实在太拥挤了！

安娜笔下的小人物，可能没有太大的出息，在生活中遇到的更多的是悲剧，失恋、失意、被抛弃、遭挫折，但安娜是乐观的，尽管生活中有种种不如意，但她的小说最后还是给人以希望。《休假》中的大兵处处都不如哥哥，但那个漂亮的女孩，昔日的同学，还是选择了他；《沙发床》中的那个地位低下的小职员最后也如愿以偿，得到了女上司的爱情；《跛》的最后，那个女孩虽然看不懂她的书，但“我的稿子今后将留在世界上最美丽的女孩的手中”，这不也很值得高兴吗？光明，是安娜的小说受欢迎的原因之一，即使是悲剧，她也是用喜剧的手法来写的，字里行间充满了幽默。生活已如此艰难，为什么还要让人读了小说心情更加沉重和沮丧呢？

我在法国的《读书》杂志上见过安娜的一张照片，她在床上和小女儿玩疯了，竟去咬女儿的脚丫子。多么快乐和纯真的女子！据说，她从小随父母从巴黎市区搬到郊区后就没有再回去，满足于生活在相对安逸的小城镇，她现在的家非常简陋，没什么东西，卧室里只有一台电视机，还没有天线，只能放录像。让人难以置信的是，一个写书人，家里竟然没有书，不是她不读书，而是不留书。她说她没有什么物欲，不想占有什么东西，因为最美好、最有用的东西都留在脑海里了。作者的第二部小说《我曾经爱过》反映出来的正是这种心态，书中的皮埃尔与女翻译玛蒂尔德擦出了感情火花，爱得热烈而真诚，但皮埃尔已有妻儿，为了不影响家庭，他们最后忍痛分手。几十年后，当了爷爷的皮埃尔把这段往事讲给被抛弃的儿媳听，为的是告诉她，最美好的东西也会有消逝的那一天，而如果你把它留在心中，你就永远不会失去它。正如我们中国的一首流行歌曲所唱的那样："不在乎天长地久，只在乎曾经拥有。"抱着这种心态，你就永远不会被情所困，为爱所伤。

不过也未必，有的爱是永远难以忘怀的，尽管那么多年过去了，它仍然让人辛酸、心痛。《许多年过去了》也许会让许多人潸然泪下。男主人公由于热衷于谈恋爱，耽误了学业，被情人抛弃了。他在悲痛之中发奋努力，事业有成，并有了美好的家庭和可爱的孩子，但他旧情难忘，常常想起初恋情人，梦想有一天能重新与她见面。12年后，梦想中的事情发生了，昔日的情人真的打来了电话。其实，她一直没有忘记他，好多次拨通过他的电话，但听见他的声音时又赶紧挂了。她甚至还跟踪了他一整天，而且也跟踪他的妻子。她尝够了寂寞的滋味，早已感到后悔，但为了不破坏他的家庭，她一直默默地克制着对他的爱。后来，她得了不治之症，在临死之前想再见见他的面容。见面的场景非常感人，他们在公园里的一张油漆剥落的凳子上坐下来，紧紧地依偎着，在寒冷中互相取暖。“她对我说：‘我要请你帮个忙，就一个，我想闻闻你。’见我没有反应，她便向我坦白说，这些年来她一直很想闻闻我的气味……她走到我的背后，把脸贴在我的头发上……鼻子开始在我的后颈窝和头上移动，从容不迫，从脖子到衣领。她吸着气……然后她松开我的领带，把衬衣最上面的两颗扣子解开，我感觉到她冷冷的鼻尖碰到我的锁骨根部……”然后，“她对我说：‘我就要走了。我希望你不要动，希望你不要回头看我。我求你了。我求你了。’”读到这样的文字，谁能无动于衷呢？

安娜的书曾在一段时间里成了我的枕边书，当然，那时还没有金龙格的译本，我读的是法文版，竟然也读得津津有味。之所以成为枕边书，一是因为篇幅短，十来分钟甚至不到十分钟就可以读完一篇；同时也因为文字浅显，明白易懂，读起来不累。法国文坛近年来常常出现一些“明星”作家，他们或是用骇人听闻的故事来哗众取宠，或是无耻地暴露自己或他人的隐私，还有的故作高深，用理论和概念来掩饰感觉的苍白和灵感的枯竭。剥掉了外衣，这些作品便剩下一具毫无生命力的干尸。而安娜的作品，简朴得几近透明，她的功底，她的实力，读者看得清清楚楚。简单而不肤浅，这是最高难度的写作，因为简单的作品不是简单地写出来的，《我曾经爱过》通篇几乎都是对话，很口语化，似乎只是日常生活中谈话的记录。然而有谁知道，安娜的那些对话，一字一句都经过精心推敲和琢磨，写完后，甚至还要朗读几遍，听听语音是否和谐，语气是否自然，每个感叹词，每个象声词都要用得恰到好处，恰如其分，因为她知道，她没有任何伪装可以掩饰，真实、自然就是她的一切，就是她的小说本身。

安娜似乎是一举成名，但我们看到的只是她的辉煌和荣耀。以安娜的性格，她不会希望我们去分担她的痛苦和泪水，但我想她一定像她书中的那个大兵一样，希望有人在什么地方等她，等着读她的书，等她的下一部书。她在法国做到了，在欧洲的许多国家做到了，在中国能做到吗？我们拭目以待。

目录 CONTENTS
我知道有人在什么地方等我

目录 CONTENTS
我知道有人在什么地方等我

目录 CONTENTS
我知道有人在什么地方等我

我知道

有人在什么地方等我

1. 圣日耳曼大街上的小艳遇 …

他把我们的衣服挂在衣帽架上，趁着还没什么事的当儿，瞅了一眼我那袒胸露肩的美妙的晚礼服，我明白他不后悔刚才刮胡子时由于双手不听使唤而在下巴上留下那道伤痕。

又要写圣日耳曼德佩区[①]吗？！……我就知道你们会这样对我说：“我的上帝啊，这也太落俗套了吧，亲爱的，萨冈[②]老早就写过了，而且写得那么妙趣横生！”

这个嘛，你们不说我也知道。

可是你们要我怎么样？……如果是在克利希大街[③]上，我不能肯定这一切会不会发生在我身上，事情就是这样。这就是生活。

你们还是把自己的想法放一放，先听我说吧，因为我的小手指告诉我，我的这个故事会让你们的心里乐开花的。

你们特别爱看那种言情小故事，当有人向你们描述那种令人神往的

---

① 圣日耳曼德佩（或译圣日耳曼草场）修道院位于巴黎6区，是建于6世纪的一座本笃会修道院。周围的区域被称为圣日耳曼德佩区，属于拉丁区的一部分，是人们聚会的重要场所，拥有许多著名的咖啡馆，比如花神咖啡馆和双偶（或译双叟）咖啡馆，正对面则是利普啤酒屋，该区曾是萨特和波伏瓦从事存在主义运动的中心。——本书脚注均为译者所加

② 弗朗索瓦丝·萨冈（1935—2004），法国女作家，代表作《你好，忧愁》。

③ 位于巴黎9区和18区间的一条大道，汇集了很多声色场所，红磨坊就坐落在82号。

夜晚，那些男人要你们相信他们是单身汉，而且显得有些郁郁寡欢的时候，那会把你们的心撩得痒痒的，让你们感到很惬意。

我知道你们喜欢这样的故事。这很正常，你们总不能坐在利普啤酒屋或双偶咖啡馆里读禾林小说吧。很显然，你们不能这样。

言归正传，那天早上，在圣日耳曼大街上，我与一名男子不期而遇。

当时我正往上走，他则往下走。我们都在双路牌号的那一边，最高雅的那一边。

我看见他远远走来。我不知道，也许是他那有气无力的步态，也许是在他前面随意摆动的外衣的下摆……反正，在离他还有二十米远时，我就已经知道我不会错过他。

果不出我所料，当他走到我旁边时，我发现他正一个劲地盯着我看呢。我朝他投了一个淘气的微笑，就像丘比特射出的箭一样，但我显得比较矜持。

他也冲我微微一笑。

我继续往前走，脸上依然挂着微笑。我想起波德莱尔的那首诗——《致一位过路的女子》(刚才已经提到了萨冈，你们明白我爱旁征博引了吧！！！)。我放慢了脚步，因为我在想那首诗……“颀长，纤细，穿着丧衣……”后面是什么我记不起来了……后面……“一位女子走过，那只戴着奢华饰物的手，提起并摆动花边裙摆……”结尾是……“噢，我也许已经爱上你，噢，你早已知悉。”

每一次想到这首诗，我都有一种受打击的感觉。

而在这个时候，我对天发誓我说的是实话，我感觉到那个圣塞巴斯蒂安[1]的目光一直落在我的后背上（啊，又一个与箭有关的典故，该一如既往地引经据典，不是吗？！），我的肩部有一股美妙的暖流，可我宁死也不会回头，因为那会把波德莱尔的诗给糟蹋了。

我在人行道边停了下来，准备等车流过去后，再从圣父街那里过街。

有一点应该明确，一个自重的巴黎女人在圣日耳曼大街上遇到红灯时，是绝对不会去走斑马线的。一个自重的巴黎女人对潮水般的车流很警惕，往前冲时明白自己是在冒险。

为保罗・卡时装店的橱窗而死，死而无憾。

我正准备往前冲时，一个声音把我喊住了。我不会为了取悦你们夸口说这是一个“激昂雄浑的声音”，因为实际情况并不是这样，仅仅是一个声音。

“抱歉……”

我转过身。呵呵，你们猜猜是谁在那里？……是我刚才碰到的那个可口的猎物。

我可以马上告诉你们，从这一刻起，波德莱尔完蛋了。

“我刚才在想，您会不会答应今晚和我一起共进晚餐……”

我心里想的是“这多浪漫呀……”，但我嘴上却说：

“这也稍微快了一些，不是吗？”

他立即对我的话做出回应，我向你们保证这是真的。

---

① 圣塞巴斯蒂安（256—288），基督教圣人和殉道者。在艺术和文学作品中，他常被描绘成双臂被捆绑，被乱箭射死。

“我同意您的说法，这是快了点。但是，看着您远去的背影，我心里直犯嘀咕，这太蠢了，我在大街上碰到一个女人，我朝她笑，她也朝我笑，我们擦肩而过，眼看着就要失去对方，这太蠢了，不只是蠢，真的，甚至很荒唐。”

“……”

“您是怎么想的？我这么说，您是不是觉得很可笑？”

“不，不，一点也不。”

我开始觉得有点不对劲，我……

“怎么样？……您认为这个主意怎么样？就约在这里，今晚，待一会儿，九点钟，就定在这个地方，可以吗？”

不要头脑发热，我的大小姐，假如你必须同所有你朝他笑过的男子吃晚饭，那你有多少难题要解决啊！……

“给我一个答应您的邀请的理由，就一个。”

“一个理由……我的上帝啊……这多难啊……”

我看着他，心里直乐。

然后，他突然拉住我的手，对我说：

“我觉得我找到了一个比较合适的理由……”

他把我的手放在他那没有刮过胡子的脸颊上。

“这就是理由。答应我的邀请吧，给我一个刮胡子的机会……说真的，我刮过胡子后会更精神。”

然后，他把我的胳膊放下。

“好吧。”我说道。

“那真是太好了！现在我们一起过街吧，您请，我不想现在就失去您。”

这一次是我目送他朝另一个方向走去，他一定像一个谈妥了一件事情的男孩一样兴奋地搓着双颊。

我敢肯定，他对自己满意得不得了。他有理由这样。

到了傍晚时分，我有些紧张，我必须承认这一点。

自己引火烧身，都不知道穿什么衣服好，看来非穿防火服不可。

有些紧张，就像第一次谈恋爱的女孩，头发都没吹出型。

有些紧张，就像要开始一段爱情故事。

我继续工作，接听电话，收发传真，为美编完成装帧设计方案。（等一等，显而易见……一个在圣日耳曼德佩那个街区收发传真的活泼可爱的女孩一定是在出版社工作，显而易见……）

我的手指最后一节指骨都僵硬了，别人跟我说什么我都叫他再重复一遍。

深呼吸，我的小乖乖，深呼吸……

黄昏时分，喧嚷的街道渐渐平息下来，汽车都放慢了速度。

咖啡店的服务生开始把桌子往回搬，有一些人在教堂前的广场上等人，还有一些人在美视电影院前排队，准备看伍迪·艾伦的新片。

从情理上讲，我不能先到。不能。我反而应该晚一点到。让人家对我有一些小小的期待会更好一些。

于是我先去喝一杯提神饮料，让僵硬的手指活活血。

不去双偶咖啡馆，一到晚上，那里就俗不可耐，只有一些体态臃肿的美国女人在那里守候西蒙娜·德·波伏瓦的灵魂。我去了圣贝诺瓦街。那里有家名叫西吉托的餐吧非常合适。

我推开餐吧的门，扑面而来的是啤酒和香烟混在一起的味道，电动弹子的叮当声；正襟危坐的老板娘把头发染得五颜六色，穿着可以看见里面的大框架乳罩的尼龙衬衣。背景音是晚上在万森赛马场的赛马实况转播，几个穿着肮脏工装裤为了排遣寂寞或者躲避老婆的泥瓦工，还有一些手指头被熏黄的老顾客，他们是附近的老住户，交的是1948年法律规定的房租[①]，让所有的人都心烦。来得真是时候啊。

坐在吧台边的人时不时地回过头，像中学生一样扑哧扑哧地笑着。我的双腿伸在过道上，特别颀长。过道十分狭窄，我的裙子非常短。我看见他们拱起的背部一阵一阵地抖动。

我点了一支烟，把烟雾吐得很远。我茫然地望着前面。我现在知道是那匹名叫“美好时光”的马在最右边的跑道上赢得了比赛，赔率是十比一。

我想起来了，我的包里有《我与肯尼迪》那本书，我问自己是不是不待在那里会更好一些。

来一碟扁豆咸肉片和半壶玫瑰红葡萄酒……那我该有多爽啊……

可我冷静了下来。你们在那里，在我的身后，渴望和我做爱。（我说的不全对，但你们多多少少有一点想法吧？）我不会抛下你们，让你

---

① 1948年9月1日，法国颁布《关于为保护承租人而对竣工房屋所有人设立公共秩序义务的法律》。法律维护承租人的利益，规定了房租的最高限额，还为承租人创设了一个无限期的续租权，限制房屋所有人的房屋收回权。

们和西吉托的老板娘在一起的。那样令人难以接受。

我从咖啡店走出来时，脸颊绯红，寒风吹过，两腿冷得像被鞭子抽一样。

他在那里，在圣父街的拐角处，他在那里等我。他看见我，朝我走过来。

"我刚才很担心。我以为您不会来了。我对着一面玻璃橱窗看了看，我很喜欢自己刮得光溜溜的脸颊，然后我就好担心。"

"我很抱歉。我在等着看万森赛马场的赛马结果，时间就过了。"

"哪匹马赢了？"

"您也赌马吗？"

"不。"

"是'美好时光'赢了。"

"显然应该是它，我早该想到。"他微笑着挽住我的胳膊。

我们默默地走到了圣雅克街。他时不时地偷偷瞟我一眼，看看我的身段，但我知道，此时此刻他是在琢磨我穿的到底是连裤袜还是长筒袜。

耐心一点，我的老好人，耐心一点……

"我带您去一个我很喜欢的地方。"

我知道那是什么样的地方……无拘无束的服务生点头哈腰，神情狡黠地朝他笑笑："先生晚上好哇……（又换了新的呀……哎，我还是喜欢上次那个棕色头发的……）先生，还是像平常一样要最里面的那张小桌子吗？……向您敬礼（这些小娘们他是去哪里勾搭上的呀？）……您把衣服给我好吗？好极了。”

他是在大街上勾搭到的，蠢货。

但事情绝不像我所预想的那样。

他推开一家小酒店的门并把住门让我走前面，一个什么都能看明白的服务生只问了一句我们吸不吸烟。仅此而已。

他把我们的衣服挂在衣帽架上，趁着还没什么事的当儿，瞅了一眼我那袒胸露肩的美妙的晚礼服，我明白他不后悔刚才刮胡子时由于双手不听使唤而在下巴上留下那道伤痕。

我们用球形玻璃杯喝着可口极了的红酒。我们吃着很精美的菜肴，它们搭配得恰到好处，没至于糟蹋我们那玉露琼浆般的美酒。

一瓶1986年夜丘产的热夫雷-香贝丹葡萄酒[①]。酒瓶上面有一个穿着天鹅绒短裤的小耶稣像。

男子坐在我对面，眯缝着眼睛喝酒。

现在我可以更清楚地打量他了。

他穿着一件灰色的圆领羊绒衫。一件穿旧了的圆领衫，手肘处有补丁，右边手腕处有一个被钩破的洞。这也许是他二十岁的生日礼物……他母亲发现他有些失望地噘着嘴巴，忐忑不安地对他说：“穿吧，你不会后悔的……”说完她还把他搂过来亲了一下。

他穿着一件看起来没什么特别的很不引人注目的粗呢外套，由于碰

① 法国勃艮第的夜丘是个著名的酒乡，这个著名的村庄只生产红酒，并拥有九个特级葡萄园，比勃艮第其他任一村庄所拥有的特级葡萄园都来得多。它最有名的就是香贝丹（Chambertin）葡萄酒，这也是拿破仑最喜欢的葡萄酒。

到的人是我，由于我火眼金睛，我一眼就能看出这件外套是定做的。在老英格兰裁缝店，当衣服直接从嘉布遣大道的车间里出来时，衣服上的标牌通常要大一些，就在他弯腰去捡餐巾时，我看见了那个标牌。

那条餐巾他是故意弄掉的，为的是搞清楚我穿的到底是不是长筒袜，我猜想是这样。

他滔滔不绝地跟我讲了许多事情，但他从不谈他自己。每次当我用手摸自己的脖子时，他总会忘记自己讲到了哪里。他对我说："您怎么样？"我也一样，从不跟他谈我本人。

在等着上甜点的时候，我的脚碰到了他的脚踝。

他把他的手放在我的手上，然后又突然缩回去，因为果汁冰糕上来了。

他说了句什么，可声音太小，我什么也没听到。

我们都很激动。

真煞风景：他的手机这个时候响了。

整个餐厅里的人都把目光齐刷刷地集中到他身上，他赶紧把手机摁掉。他这下子毫无疑问糟蹋了许多很好喝的美酒。食客们的喉咙因为受到外来刺激，大口吞进去的酒被哽在了那里。一些人噎住了，手指紧紧地抓着刀柄或上过浆的餐巾的褶皱处。

这种该死的通信工具，走到哪里都会跟到哪里，任何时候都这样。

粗鲁无理。

他感到无地自容。他穿着妈妈的圆领羊绒衫，突然觉得浑身燥热。

他朝那些人一一点头，像是在为自己的行为深感不安。他看着我，肩膀有些塌下去了。

“真不好意思……”他依然朝我微笑，但好像没那么春风得意了。

我对他说：

“没有太大关系的。我们又不是在电影院。有朝一日，我会干掉某个人。干掉那个在看电影时回电话的男人或女人。当您在报纸上读到这样的社会新闻时，您就会知道是我做的……”

“我会知道的……”

“您看社会新闻版吗？”

“不看。不过，我准备去看，因为这样我就有机会在那里看到您。”

果汁冰糕真的，怎么说呢……真的好吃极了。

提振精神后，我这位迷人的王子在喝咖啡时坐到我身边来了。

坐得那么近，现在他可以确信了。我穿的确实是长筒袜。他感觉到我大腿根处的吊袜带的搭扣。

我知道，此时此刻，他都忘记自己姓什么了。

他撩起我的头发，吻着我的颈子，吻我颈后的小窝窝。

他对着我的耳朵喃喃细语，他说他非常喜欢圣日耳曼大街，喜欢勃艮第葡萄酒和黑茶藨子冰糕。

我亲他下巴上的小伤口。我一直在期待这一时刻的到来，我要全神贯注。

喝完咖啡，埋单，给小费，取我们的外套，所有这一切只是些可以忽略不计的小事。细枝末节，细枝末节而已。碍手碍脚的细枝末节。

我们心潮起伏。

他把我的黑色外套递给我，就在这时……

我非常欣赏他的身手不凡，我要脱帽致敬了，他的动作非常隐蔽，几乎不露痕迹，真的是计算好了，真的做得滴水不漏：他把外套披在我主动奉上的丝绸一般柔滑的光溜溜的肩膀上，趁着半秒钟的空当斜眼瞄了一眼上装里面的口袋，想瞅一眼手机上留下的信息。

我猛然回过神来。猛然之间。

这个叛徒。

这个忘恩负义的家伙。

你这个坏蛋你都做了些什么呀！！！

我的双肩这么圆润这么温馨，你的手又离得这么近，就是天塌下来你也不该心猿意马呀！

还有什么比看见我向你主动奉上的酥胸更重要的呢？

当我期待你的气息掠过我的背脊时，你怎么还让别的事情去打扰你呢？

你就不能跟我干完之后再去摆弄你那该死的破玩意吗？

我把我的外套一直扣到衣领。

到了大街上，我感到冷，我好累，心里很难受。

我叫他陪我走到第一个出租车招停站。

他慌了神。

向SOS求救吧，小伙子，你不是有那玩意吗？

他没有求救。他泰然自若。

就像什么事也没发生过一样。就像陪一个要好的女友去搭出租车一样：我搓搓她的衣袖让她暖和一点，我跟她聊着巴黎的夜景。

自始至终几乎都不失君子风度，这个我懂。

在我坐进一辆马恩河谷省[①]牌照的黑色奔驰车之前，他对我说：

“哦……我们还会见面的，对不对？我连您住在哪儿都不知道……留个地址或电话号码之类的东西给我吧……”

他从他的记事本上撕了一小截下来，草草地写下了一串数字。

“给您。第一个号码是我家的。第二个是我的手机号码，您随便什么时候都可以跟我联系……”

这一招我早料到了。

“千万不要犹豫，随便什么时候，好吗？……我等着您。”

我叫司机在街尾放我下车，我需要走一走。

我对着想象中的罐头盒狠狠地踹了几下。

我恨手机，我恨萨冈，我恨波德莱尔和所有的好色之徒。

我恨自己的矜持。

---

① 或译瓦勒德马恩省，法兰西大岛区的一个省，位于巴黎东南方。

2. 非自愿中断妊娠 ...

她在汽车上哭了很久，但有一件事她是深信不疑的：她不会把婚礼搅黄。为了别人，她自己的不幸可以再等两天。

那些想生个小宝宝的女人真蠢。真的很蠢。

她们刚知道自己有孕在身，就把爱的闸门开得大大的，没完没了地释放爱意，爱，爱，爱不完。

从此那扇闸门永远也不会关上。

她们很蠢。

她跟那些女人一样。她觉得自己怀孕了。她在设想。她想象着。她还没有百分之百的把握，但也差不了太多。

她接着等了好几天。等等看吧。

她知道药店里那种“预言家”牌验孕棒要卖59法郎。她记得怀第一个孩子的时候用过。

她对自己说：我再等两天，两天后我就做测试。

她当然没有再等。她反问自己，既然我也许，也许已经怀孕了，这区区59法郎又算得了什么？既然两分钟就能知道结果，这区区59法郎算得了什么呢?

59法郎就可以最终打开那些闸门，因为闸门后面开始有东西在爆裂，有东西在沸腾，有东西在翻滚，把她的肚子折腾得有些不舒服。

她朝药店跑去。不是平常去的那些药店，而是去了一个更隐秘的、别人不认识她的药店。她神态漠然地说：请您拿一个验孕棒，但她的心已经咚咚咚跳得很厉害。

她回到家里。她等待着。她要延长这种快乐。验孕棒就在那里，在她的背包里，背包放在进门处的家具上，至于她自己，她有点坐立不安。她控制了局势。她叠衣服。她去幼儿园接孩子。她同别的妈妈一起交谈。她春风满面。她心情很好。

她为孩子准备下午吃的点心。她往面包片上涂黄油。她全神贯注。她把舀果酱的勺子舔干净。她情不自禁地亲她的孩子。到处亲。脖子上，脸上，头上。

儿子说："妈妈，别亲了，你好烦哦。"

她把他放在一箱乐高玩具边，却待在那里不肯走。

她下了楼梯。她试图不去想她的包，可她做不到。她停下来。她拿出验孕棒。

她拿着盒子，心里有些急躁。她用牙齿撕掉包装纸。她等一下要看看使用说明。她在那东西上面淋一点尿。然后她把它装回去，就像给圆珠笔套上笔套一样。她用手握着它，还暖得很呢。

她把它放在某个地方。

她看了使用说明。要等四分钟，然后看上面的观察窗口。假如两个窗口都是粉红色的，那么太太，您的尿液里含有大量的H.C.G.（人绒毛膜促性腺激素）——假如那两个窗口都是粉红色的，那么太太，您怀孕了。

这四分钟是多么漫长啊。她去喝杯茶，边喝边等。

她用厨房里那个用来煮溏心蛋的自动定时器来计时。设定四分钟……设好啦。

她没有去乱动那个验孕棒。她喝茶时烫到了嘴唇。

她看着厨房里的那些裂缝，心里想着晚餐到底该做什么菜吃。

她不等那四分钟了，无论如何已经没必要了。已经可以看结果了。她怀孕了。

她早就知道了。

她把验孕棒丢到垃圾桶的最里面，然后用别的废弃包装纸把它盖得严严实实的。因为，这暂时是她的个人秘密。

这下子感觉好多了。

她长长地舒了一口气，她吸气。她早就知道结果了。

只是为了确认一下。现在好了，闸门都打开了。现在她可以想想别的事情了。

可她从此再也不会去想别的事情了。

观察一个怀孕的妇女，你以为她在过街，或者在工作，甚或在同你说话，那都是你的错觉。她在想自己的宝宝。

她不会向你承认，但在怀孕的这九个月中，她没有一分钟不在想她的宝宝。

我同意，她是在听你说话，可她不怎么听得进。她朝你点头，实际上她并不在乎。

她想象着胎儿的模样。五毫米，像颗麦粒。一厘米，像只小贝壳。五厘米，就像放在她办公桌上的那块橡皮擦。四个半月时，胎儿长到二十厘米，就像她张开的手那么大。

现在她的肚子里还是空空的，什么都没有。什么也看不见，可是，她经常去摸肚子。

不过她摸的可不是她的肚子，而是她的孩子。跟她摸大孩子的头发完全一样，没有分别。

她把怀孕的事告诉了丈夫。此前她想过用一大堆可能的方式把这事巧妙地告诉他。

像上台表演一样，注意说话的语调，要有双簧管、风笛伴奏的效果……可后来，她没有这么做。

她是在一天晚上在黑暗中两个人四条腿缠在一起（只是为了睡觉）的时候把这事告诉了丈夫。她对他说：我怀孕了，他听到后亲了一下她的耳朵。“太好了。”他回答。

她把怀宝宝的事也告诉了她的大孩子。你知道吗，妈妈的肚子里有一个小宝宝。是个小弟弟，或者像皮埃尔的妈妈一样是个小妹妹。到时候你也可以像皮埃尔一样推小宝宝的婴儿车。

他一边掀起她的毛衣一边问：“他在哪里？怎么还没见到宝宝？”

她在书架上翻找劳伦斯·佩尔努写的那本《怀孕指南》。那本书已经翻旧了，她把它借给她的弟媳和一位好朋友看过。

她迫不及待地翻看着插在书页中间的图片。

那一章的内容是“胎儿出生前的图片”，从“被精子包围的卵子”到“六个月：胎儿吸吮手指”。

她仔细观察那透明得可见血管的小手，还有眉毛，在有些照片上已经可以看见胎儿的眉毛。

然后，她直接翻到《我何时分娩》那一章。那里有一张图表，可以知道预产期，误差也就一两天。（“黑色数字为月经的第一天。彩色数字为大概的分娩日期。”）

照这么算，我们这个宝宝是在11月29日出世。11月29日是什么日子？她抬起头，在挂在微波炉旁边的邮政日历上搜寻着……11月29日……11月19日是圣萨图南[①]日。

圣萨图南，那可是另一码事！她自言自语地边说边笑。

她把这本书丢到了一边。她不大可能再去翻它。因为接下来的章节，怎么加强饮食营养，怎么处理背部疼痛，孕妇面部黄褐斑，孕妊纹，怀孕期间的性生活，孩子是否发育正常，分娩要做那些准备，阵痛，等等，所有这些，她都觉得有些好笑，或者不如说她不感兴趣。她有的是信心。

每天下午她都感到疲倦嗜睡，一日三餐都吃俄罗斯进口的醋腌小黄瓜。

在满三个月前，她要去妇科医生那里做第一次必要的产检。要验血，填写保偿文件，开具怀孕证明寄给雇主。

她是吃午饭时去的。她看上去很平静，实际上心里很激动。

---

① 法国图卢兹第一位基督教神职人员，圣徒。

她找到为她接生第一个孩子的大夫。

他们东扯西拉地闲聊了几句："你丈夫呢？工作怎么样？工作还顺利吗？你的孩子呢，上幼儿园了吗？那所幼儿园你觉得怎么样？"

诊断台旁边就是超声波诊断仪。她躺在台子上。诊断仪的屏幕还是黑的，可她还是禁不住想看一眼。

首先，当务之急，他要让她听胎心音。

胎儿心跳有规律，很强劲，那声音在整个房间里回荡：

"嘀嗒——嘀嗒——嘀嗒——嘀嗒——"

这傻女人，她已经热泪盈眶了。

然后大夫让她看胎儿。

一个非常非常小的小家伙手脚都在动。十厘米长，四十五克重。可以清楚地看见他的脊柱，椎骨有几根数都数得出来。

她的嘴巴必然张得大大的，但她什么也没说。

大夫在打趣。他说道："哈，我敢肯定，所有最爱叽里呱啦的女人看了都会说不出话来。"

当她重新穿衣服时，他则在准备一份小材料，里面有超声波检查仪打印出的图片。等会儿，当她坐进汽车，发动汽车前，这些图片她要看好久的，她要把它们铭记在心，这个时候旁人是听不见她的呼吸声的。

一周接一周，时间飞逝，她的肚子越来越大。她的乳房也跟着变大。现在她要戴95C号的胸罩。真是不可思议。

她到妇婴店去买合适的衣服。她在那里大手大脚花了不少钱。她选了一条非常漂亮但也价格不菲的孕妇裙，准备8月底参加表妹的婚礼时穿。一条从上到下都缀满螺钿纽扣的亚麻裙子。她犹豫了好久，因为她不能确定自己今后还会不会要孩子。这么一盘算，这条裙子显然有些贵……

她在试衣间里琢磨着，那账算来算去都算不清楚。当她走出试衣间，手上挽着裙子，脸上流露出拿不定主意的表情时，女售货员对她说："让自己开心一下吧！我同意，这穿不了多久，可穿上它心情多愉快啊……再说吧，一个怀孕的女人是不应该有压抑情绪的。"她说这些话的时候，语气中有些嘲讽的味道，可再怎么说她也是个很出色的销售员。

她提着这个不理性的大包走在大街上的时候，心里还在想那件事。她好想撒尿。正常现象。

再说啦，那场婚礼对她很重要，因为她儿子要当小傧相。这理由很可笑，可她特别开心。

还有一个总不大好开口的问题是胎儿的性别。

是男孩还是女孩，到底问还是不问？

快到五个月做第二次超声波检查的时候，是男是女就会一清二楚。

在工作方面，她有一大堆恼人的问题要解决，每两分钟就有一个决定要做。她做了一个又一个决定。她拿别人薪水就得替别人干活。

可是自己的问题，她不知道如何决断。

头一个孩子，她是问过医生的，这没错。可这一回，是男是女，她又无所谓得很。无所谓得很。

算了，她不问了。

"您肯定不想知道吗？"大夫问。这下她又没主意了。"您听好，我什么也不告诉您，您自己亲眼看一下，看看是不是看到什么东西了。”

他在她那抹过润滑膏的肚皮上慢慢地移动探头。有时，他停下来，测量一下，点评一下，有时他笑吟吟地移得很快，最后他说：好啦，您可以起来了。

“看到了吗？”他问道。

她说她怀疑是，但她拿不准。“怀疑什么？”哦……她相信看到了一个能证明是男孩的东西，不是吗？……

“啊，我可不知道。”他噘着一张贪婪的嘴回答道。她好想抓住他的白大褂猛摇他，好让他说出实情，可她没那样做。留个惊喜吧。

到了夏天，挺着个大肚子，实在是热。更别提晚上了。睡眠很不好，没有一个睡姿舒服，可也只能这样了。

表妹举办婚礼的日子临近。家里的气氛越来越紧张。她说她负责准备鲜花。这项工作对于像她这样的“鲸鱼”来说真是合适极了。她将被安排在正中间，小男孩们则把她要的东西递给她，她将尽可能地插出最美的花束。

眼下，她忙着跑鞋店，找那种“前面封口的白凉鞋”。新娘很希望所有的人都穿同一式样的鞋子。你可以说这是一种习俗。8月底已经不可能找到白凉鞋了。“太太呀，我们现在都在准备返校学生穿的鞋子了。”最后，她总算找到一双不怎么好看而且还大了一码的鞋子。

她看着她的大孩子脚上穿着新皮鞋，身着百慕大短裤[①]，短裤的皮带

① 一种紧身齐膝短裤。

攀上佩着木剑，在鞋店里的镜子前面摆出一副不可一世的样子。对他来说，那可是一双带激光环、可以穿越银河系的星际鞋，这一点是没有任何疑问的。她觉得他穿着那双可怕的鞋子真是帅极了。

突然，她的肚子里面重重地挨了一脚，是从里面踢的。

以前她感到肚子里有震动，有震动突然停止，有什么东西在，而这是她第一次清清楚楚、毫不含糊地感觉到。

“……太太？太太？……不要别的东西吗？……”

“是的，当然，请原谅。”

“没关系的，太太。你呢，小朋友，你想要个气球吗？”

礼拜天，丈夫在家里修修弄弄。他整理一个以前用来存放衣物的小房间。他常常叫他的弟弟来帮他一把。她买好啤酒，每时每刻都在准备呵斥小家伙，叫他不要去他们那里捣乱。

睡觉前，她终于有空翻阅装潢杂志，以便得到一些启发，反正又不急。

他们没有谈给孩子取名字的事，因为他们的意见并没有真的达成一致，而且夫妻俩都知道，到最后名字都是由她定……有什么讨论的必要呢？

8月20日星期四，她得去做第6个月的产检。好烦哟。

在筹备婚礼的日子里去做产检真不是时候。尤其是这一天新郎新娘一大早去了兰日，带回来的鲜花堆积如山。大家只好临时征用两个浴缸和孩子的塑料游泳池来放花。

接近下午两点钟的时候，她放下整枝剪，摘下围裙，告诉家人小家伙在那间黄色的房间里睡觉。假如在她回来之前他就醒了，“你们能不能把下午的点心拿给他吃？”还有，不会的，她不会忘记买面包、强力胶和酒椰回来。

她洗了个淋浴，然后把她的大肚子挪到汽车的方向盘后面。

她摁着收音机开关，心想终于出来了，休息一下也不赖，因为那么多女人围着一张桌子，手一刻也停不下，人多是非也多，各种各样的是是非非。

候诊室里，已经有另外两个孕妇在等着。在这种情况下，最有意思的事情就是根据她们肚子的形状猜她们怀孕几个月了。

她翻着一本老早出版的《巴黎竞赛画报》，那时约翰尼·哈立戴①还和爱德琳在一起。

她进去后，医生和她握手：“您好吗？”“谢谢，蛮好的，您呢？”她放好包，坐了下来。他在电脑上敲着她的名字。他现在知道她停经多少周了，以及相关信息。

然后，她开始脱衣服。她量体重时，他在桌子上摊开一张纸，然后给她量血压。他准备用超声波快速检查胎儿的心跳。检查一结束，他就回到电脑前面补充一些资料。

妇科医生都有个独特的诀窍。当孕妇把脚后跟放在手术台的搁脚架上时，他们会向她提一大堆预想不到的问题，好让她忘记那种不大雅观的姿势，哪怕只是一小会儿。

---

① 约翰尼·哈立戴是法国家喻户晓的摇滚歌星和演员，曾因卓越贡献被法国总统授予骑士勋章，主演的影片有《火车上的男人》等。

有的时候他们的方法起一点作用，但大多数时候是不奏效的。

这时，大夫问她是否感觉到胎动，她回答说以前是的，可现在动得没那么频繁了，她的话只说到一半，因为她发现他没在听她说话。很明显，他已经明白是怎么一回事了。他摆弄着仪器上的所有按钮转换功能，可他已经明白了。

他换了一种方式监测，可他的动作突然很猛，他的脸也一下子变得十分苍老。她用前臂撑着直起身子，她也明白了，但她还是问了一句："出什么事了？"

他对她说"您去把衣服穿好"，仿佛他没听见她的问话，她接着又问了一遍："出什么事了？"他回答说："出问题了，胎儿已无生命体征。"

她重新穿上衣服。

她回到医生这边坐下来，一言不发，脸上什么表情也没有。他在键盘上敲了好一阵子，与此同时，他还打了几个电话。

他对她说："我们要一起熬过一段不怎么有趣的时刻。"

她暂时还不知道对这样的一句话做何感想。

"不怎么有趣的时刻"，他想说的也许是要抽成百上千次血，使她的手臂上千疮百孔，或者是第二天要做超声波检查，查看屏幕上的影像，检测来检测去，以便把他永远也搞不清楚的东西搞个水落石出。要不"不怎么有趣的时刻"就是礼拜天晚上会有急产，搞得那个值班医生"又"被炒醒后老大不高兴。

是的，这些想必就是他所说的"不太有趣的时刻"，分娩时伴随着痛苦，没有麻醉，因为太晚了。痛得那么厉害，上面在吐，下面却不能按医生的指示用力。看着丈夫在一旁爱莫能助、笨拙地抚摩着你的手，最后，终于出来了，是个死东西。

要么，“不怎么有趣的时刻”是指第二天肚子空空地躺在病房里，听到隔壁房间里有个婴儿在啼哭。

她唯一百思不得其解的是他为什么要说“我们”要在一起熬过一段不怎么有趣的时刻。

现在，他依然在填写材料，他用鼠标点击了一下，说起到巴黎什么什么中心去解剖分析胎儿，可她已经好久没在听他说话了。

他对她说：“我欣赏您的冷静。”她什么也没说。

她是从后面的那扇小门出去的，因为她不想再从候诊室里穿过。

她在汽车上哭了很久，但有一件事她是深信不疑的：她不会把婚礼搅黄。为了别人，她自己的不幸可以再等两天。

星期六，她穿上了那件缀满小螺钿扣的亚麻裙。

她给她的儿子也换了衣服并拍了照，因为她知道这么一套小少爷方特罗伊[①]牌服装，他不会穿太久。

在去教堂之前，他们先在诊所停留，她在别人的高度监视下，拿到一种可怕的药片，这种药片可以打掉所有的胎儿，不管是想要的还是不想要的。

她朝新郎新娘撒了一些米。她走在耙得很平的砾石小路上，手上端

---

① 作家弗朗西丝·霍奇森·伯内特的儿童小说《小少爷方特罗伊》（又译《小勋爵》）中的小主人公，心地善良，惹人喜爱。

着一杯香槟酒。

当她看见她的小少爷方特罗伊在那里大口大口地喝可乐时，她皱起了眉头，她还担心那些花。她还跟其他人客套，因为是在这种场合，在这种时刻。

一个不知从什么地方钻出来的长相迷人的年轻女子走到她身边。她不认识，肯定是新郎那边的客人。

那女人完全出于本能地把手平贴在她的肚子上说：“可以吗？……人家说摸一下会带来好运气……”

你希望她怎么做呢？她努力地挤出一个微笑，显然只能这样。

3. 这个男人和这个女人 …

他们听着FIP音乐台。FIP真好，播放的是大家都能欣赏的古典音乐，全世界的能让人心情舒畅的音乐，以及非常简短的新闻报道，让悲伤在汽车里面几乎没有容身之地。

这个男人和这个女人坐在一辆从国外进口的汽车里。这辆汽车花了32万法郎，但奇怪的是，在汽车特约经销商那里，让这个男人犹豫不决的并不是汽车的价钱，而是要上缴的税金。

右边化油器的喷嘴不是很通畅。这让他非常窝火。

礼拜一，他会叫他的秘书给萨罗蒙打电话。他想了片刻女秘书的乳房。秘书的乳房非常小。他从不和他的秘书上床。这种事俗不可耐，而且在这个时代做这样的事会让我们损失很多钱。反正，自从有一次打高尔夫球时他和昂托瓦纳·赛出于好玩计算各自的赡养费后，他就再也没欺骗过他的妻子。

他们俩朝他们的乡间别墅驶去。那是位于昂热附近的一座非常漂亮的农场，面积非常大。

他们买这座农场的价格极其低廉。不过，他们在装修上……

所有的房间都镶了细木护壁板，那座壁炉是他们在一家英国人开的古董店里一眼就相中的，他们请人把壁炉上的石块一块块地拆下来，再在家里一块块地砌好。窗户上挂的是很厚实的窗帘，用束带束起。厨房里现代化的设备一应俱全，有缎纹的抹布，灰色的大理石案台。每间卧室都配有浴室，几乎没什么家具，但仅有的家具都是货真价实的古董。墙上挂着19世纪的版画，但画框过于宽大，镀了过多的金粉，画上画的主要是狩猎的情景。

所有这一切给人的感觉有点像暴发户，幸好他们自己并没有意识到这些。

男的穿着休闲服，一条老粗花呢裤子，一件天蓝色的圆领羊绒衫，那是他妻子送给他的五十岁生日礼物。他的皮鞋是约翰·罗布牌的，他到死也不会更换这种牌子的。他的袜子当然是苏格兰丝袜，把他的整个腿肚都罩住了。当然要这样打扮。

相对来说他开得很快。他边开边想问题。到了那里后，他要去跟看管农场的人谈产权、护理、山毛榉的修剪、偷猎等问题……他讨厌这种事。

他也讨厌感觉到别人不把他说的话当回事，农场上的那两个家伙就是这样，星期五上午拖着脚步开始上工，因为雇主晚上就要来了，要给他一个他们已经动过工的印象。

他也许应该把他们轰走的，可是，这个时候，他真的没有闲工夫处理这等破事。

他很累，他的合伙人让他心烦，他几乎不和老婆做爱了。他的汽车风挡玻璃上满是蚊虫，右边的化油器喷嘴不好使。

那女的叫玛蒂尔德。她长得很漂亮，可在她的脸上看到的却是她对生活的厌弃。

她丈夫欺骗她时她都知道，她也知道现在他不再做那种事了，问题仍旧出在钱上。

她就像一个死了的人一样，在这种没完没了的周末往返中她总是非常沮丧。

她想她从来没被爱过，她想她没有孩子，她想到女管家的小男孩，名叫凯文，一月份就要满三岁了……凯文，多么难听的名字！假如她有个儿子，她会叫他皮埃尔，就像他爸爸一样。她想起当她说要收养小孩时的那一幕可怕的情景……可她也想起了那天在切瑞蒂时装店的橱窗里瞥见的那套绿色的西裙套装。

他们听着FIP[①]音乐台。FIP真好，播放的是大家都能欣赏的古典音乐，全世界的能让人心情舒畅的音乐，以及非常简短的新闻报道，让悲伤在汽车里面几乎没有容身之地。

他们刚刚过了收费站。他们之间没有说过一句话。他们还有很长一段路要走。

---

① 法国巴黎广播电台France Inter Paris的缩写。

4. 欧宝汽车 …

我跟她说我的心就像一个硕大的空袋子，里面可以装下一个巨大的市场，可是里面什么都没有。

就像你所看见的一样，我正走在欧热那-戈农大街上。

真是一言难尽啊。

什么，不是开玩笑吧？你不知道欧热那-戈农大街？稍等，你没骗我吧？

那是一条两边都是磨石粗砂岩小房子的大街，房子都带了小花园，种着草坪，安放了锻铁做的双人安乐椅。默伦[①]最有名的欧热那-戈农大街。

绝对不会不知道！怎么会不知道默伦……默伦的监狱，默伦产的名气可能会越来越大的布里干酪，还有默伦的火车事故。

默伦。

用橘卡坐地铁到第六圈。

我每天好几次取道欧热那-戈农大街。总共有四次。

---

① 法国法兰西岛大区的一个市镇，塞纳-马恩省的省会。

我去大学上课，我放学回家，我吃午饭，然后我再去学校，然后又从学校回家。

一天下来，我累得筋疲力尽。

当然，我看上去并不显得那么累，但我自己心里有数。我每天四次路过欧热那-戈农大街，去法学院上课，十年间要通过无数次考试，为的是从事一份我不喜欢的职业……年复一年地学民法、刑法，复印讲义，看文章，背全段的第一行要点，阅读要多少有多少的达洛滋出版社出版的法学书籍。而所有这一切，老实说，就是为了一份我已经厌倦了的职业。

平心而论，你们觉得像我这样一天下来是不是会筋疲力尽?

那么，回到我刚才的话上来，正如你们所看见的一样，我已经是一天之中第三次走在欧热那-戈农大街上。我吃完午饭后，迈着坚定的步伐，朝默伦法学院走去，哈哈。我点了一支烟。抽吧，我告诉自己，这是最后一支了。

我低声地冷笑着。不知这是不是今年第一千次说最后一支……

我沿着那些磨石粗砂岩小房子往前走。“玛丽-泰莱兹别墅”“我的至福”“安乐窝”。春天到了，我开始消沉，非常严重。不是得了那种抑郁症，我会让自己挤出几滴鳄鱼的眼泪，吃点药，没有什么食欲，等等。

就像每天四次穿过欧热那-戈农大街上一样。这让我筋疲力尽。你们就设身处地地为我想想吧!

“可我看不出这跟春天有什么关系……”

别着急。春天，小鸟在杨树新发的枝丫上叽叽喳喳地叫个不停。晚上，公猫发出下地狱般凄厉的尖叫，塞纳河上公鸭追逐母鸭，此外还有那些谈恋爱的人。你可不要跟我说你看不到那些情侣。到处都是他们的身影。没完没了的接吻，吻出许多口水，牛仔裤下面的那根又粗又硬的棍子，手摸过来摸过去，所有的椅子都被他们霸占。这样的情景让我发疯。

让我发疯。就是这样。

“你在嫉妒吗？你是不是没有恋爱谈啊？”

我？我嫉妒？没有恋爱谈？不不不不不，瞧你说的……你真会开玩笑。

…… ……

别胡说八道了。我怎么会嫉妒这帮笨蛋，他们为了满足自己的欲望让所有的人都心烦。胡说八道。

…… ……

就算我真的嫉妒又怎么样呢！也许看不出来吧？你要不要戴上眼镜瞧一瞧？你难道看不出来我在嫉妒吗，我都嫉妒得要死，你看不出我没人爱吗……

你看不出来吗？那好，那我要问了，你自己需要什么……

我就像布雷德谢[1]笔下的一个人物：一个女孩坐在一张凳子上，脖子上挂着一块牌子，上面写着：“我想要爱”，眼泪像泉水一样从眼睛两边射出来。我从那个小女孩身上看到了我自己。我说的是一幅画。

噢不，我现在不在欧热那-戈农大街上（我还是有自尊的），我在普拉摩。

---

① 法国女漫画家，生于1940年。

关于普拉摩，那不难想象，因为它遍地都是。大型商场，琳琅满目的服装，价钱不是很贵，质量平平，应该说质量还过得去，否则我很有可能会被炒鱿鱼。

我在那里打小工。我的零花钱，我的香烟，我的速溶咖啡，我晚上逛酒吧舞厅，我的精制内衣，我的娇兰香水，我挥霍在化妆品上的钱，我的袖珍书，我的电影票，总之，一切开销都要靠那份小工。

我讨厌在普拉摩做事，可是没有这份工作我的日子怎么过呢？我就得用大老远都能闻到的臭烘烘的劣质化妆品，就得到默伦的音像俱乐部去租影碟看，就得在市立图书馆的读者建议本上登记吉姆·哈里孙[①]的最新作品，要过那样的日子吗？不，我死也不会那样过，宁可在普拉摩打工。

而且，思来想去，我还是宁可跟店里的那些胖女人在一起鬼混，也不愿意去麦当劳闻那种烧焦的肉油味。

问题出在我那些同事上。你们也许会说，小姐呀，到哪里都有与同事相处的问题。

我同意你们的观点，可是你们认识玛丽琳娜·玛尔香蒂斯吗？没开玩笑，她是普拉摩默伦市中心店的经理，而且她真的姓玛尔香蒂斯[②]……命中注定啊。

不，你们当然不认识她，可是呀，她是法国所有普拉摩连锁店的女经理中最……最会经理的一个。而且她很粗俗，实在是俗不可耐。

---

① 美国作家、诗人，生于1937年。

② 法语中，商品（marchandise）与玛尔香蒂斯（Marchandize）同音。

我简直说不出口她有多俗。她长的那副样子还不是很俗，尽管她是黑人血统，尽管……她腰上别着手机的样子可以把我杀了……不，她是俗到骨子里去了。

而骨子里的俗是难以言表的。

你们看看她是怎样跟她的员工发号施令的。态度非常差劲。她把上嘴唇翘得老高，她一定觉得我们特别特别笨。我的情况还要糟糕，因为我是个知识分子，我不会犯她那么多的拼写错误，这一点着实让她恼火。

Le magasin sera fermer du 1 au 15 Août.①

等一等，我的大经理……有个小问题。

从来没人教过你用一个第三组动词替换吗？你那头发染成浅色的小脑袋瓜里想的肯定是这些事："本店8月1日至15日被咬被砸被抢。"你看看，这并不复杂，这个就叫过去分词！这并没有多么复杂……？！

噢，瞧瞧她是怎么瞪着我的。她马上把那块告示牌重写了一遍：

本店的停止营业从8月1日到15日。

我感到心花怒放。

当她跟我说话时，她的上嘴唇纹丝不动，可她要为此付出代价。

记住我除了要耗费精力对付我的经理外，别的我都应付得不错。

随便一个什么样的顾客交到我手上，我都能把她从头到脚打扮好，

① 法语"本店将于8月1日至15日停业"，句子中动词fermer应变为过去分词fermé。

连配饰都不会落下。为什么我有这种本事?因为我注意观察她，在给她提建议之前，我先要观察她。我喜欢观察别人，尤其是女人。

即使在最丑的女人身上，你也可以发现她的亮点。最起码她有把自己打扮得漂亮一点的愿望。

“玛丽安娜，我不是在做梦吧，紧身连衣三角裤还躺在仓库里。是不是应该拿出来了……”什么事都要别人吩咐，简直令人难以置信。

这就去，这就去。总算。

我想要爱。

周六晚上，疯狂的周六晚上。

弥尔顿是默伦的牛仔酒吧。我和我的一帮伙伴在一起。

幸亏有她们在。她们娇美可爱，她们笑得很疯，跟她们在一起很安全。

我听见停车场上高尔夫跑车车轮的摩擦声，轻型哈雷摩托车放屁一样的噼噼啪啪声和奇宝打火机的啪嗒声。有人送上一杯非常甜的迎宾酒，他们为节省汽酒一定在里面放了太多的石榴汁。不过石榴汁嘛，众所周知，女孩子特喜欢……我问自己在那里凑什么热闹。我情绪低落，眼睛胀痛。幸亏我戴了隐形眼镜，在烟雾中，什么都看得一清二楚。

“喂，玛丽安娜，你好吗？”一个体态丰腴的女孩问我，她是我高中毕业班的同学。

“你好！”……走上前去互亲脸颊四次。“还好。很高兴再次见到你，已经有很长时间了……你去哪里了？”

“别的同学没告诉你吗？我在美利坚合众国，等一等，你怎么也不会相信，绝妙的计划啊。洛杉矶，一栋小木屋，你甚至都想象不出来。

游泳池，‘极可意’水力按摩浴缸，超漂亮的海景。还有，在一些酷毙了的人家里见到的那种爽死人的东西，他们绝对不是你见到的那些过分拘礼、缩手缩脚的美国人。啊，太过瘾了。”

她摇着挑染过的加利福尼亚头发，显示出她对美国的无限留恋之情。

“你没见到乔治·克鲁尼[①]吗？”

“你等等……你干吗问我这个？”

“没，没什么。我原以为你还见过乔治·克鲁尼呢，只是问问而已。”

“你真不友好。”说完，她到别的更老实的女孩面前讲述她在美国人家里不要酬劳地干活但享受免费吃住的经历。

咦，看看是谁来了……好像是野牛比尔[②]。

一个非常消瘦、喉结突出、蓄着很考究的山羊胡——这全都是我喜欢的——的小伙子凑近我的乳房，企图与它们有所接触。

那位硬汉：“我们是不是在什么地方见过？”

我的乳房：“……”

那位硬汉：“没错！我现在记起来了，万圣节前夕[③]在‘车库’那里不是你吗？”

---

① 乔治·克鲁尼是美国华纳兄弟影业公司的签约演员，因在《急诊室的故事》中扮演儿科大夫而一举成名，主演的影片有《夺金三雄》《永远的蝙蝠侠》等。

② 在哥伦布初到北美时，那里生活着大群的野牛，多达6000万头，最大牛群可宽达40公里，长达80公里，牛群的场面恢宏壮观。19世纪，随着移居北美的欧洲牛仔对大草原的开发，特别是铁路通过大草原后，便开始大肆枪杀野牛，因为庞大的牛群常常阻碍火车运行。一个外号叫“野牛比尔”的枪手，在18个月中就枪杀了4000头野牛，于是他成了牛仔中的英雄，威名远扬。在美国甚至美洲的一些影视片中，常有“野牛比尔”（Buffalo Bill）这个名字出现。

③ 10月31日夜。

我的乳房："……"

那位硬汉并不气馁："你是法国人吗？你听得懂我在说什么吗[①]？"

我的乳房："……"

于是，"野牛"抬起头来。"哦，你看见了吗……我有一张脸。"

他捻了捻山羊胡子，有一种挫败感（吱啦，吱啦，吱啦），好像陷入沉思的深渊里。

"你是哪里人？[②]"

哇哇哇哇，野牛！你讲的是哪里的牛英语啊？

"我是从默伦来的，住在火车站广场4号，我愿意马上就告诉你，我的胸罩里没有安装无线对讲机。"

吱啦，吱啦……

我必须出去了。我什么也看不见了，他妈的隐形眼镜，真讨厌。

而且，你也开始爆粗口了，我的大小姐。

我走出来，到了弥尔顿前面，我很冷，我像个婴儿一样哭了起来，我想去到任何地方，就是不愿待在这里，我问自己怎么回家，我抬头看天空，甚至没看见一颗星星。于是，我哭得更厉害了。

遇到这样的情况，快要身陷绝境的时候，我所能做的最明智的事……就是叫我的姐姐。

丁零，丁零，丁零……

"喂……"（黏糊糊的声音）。

---

① 原文为英语。
② 原文为英语。

“喂，我是玛丽安娜。”

“几点钟啦？你在哪里？”（生气的声音）

“我在弥尔顿，你能来接我吗？”

“出什么事了？你怎么了？”（着急的声音）

我再次问：

“你能来接我吗？”

停车场最里头有辆汽车的前大灯在朝我闪。

“快过来上车，我的大小姐。”姐姐对我说。

“你居然穿着奶奶的睡衣来这里！”

“告诉你，我可是以最快的速度过来的。”

“你居然穿着奶奶的透明内衣来弥尔顿！”我一边说一边捧腹大笑。

“首先一点，我不会穿着这身衣服下车；第二点，这衣服不是透明的，而是透光的，在普拉摩没人教过你这些吗？”

“可是，如果你的车子没油了怎么办？而且，在附近，肯定有一些对你死缠烂打的人在盯着你……”

“指给我看看……在哪里？”（她来精神了。）

“你瞧，那边，那不是‘特福不粘锅[①]’（T-fal）吗？他在那里不是偶然的吧？”

“你让开一点……哦，真的，你说的有道理……我的天啊，瞧他长得多丑，他比以前还要丑。他现在开的是什么车？”

① 法国著名的不粘锅品牌。

“一辆欧宝。”

“啊！我看见了，车后面的风挡玻璃上粘贴了‘The Opel touch’几个字……”

她看着我，我们都快笑死了。我们在一起，我们大笑不止：

一、笑有这么巧的事；

二、笑“特福不粘锅”（因为他特别不粘）；

三、笑他那辆按他自己的要求改装过的欧宝汽车；

四、笑他用羊皮袄做的方向盘；

五、笑他周末才穿的珀菲克多牌羊皮夹克[1]，以及他妈妈费了九牛二虎之力终于用熨斗在他的李维斯501牛仔裤上烫出来的那条无懈可击的褶子。

我们笑得好开心。

我姐姐开着那辆中产阶级开的汽车，车轮在弥尔顿停车场的地面上发出尖叫声，那些人都把脸转了过来。她对我说：“我会被乔乔臭骂一顿的，我把轮胎磨坏了……”

她大笑着。

我摘掉隐形眼镜，斜靠在座位上。

我们踮着脚尖进屋，因为乔乔和孩子们都睡觉了。

姐姐递给我一杯掺了杜松子酒但没加史威士[2]的橘子汽水，对我说：

“你遇到什么麻烦了？”

---

① 美国人欧文·肖特创立的一个设计生产皮质机车夹克的品牌。

② 始于1783年，全球畅销不衰的饮料品牌，碳酸饮料的鼻祖。

于是，我开始跟她倒苦水。可我知道没什么用，因为我姐姐像心理专家一样帮不了什么忙。

我跟她说我的心就像一个硕大的空袋子，里面可以装下一个巨大的市场，可是里面什么都没有。

我说的是一个袋子，我说的不是超市用的那种随时都会裂开的破塑料袋，不，不是。我的袋子……照我的想象，它更像巴尔贝斯市场[①]里那些胖乎乎的黑人妇女顶在头上、有蓝白相间条纹的四方形大袋子……

“这么说来……情况还不是特别糟糕。”姐姐一边说，一边又给我们每人倒了杯汽水。

① 地处巴黎18区以非洲移民为主的街区。

5. 安波儿 ...

我38岁了，我清楚地发现，我的人生一败涂地。光阴在我身上悄无声息地流失。弹指一挥间，整整几个星期的宝贵时光就已经化为乌有。

我和成千上万个女孩上过床，但大部分女孩的面孔我已经记不起来了。

我把这事告诉你，并不是为了证明自己多么有本事。凭我现在赚到这么多钱和我手下有这么多的马屁精，你心里就会明白，我已经没有必要像只公鸡一样咕咕地朝天鸣叫。

我这么说是因为这是实情。我38岁了，从前的事几乎全都忘记了。我真的忘了那些女孩，真的也忘了其他的人或事。

我碰巧翻到一本旧杂志——是你会拿去擦屁股的那种杂志，看到里面有一幅一个女人躺在我怀里的照片。

于是我看了起来，明白照片中的女孩名叫雷蒂西娅或索妮娅什么的，我又看了一遍照片，仿佛告诉自己："啊，是的，当然是索妮娅，住在巴克雷花园住宅的那个小个子棕发女孩，身上穿了很多洞戴了很多环，散发出一股香草味……"

并非如此。我想起来的并非这些事情。

我在脑海里像个白痴一样重复着索妮娅的名字，然后我丢下杂志去找根烟来抽。

我38岁了，我清楚地发现，我的人生一败涂地。光阴在我身上悄无声息地流失。弹指一挥间，整整几个星期的宝贵时光就已经化为乌有。我还可以告诉你一件事，有一天我听别人说起海湾战争，我回过头问道：

“海湾战争什么时候打的？”

“1991年。”人家告诉我，好像我要去找大百科查证一样……但这是实际情况，他妈的，我从来没听说过什么海湾战争。

去他的海湾战争。

没有看见过，也没有听说过，那整整一年对我来说没有任何意义。

1991年，我没有存在过。

1991年，我一定忙着在自己的身上找血管，没有注意到有一场战争已经开打。你肯定会说我对此不在乎。我跟你说海湾战争，因为这是个很典型的例子。

我几乎忘记了一切。

索妮娅，请你原谅我，可我说的是真话。我再也记不得你了。

然后我认识了安波儿①。

只要一提到她的名字，我就感到浑身舒畅。

安波儿。

我第一次看到她是在吉约姆-特尔大街的那间录音室里。一个星期以来，我们一直处在混乱之中，什么人都跑来指手画脚，他们利欲熏

---

① Ambre直译为琥珀。

心，大呼小叫，因为我们误了工期。

没有人能料事如神。永远都不会有这种人。我们也没料到，为了博取唱片公司那些穿着肥大威士顿皮鞋[①]的头头的欢心，我们不惜重金从美国请来了超级调音员，但他亲手把唱片的第一声道搞坏了。

“可能是因为疲劳和时差，他还没调整过来。”大夫说。

这显然是屁话，时差与这件事没有任何因果关系。

那个美国佬知道后只是把眼睛瞪得比肚子还大，他真是倒霉透了。原先他签约时还想“给那些法国小娘一点厉害瞧瞧”，现在真的傻了眼。

那段时间确实令人沮丧。我已经几个星期没有看见阳光了。我也不敢用手去摸脸，因为我感觉到脸上的皮肤会发生爆裂，或诸如此类的变化。

最后我连烟都不能抽了，因为我的喉咙疼得厉害。

弗雷德拿他妹妹的一个女友来烦我已经有一段时间了。那是一个搞摄影的女孩，想跟着我去巡回演出。她是自由摄影师，但拍这些照片并不是为了事后卖钱，纯粹只是个人爱好。

“弗雷德呀，你就饶了我吧……”

“别急嘛，我带她来这里一个晚上会碍你什么事呢？绝对不会妨碍你的！”

“我不喜欢摄影师，我不喜欢艺术指导，我不喜欢记者，我不喜欢有人在我身边晃来晃去，我不喜欢别人盯着我看。这些难道你不明白吗？”

---

① 始创于1891年的法国经典奢华皮鞋品牌。

“他妈的，你洒脱一点好不好，就一个晚上，两分钟。你甚至不必和她说话，如果可以的话，你看都不用看她。他妈的，就算是帮我一个忙，反正你也不认识我妹妹。”

刚才我还跟你说我把什么都忘了，可这件事，你发现了吗，我忘不了。

她是从右边的小门进来的，当时我正看着调音台。她走路时踮着脚尖，好像有些过意不去。她穿着一件白色T恤衫，吊带特别细。我在录音间，隔着玻璃没有马上看到她的脸，但当她坐下来时，我注意到她的乳房非常小，我已经产生了去摸摸它们的冲动。

然后，她朝我微微一笑。她不像平常朝我微笑的那些女孩，她们朝我笑，是发现我在看她们，让她们开心。

她朝我微笑则是为了让我高兴。从来没有哪一天的工作像那天一样漫长。

当我从玻璃笼子里出来时，她已经走了。

我问弗雷德：

“她就是你妹妹的朋友吗？”

“是啊。”

“她叫什么名字？”

“安波儿。”

“她走了吗？”

“我不知道。”

“他妈的。”

“怎么？”

“没什么。”

最后一天她又来了。保尔·阿克曼在录音棚里举办了一个小小的晚会，“为了庆祝你下一张金唱片诞生”，这个蠢猪，他就是这么说的。我刚洗完淋浴，正光着上半身用一条特大的浴巾擦头发，弗雷德为我们俩做了介绍。

我一句话都说不出来。仿佛我还只有15岁，浴巾拖到地上我都没发现。

她依然朝我微笑，就像第一次一样。

她指着一把低音提琴问我：

“这是您最喜欢的吉他吗？”

我不知道自己很想去亲她，是因为她对乐器一窍不通，还是因为她用“您”来称呼我——在我们这个圈子里，所有的人都用“你”来称呼我，一边叫还一边拍拍我的肚子……

从共和国总统到我最小的跟屁虫，所有的人都用“你”来称呼我，好像我们在一起养过猪、已经是老相识一样。

在我们这个圈子里混就要这样做。

“是的，”我回答道，“是我最喜欢的。”

我的目光四处搜寻，想找个什么东西罩在身上。

我们聊了一小会儿，但很难继续下去，因为阿克曼叫了许多记者过来，这个我早该料到的。

她跟我提跟着巡回演出的事，她说什么我都用“好哇”来回答，一边偷看她的乳房。后来她跟我说再见，我则到处找弗雷德，或者阿克曼，或者随便找个人，把他狠狠地揍一顿，因为我感到心潮澎湃。

巡回演出前后共有十来场，几乎都是在法国境外举办。只有两场安排在巴黎的西伽尔剧院，其他的我全搞混了。比利时、德国、加拿大和瑞士都去了，可是，不要问我前后顺序，因为我是不可能告诉你的。

巡回演出的那段时间，我感到很疲惫。我演奏，我唱歌，我尽可能地保持“干净”，我在豪华大客车里睡觉。

就算将来我有个实心的金肛门，我也仍然会继续开着带有空调的豪华大客车和我的乐手们一起巡回演出。如果有一天，你看见我一个人乘飞机，只是在登台之前同他们握握手，你一定要事先告诉我，因为到了那一天，也就是说我再也没什么名堂了，是我解甲归田、告老还乡的时候了。

安波儿跟我们一起出来，但一开始我并不知情。

她悄悄地拍她的照片。她同合唱队队员住在一起。有时听见他们在宾馆走廊里咯咯地笑，那是杰米在用扑克牌给他们算命。当我瞅见她时，我会抬起头，试图站直一些，但这几个星期我都没去找她。

我再也不能把工作和性混为一谈。我已经老大不小了。

最后那个晚上恰逢礼拜天。我们到了贝尔福，为了让我们的巡演画上一个圆满的句号，我们举办了一场别开生面的音乐会，庆祝欧洲摇滚乐队成立十周年。

在告别晚宴上，我坐在她旁边。

那是一个神圣的夜晚，大家都很重视这个晚会，它是专为我们自己保留的：布景工、技师、乐手以及所有在巡演过程中帮助过我们的人。这个时候不要那些幻想成为明星的年轻女演员或当地的记者来烦我们，你知道的……连阿克曼自己都没想到给弗雷德打电话了解信息和票房收入情况。

也应该坦白的是，在这样的晚会上，我们的形象通常不佳。

我们自己把这样的晚会叫作“打苍蝇晚会”，这可以说明一切。

成吨成吨重的压力不见了，工作完成后的欣慰，一张张热情洋溢的面庞，几个月来我的经理人第一次露出了微笑，但因为一下子笑得太厉害，很容易就变了味……

一开始，我煞费苦心地对安波儿花言巧语，不久当我发现自己喝得太多不能体面地和她上床时，我就放弃努力了。

她不露声色，可我知道她非常明白是怎么回事。

有一刻，在餐厅的卫生间里，我对着洗手池上面的镜子慢慢地念着她的名字，但是我并没有深深地吸一口，并在脸上洒一些冷水，然后走到她面前，对她说：“当我看着你时，我的胸口好痛，就像面对一万名观众，求你了，别再躲着我，把我抱在怀里吧……”我没有这么做，我走了回头路，因为这事，我到小贩子那里买了2000法郎的“飘飘欲仙”。

几个月过去了，唱片也出来了……我也不多说了，这段时间我的情况越来越糟糕：我再也不能独自面对我那些找不到答案的问题和我的音乐。

依旧是弗雷德开着那辆黑色的雅马哈“大魔鬼”摩托车把我接到了安波儿的家。

她想把她在巡演时拍摄到的作品展示给我们看。

我心情好了起来。我很高兴又见到维吉、娜茜和弗朗西斯卡，过去她们和我一起同台演唱，可现在她们各奔东西了。弗朗西斯卡想出一张个人专辑，我又一次跪着答应她，要为她写一些久唱不衰的歌曲。

安波儿的套间很小，我们稍不注意就会踩到别人的脚。我们喝着一种粉红色的墨西哥龙舌兰酒，那是与她同一层楼的邻居弄的。那是个阿根廷人，至少有两米高，脸上一直挂着微笑。

我看到他身上的文身，羡慕极了。

我站起来。我知道她在厨房里。她叫我：

“你能过来帮我吗？”

我跟她说不能。

她又问：

“你想看我的照片吗？”

我很想再次说不，可我脱口而出的是：

“想看，我非常想。”

她去了卧室，回来时把门反锁上了，她用胳膊把桌上的东西统统扫到地上，许多铝盘子掉在地上发出很响的声音。

她把相册平放在桌子上，在我对面坐了下来。

我翻开乱糟糟的照片，可我只看到自己的手。

好几百幅黑白照片拍的全都是我的手。

吉他弦上的手，紧握麦克风的手，垂在身边的手，抚过人群的手，在后台与别人握在一起的手，夹着一根香烟的手，摸脸的手，签名的手，狂热的手，求助的手，发送飞吻的手，当然还有给自己扎针的手。

又瘦又大的手上血管像一条条小河。

安波儿在玩一个胶囊。她把那些细屑碾碎。

“就这些吗？”我问道。

我第一次注视她超过一秒钟。

“你失望吗？”

“我不知道。”

“我拍你的手，因为那是你身上唯一没被弄坏的东西。”

“你这样认为？”

她点点头。我闻到她头发的香味。

“那我的心呢？”

她朝我微微一笑，俯在桌子上。

“你的心没坏吗？”她不信地嘟着嘴问。

我们听见门后面传来的笑声和捶门声。我听见路易在那里大喊大叫：“我们要冰块！”

我回答说：

“要看情况……”

他们说着蠢话瞎起哄，就好像要破门而入一样。

她把两只手放在我的手上，她看着它们，就好像是第一次看一样。她说道：

“这就是我们要做的事情。”

6. 休 假 ...

当我到达东站的时候，我总是暗暗地期待有个人在等我。这一回我还是没有见到来接我的人，在准备乘自动扶梯下去坐地铁之前，我又环视了最后一遍，看看是否有人……每一次登上自动扶梯，我的行李都显得特别沉。我希望有人在什么地方等我……这种愿望并不难理解。

我每次做什么事情，都会想到我的哥哥。每次一想到我的哥哥，我就打心里明白他会做得比我更好。

这种情况已经持续23个年头了。

如果说这种事情让我心里不是滋味倒是真的有些言过其实，它只是使我有自知之明而已。

说到这里不如举个现成的例子吧。我正坐在从南锡开出的第1458次列车上。我已获准休假，这是三个月来的第一次。

是的，我正在服兵役，是个普普通通的士兵，而我哥哥却是预备役学校的学员，总在军官的桌子上用餐，一到周末就回家。这个且抛开不谈。

我继续讲火车上的事情。当我走到我的铺位那里（我特地预订了与列车前进同一个方向的铺位），有一个老女人已经稳稳当当地坐在那里了，腿上摊着乱糟糟的刺绣。我什么也不敢跟她说。我把那个大得出奇的帆布包丢到行李网架上面，然后在她对面坐了下来。在包厢里还有一个很可爱的女孩，正在看一本写蚂蚁的小说。她的嘴角长了一个脓包。真可惜，如果没有这个脓包的话，她的长相还是过得去的。

我到餐车买了一个三明治。

换了我哥，那会是什么情形呢？他会朝那个老女人挤出一个迷人的长长的微笑，一边把车票递给她看："对不起，太太，听我说，可能是我看错了，可是好像……"那个女人立即就会像个病人一样连声道歉，把所有的刺绣都塞进包里，然后立即起身让位。

至于那个三明治，他也会跟餐车里的服务员理论一番，对他说再怎么也花了28法郎，他们应该放一块更厚一点的火腿，而那个穿着可笑黑背心的服务员就会立马给他换一块三明治。我知道的，我看见他这么干过。

至于那个女孩，他的表现会更下流。他会用一种非常特别的眼神看着她，让她很快就明白他对她有兴趣。

但同时也让她确切地知道他已经发现了那个小脓包。于是，她再也不能集中精力去看那些蚂蚁了，她也不能把尾巴翘得太高了。

这是假设他有意撩她时会发生的情况。

因为，士官出来都是坐头等车厢，坐头等车厢的女孩可不一定长有脓包。

我不知道这个女孩是否对我的半筒皮靴和我的光头感兴趣，因为我一下子就睡着了。今天早晨四点钟他们就把我们闹醒了，为的是做那种愚蠢透了的演练。

我哥哥马克是在读了三年的预备班、准备读工程学院之前去服兵役的。那年他20岁。

而我是读了两年高级技术学校，准备在电子行业谋个差事做以前到了部队。这时我已经23岁了。

而且，明天就是我的生日。妈妈坚持要我回家。我不怎么喜欢过生日，我现在已经老大不小了。好吧，只要能让妈妈高兴就好。

妈妈和爸爸结婚19周年的那个结婚纪念日，爸爸和一个女邻居私奔了。爸爸在这件事上也做得够绝的。从此妈妈就一个人生活。

我很不明白她为什么不另外找个人重新开始。那时她完全能找到，现在甚至也还可以找到，可是……我不清楚她干吗不找。我和马克就这事还谈过一次，那也是唯一的一次，我们都同意，我们猜想她是一朝被蛇咬十年怕井绳。她不想去冒那个险被人再抛弃一次。有一段时间，我们处处顺着她，让她开心，想叫她到交友中心去登记，可她说什么也不肯。

后来她收养了两条狗和一只猫，可想而知，家里变成了一个动物园，想找到一个合适的男人已经是根本不可能的事情。

我们家住在离科贝不远的艾松，国道7号线上的一栋独家小楼。那地方还蛮好的，很安静。

我哥哥他从来不说我们住的是独家小楼，他说是一栋房子。他觉得独家小楼这个词土不拉唧的。

我哥哥从不相信自己不是生在巴黎的。

巴黎这个词他一直挂在嘴边。我相信他生命中最美好的日子是在他第一次买得起可到第五圈的地铁橘卡的那一天。而对我来说，不管巴黎还是科贝，都是一个样。

我在学校里学到的东西已经记得不多了，但是有一个古代大哲学家的理论观点我一直铭记在心，他说，重要的不是一个人所处的环境，而是他的心境。

我记得他是在给友人的一封信中说这话的，那个友人心里郁闷，想出去旅行。哲学家大致对他说，没有那个必要，因为无论他走到哪里，烦恼就会跟到哪里。老师把这个故事讲给我们听的那一天，我的人生观就发生了转变。

这也是我选择体力劳动作为职业的原因之一。

我宁愿用我的双手去思考，那样更简单一些。

在部队里，你会遇到一大帮笨蛋。我跟一些我从前想都想不到的家伙生活在一起。我跟他们一起睡觉，一起梳洗，一起吃饭，有时甚至和他们一起瞎胡闹，一起玩牌，可是他们身上的一切都让我倒胃口。这并不是我冒充高雅什么的，或者仅仅是这些鸟人没什么料。我不说他们没有感觉，这么说对他们会是一种侮辱，我说的是他们没什么分量。

我知道我表达得不是很清晰，可我明白自己想说什么，假如你从他们中随便抓一个过来放到秤上称一称，很显然你能称出他们的体重，可实际上他们没有一丁点分量……

你觉得是真材实料的东西，在他们身上一点都找不见。他们就像幽灵一样，你的手可以穿过他们的身体，但你摸到的却只是空荡荡的一片。他们还会告诉你，如果你的手穿过他们的身体，你很有可能会挨上一记耳光。哎哟，哎哟。

刚开始，他们那些令人难以置信的言行让我夜夜失眠，但现在我已经习惯了。有人说，部队会把你塑造成一个男人，但就我个人而言，部队生活使我变得比以前还要悲观。

我不大相信上帝或者什么至高无上的神灵，因为若有上帝，他不会存心造出我每天在南锡-贝尔丰军营里见到的那些人渣。

真是奇怪，我发现我坐火车或巴黎郊区快轨的时候，比平时想得要多……这么说来部队生活也并非一无是处嘛……

当我到达东站的时候，我总是暗暗地期待有个人在等我。真蠢。我不是不知道母亲这个时候还在上班，而马克也不是那种从郊区出来帮我提行李的人，可我一直怀着这种愚蠢的希望。

这一回我还是没有见到来接我的人，在准备乘自动扶梯下去坐地铁之前，我又环视了最后一遍，看看是否有人……每一次登上自动扶梯，我的行李都显得特别沉。

我希望有人在什么地方等我……这种愿望并不难理解。

还是走吧，我该回家了，回去跟马克好好打一架，因为这会儿我想得太多，再想下去内燃机的夹布胶管都会被我弄爆。在等车的时候，我在站台上烧了一支烟，我知道站台上禁止吸烟，可是如果他们过来找我的碴，我就拔出我的军人身份证。

我为了保卫国家安全而苦练杀敌本领，先生！为了法兰西我早晨四点钟就起床了，夫人！

到了科贝车站也没人接……真是令人难以置信。他们也许忘了我今晚到家……

我准备步行回家。我烦透了大众交通。我觉得，凡是大众化的东西都很讨厌。

回家的路上我碰到几个本街区的同学。他们不大想与我握手，这是很自然的事情，一个大兵让他们感到畏惧。

我住的那条街拐角处有家咖啡馆，我在那里停了下来。假如当初我没花那么多时间在这里泡，我大概也不会在半年后就到全国就业办去登记找工作。有一阵子，我耗在这家咖啡馆的电动弹子游戏厅里的时间超过坐在学校板凳上的时间……我在那里等五个小时，当其他同学冲下楼梯，那些一整天都在忍受老师的花言巧语的同学出来后，我就把我的那几盘免费弹子游戏卖给他们。对他们而言，这种生意绝对合算，因为他们只需花一半的价钱就有机会把自己的名字留在光荣榜上。

皆大欢喜。我给自己买了第一包香烟。我向你发誓那个时候我觉得我就是大王，是那些笨蛋中的大王。

老板问我：

“喂？……一直在当兵吗？”

“是呀。”

“当兵很好呀！”

“是的。”

“哪天晚上店里打烊了你过来找我，我们俩好好聊聊……要说我也在宪兵团待过，那当然不是一码事……那时他们从来不准我们外出，不管是什么原因……我们到时候再聊。”

说完他去了吧台，在带着酒精的回忆中重返他的战场。

宪兵团……

我好累。肩上的包快把我的肩膀压碎了，而马路似乎没有尽头。当我走到自家门口时，大门是关着的。他妈的，真是太过分了。我真的好想大哭一场。

早晨四点钟我就起床了，我坐在臭烘烘的车厢里穿越大半个法国，现在是不是也该让我歇一歇呀，你说呢？

那两条狗在等我。波左兴奋地、死命地嗥叫，而米克马则蹿起三米高……这才有点过节的样子嘛。你们说吧，这才像是欢迎我回来呀！

我把旅行包从门上边丢过去，我翻墙而过，就像我骑轻便摩托车的那个年代。两条狗扑到我身上，几个星期以来，我第一次感觉好受一些。像这样，在这个小小的星球上，毕竟还是有一些有生命的东西喜欢我、等着我。“过来，我的宝贝们。噢，是的，你很漂亮，是的你很漂亮……”

屋内一团漆黑。

我把旅行包放在门毡上，打开来，在几公斤重的臭袜子下面找钥匙。

狗走在我的前面，我走过去想把走廊里的灯打开……没有电。

啊，真是他妈的。真是他妈的。

这时，我听见马克那个笨蛋在说话：

“当着客人面，你说话要有礼貌。”

屋里依然一片漆黑。我回敬他：

“你到底在搞什么鸟名堂？”

“没搞什么，但你这个二等兵真是无可救药。叫你不要再说粗话。这里可不是在布鲁克维尔的军营，你再出言不逊我就不开灯。”

说完他把灯打开了。

真是倒霉。我所有的朋友和家人都在客厅里，手上端着杯子在花环下面齐唱“祝你生日快乐”。

我妈妈对我说：

“孩子，把包放下呀。”

她给我拿了一杯酒过来。

这是第一次别人为我搞这样的活动。我那副目瞪口呆的样子一定很不好看。

我走过去和所有的人握手，和外婆、姨妈们拥抱。

当我走到马克面前时，我准备扇他一个耳光，可他跟一个女孩在一起。他搂着她的腰。我呢，从我看见她的第一眼起，我就知道我已经爱上她了。

我朝他的肩膀打了一拳，我用下巴指着那个女孩问他：

“是给我的礼物吗？”

“别做白日梦了，笨蛋。”他这样回敬我。

我又看了她一眼。我的肚子里仿佛有什么东西在作怪。我感到揪心的痛，她太美了。

“你不认识她了吗？”

“不认识。”

“怎么会呢，是玛丽呀，丽贝卡的同学……”

“？？？”

她对我说：

“我们一起参加过夏令营。在格雷南，你不记得了吗？……”

“不记得，很抱歉。”我摇了摇头，把他们扔在那里。我要去给自己倒点东西喝。

你还问我是不是记得。那次帆船实习至今仍是我挥之不去的噩梦。我哥哥肌肉发达，铜紫色的身躯，怡然自得，总是得第一，是辅导员的宠儿。他晚上把书看一遍，一上船就什么都明白了。哥哥开始做特技表演，在海浪上吼叫着，浪花在他身下飞溅。哥哥是一道亮丽的风景，永远也不会暗淡。

所有的女孩都翻着白眼，挺着小小的胸脯，一心想着最后那晚的舞会。

所有这些女孩在旅游大巴上，在他装睡的时候，用毡笔把她们的地址写在他的手臂上。还有些女孩看见他朝我们家的那辆雷诺4L轿车走去时，在她们的父母亲面前失声痛哭。

而我呢……我一上船就晕。

至于玛丽，我记得非常清楚。一天晚上，她跟别人讲她不小心撞见一对正在海滩上拥抱接吻的情侣，她听见那女孩的三角裤发出啪嗒一声。

“怎么响的？”我这样问她是想叫她难堪。

她直视着我，一边从裙子外面夹住短裤，拉起来又放松。

啪嗒。

“就这样。”她目不转睛地盯着我说道。

那年我11岁。

玛丽。

你还问我记不记得。啪嗒。

生日晚会越到后面，我越不想谈部队里的事情。我越不去看她，越想去摸她。

我喝了太多的酒。妈妈狠狠地瞪了我一眼。

我和两三个高级技术学校的同学来到花园里。我们谈到我们想租的录像带和我们永远也不会买的汽车。米夏埃尔在他的标致106上安装了一套超级音响。

他差不多花了一万法郎，为了听电子乐……

我在铁椅上坐了下来。妈妈每年都要我重新油漆的那张铁椅。她说看到这张椅子就会想到杜伊勒里公园[1]。

我点了一支烟，看着天上的星星。我认识的星星不多。一有机会我就去找它们的位置。我现在认识四颗星。

格雷南[2]的那本书上都有的，我却没有记住。

我看见玛丽从远处走过来。她朝我微笑。我看见她的牙齿和耳环的形状。

她在我旁边坐下来，一边问我：

“可以吗？”

我什么也没有说，我又一次感到揪心的痛。

---

① 位于巴黎，原为皇宫，后被烧毁。

② 创办于1947年的一所法国帆船学校。

“你真的不记得我吗？”

“不，不是真的。”

“你记得？”

“是的。”

“你记得什么？”

“我记得那一年你10岁，身高1.29米，体重26公斤，记得前一年你得了流行性腮腺炎，我记得你去看过医生。我记得你家住在西瓦泽-勒罗瓦，那个时候我坐火车去看你要花42法郎。我记得你母亲叫卡杰琳娜，你父亲叫雅克。我记得你有一只水龟名叫小甜甜，你最好的朋友有一只豚鼠叫安东尼。我记得你有一件绿色游泳衣，上面有许多白色的星星，你妈妈还特地为你做了一件浴衣，上面还绣着你的名字。我记得有一天早晨你哭了，因为没有你的信。我记得那晚的舞会上你在脸上贴了闪光片，你和丽贝卡还在电影《油脂》的插曲的伴奏下表演了一个节目……”

“哎呀呀，你的记性那么好，难以置信！”

她笑的时候越发漂亮。她把身子向后仰过去。她抱住双臂取暖。

“给。”我把我的大套衫脱下来给她。

“谢谢……可你呢？你会着凉的！”

“别担心我，穿上吧。”

她用别样的眼神看着我。她那一刻明白的东西随便碰到哪个女孩都会明白。

“你还记得别的什么？”

“我记得有一天晚上你在一个停车场上说你觉得我哥哥喜欢卖弄自己……”

“是的，我是真的跟你说过，你却回敬我说那不是真的。”

“因为实际情况并不像你所说的。马克做什么事都轻而易举，可他并不是在卖弄自己。他只是在做事情，如此而已。”

“你总是袒护你哥哥。”

“是的，因为他是我哥哥。而且你现在不也一样，你现在不也是觉得他没那么多缺点吗？”

她站了起来，问我能不能把我的毛衣穿走。

我也朝她微微一笑。尽管我会在泥潭和痛苦中挣扎，但我还从来没这么幸福过。

我妈妈走过来时我还在笑，像个大傻瓜一样。她告诉我她要去外婆家睡，吩咐说女孩们必须在二楼住，男孩子住三楼……

“哎呀妈妈，我们已经不是小孩子了，好啦……”

“还有，关门之前你别忘了查看一下狗是不是回到了屋里，还有你……”

“哎呀妈妈……”

“我很担心，你们一个个都像酒桶一样，你那个样子根本就是醉了……”

“这种情况下不能说是醉了，妈妈，应该说‘飘’，你看我都飞得起来了……”

她耸耸肩膀走了。

“至少找件东西披在身上，否则你会冻死的。”

我又抽了三支烟，好给自己一些时间思考，然后我去见马克。

“喂……”

“什么事？”

“玛丽……”

“什么？”

“把她让给我。”

“不行。”

“我揍你。”

“揍也不给。”

“为什么？”

“因为今天晚上你喝得太多了，而礼拜一我的工作需要我的小天使。”

“为什么？”

“因为我要做一个关于在现有范围内流体作用的报告。”

“真的？”

“是的。”

“抱歉。”

“没关系。”

“那玛丽呢？”

“玛丽？她是我的。”

“那可不见得。”

“你怎么知道。”

“啊，这个……凭一个炮兵的第六感。”

“狗屁第六感。”

“你听着，我已经陷在里面出不来了，我怎么着也要试一试。就是这样，我知道，我就是这么傻。至少今天晚上我们得找个办法来解决，好吗？”

“我想一想……”

“你快点，我都等不及了。”

“比台式足球吧……”

“什么？”

“我们用台式足球来赌她。”

“这不太礼貌吧。”

“就我们俩知道，你这个想横刀夺爱的家伙还装什么狗屁绅士。”

“好吧，什么时候开始？”

“现在就开始。去地下室。”

“现在呀！”

“是的，先生。”

“我马上就到。我去弄一杯咖啡。”

“请你帮我也弄一杯……”

“没问题，我还会在里面撒点尿。”

“你这个兵痞。”

“你去热热身吧。去跟她告别吧。”

“死去吧。”

“没关系的，我会安慰她的。”

“你就别痴心妄想啦。”

我们在洗碗池那里喝完滚烫的咖啡。马克第一个下去。我趁这个时机把双手插进面粉袋里。我想起妈妈为我们做面粉肉片时的情景。

这时我想撒尿了，真够聪明的。用烹饪大师的两块肉片把这股尿意憋住吧，没有什么比这个办法更管用的了……

下楼梯前，我又看了她一眼，让她给我增添一些力量，因为虽然我是电动弹子游戏高手，但台式足球，那不如说是我哥哥的天下。

我打得很蹩脚。面粉非但没能阻止我出汗，反而让我在手指头上搓出了许多小面团。

后来，在我们打到六比六平时，玛丽和其他人也下来了，从这一刻起我撒手了。我感觉到她在我的背后动来动去，我的双手在球竿上打滑。我闻到她的香味，转而忘记对我发起的一次次进攻。我听见她的声音，便挨了一分又一分。

当我哥哥把他那边的游标拨到十时，我终于可以在屁股上擦手了。我的牛仔裤全白了。

马克看着我，就像个真诚地表示遗憾的坏蛋一样。

生日快乐。我心想。

女孩子说她们要去睡觉了，要我们带她们去看房间。我说我去睡客厅的沙发，安静地把剩下的酒喝完，叫他们不要来打搅我。

玛丽看了我一眼。我想如果她还是1.29米高、26公斤重的时候的话，我就可以把她放进我的夹克里，我走到哪里就把她带到哪里。

然后屋子里安静下来。电灯一盏接着一盏熄了，只听见这间房那间房里传来的咯咯笑声。

我猜马克和他的朋友正在敲她们的门瞎胡闹。

我吹了声口哨把狗唤进来，然后把大门反锁上了。

我睡不着。明摆着的。

我在黑暗中点了一支烟。大厅里什么也看不见，只有一个小红点时不时地动一下。后来我听到什么声音。好像是揉纸的沙沙声。刚开始我以为是一条狗在胡闹。我叫了起来：

“波左？……米克马？……”

没有回应。声音越来越大，吱啦，吱啦，好像有人在撕透明胶。

我坐了起来，伸手去开灯。

我不是在做梦吧。玛丽光着身子站在大厅中间，正在用包装纸包她自己。左边乳房用的是蓝色纸，右边则是银纸，胳臂上缠着绳子。那张包外婆送的头盔的牛皮纸被她用来坐做缠腰布了。

她半裸着走到包装纸中间，周围是装得满满的烟灰缸和脏杯子。

“你在干吗？”

“看不出来吗？”

“不……不大看得出……”

“你刚才到家的时候不是说想要件礼物吗？”

她一直在微笑，并在腰上系了一根红带子。

我猛地站了起来。

“嘿，别包了。”我对她说。

我说这话的时候心里在想“别包了”的意思是不是不要把你的肌肤遮住，把它留给我吧，我求你了。

或者“别包了”的意思是，不要包得那么快，你知道，我不只是一直有晕船的毛病，还有，明天我就要回南锡做我的二等兵了，所以你看看……

7. 今日要闻 …

我知道孩子们都已经进入梦乡，而我妻子肯定还是醒着的。她在窥视我的一举一动。她想知道到底是怎么回事。我想，她心里很害怕，因为她已经知道她失去我了。

我最好上床去睡觉，可我不能。

我的双手在颤抖。

我觉得我也许应该写一份某种类型的报告。

我已经习以为常了。我每个星期都要草拟一份报告，每个星期五下午，写给我的顶头上司吉雷曼。

而现在要写的这一份是为我自己写的。

我对自己说：“假如你把事情的前后经过一五一十地写出来，假如你全神贯注地写，那么，最后当你重读这份报告的时候，你会有那么两秒钟时间相信这个故事里的笨蛋不是你，而是另外一个家伙，这样你也许可以客观地对自己做出评价。也许。”

然后我就开始写了。我坐在我的小手提电脑前面，这电脑平时是用来工作的。我听见楼下的洗碗机洗碗的声音。

我的妻子和孩子们早就上床了。我知道孩子们都已经进入梦乡，而我妻子肯定还是醒着的。她在窥视我的一举一动。她想知道到底是怎么回事。我想，她心里很害怕，因为她已经知道她失去我了。女人在这些事情上很敏感。可我不能过去跟她一起睡觉，我睡不着，她心里清楚得很。现在我必须把事情的前后经过都写出来，就为了那可能会至关重要的两秒钟，但前提是我能完成这份报告。

我还是从头说起吧。

1995年9月1日我应聘到保尔·普利多公司上班，此前我在其竞争对手那里工作，由于太多的杂七杂八的事日积月累地攒在一起让人心里很不痛快，比如报账半年后才能兑现，所以我一气之下就离开了那家公司。

我将近有一年时间没有工作。

所有的人都以为我在家里无所事事，等着帮我做了登记的那家职业介绍所的电话通知。

然而赋闲在家的那段日子将永远成为一段美好的回忆。我终于可以把房子修整一下了。所有佛萝兰丝讲了很久要我做的事我都做好了：我把所有的窗帘杆都挂好了，我把最里面的那个小房间装上了淋浴器，我租了一副手扶机动犁，把整个花园都翻耕了一遍，然后种上了漂亮的新草坪。

傍晚我到保姆家去接卢卡，然后一起到学校门口去接他的姐姐。我为他们准备好大块的下午点心，和热乎乎的巧克力饮料。不是那种雀巢速溶巧克力，而是搅拌过的真正的可可粉，他们喝完后会在脸上留下可爱的大胡子。然后我们到浴室里去照镜子，再把大胡子舔掉。

到了6月份，我觉得小儿子不必再去雷度太太家了，因为他已经到了上幼儿园的年龄，于是我又开始认真地找工作了，8月份我又找到一份差事。

我在保尔·普利多公司担任商务代表，负责整个大西部地区的业务。保尔·普利多是一家大型的猪肉公司。如果你愿意的话，你也可以把它说成猪肉店，但它达到了工业生产的规模。

普利多老爹聪明就聪明在他生产出了一种抹布火腿，这种火腿真的是用一块红白相间的格子抹布包着。里面的火腿当然是工厂里生产的，是用工厂里的猪肉加工出来的，妙就妙在那块有名的乡巴佬抹布，抹布产自中国，但全靠了这块抹布，这种品牌的火腿才得以家喻户晓——所有的市场调研结果都已证明这一点——假如你去问一个推着小推车的家庭主妇，一提到保尔·普利多就会想到什么，她们会告诉你是“抹布火腿”，如果你再追问下去，你就会知道，抹布火腿肯定比别的火腿都好吃，因为它原汁原味。

普利多老爹，你真是个天才的艺术家，应该向你脱帽致敬。

公司每年的营业收入高达三千五百万法郎。

我一个星期的大部分时间都是在我的公务车上度过的。一辆黑色的标致306，车身两侧都印上了一个可爱的猪头。

人们并不了解在路上行驶的人、长途卡车司机和所有的推销员过的是什么样的生活。

就好像高速公路上有两类人一样，一类是开车兜风的人，一类是我们。

反正有一大堆事情。首先是驾车人和他所驾驶的汽车之间的关系。

从1.2L排量的雷诺克利奥到德国产的重型半挂车，一坐上去就像进了自己家门一样。里面有我们的气味，有我们乱七八糟的东西，坐垫上已经烙下我们的屁股的形状，坐上去不会弄痒我们的屁股。还有无线电设备，那是一个神奇的庞大的王国，我们所用的代码很少有外人能听懂。我并不经常用它，只是在事情变糟、心情烦躁时才去听它，而且把声音调得很低，除此以外都没用过。

另外还有所有与吃饭有关的问题。白马酒店，公路饭店，阿希连锁店。当天的特色菜，酒壶，纸桌布。所有那些见过但永远也不会再见到的面孔……

那些女服务员的屁股也被我们编了目录，标注了尺寸，整理得有条有理，比《米其林指南》还要管用。（他们把它叫作《米其林娜指南》。）

还有疲劳，行车路线，孤独，和无边的思绪。想来想去总是那些不着边际的问题。

肚子悄悄地发福了，妓女也找来了。

这是个隔绝的世界，在行路人和其他人之间形成了一道难以逾越的屏障。

从总体上讲，我的工作就是检查各地的销售情况。

我和各地的大中型商场的食品部负责人保持接触。我们一起制定营销战略，预测销售前景，发布我们的产品信息。

对我来说，这有点像我带着一个漂亮的女孩到处跑，吹嘘她多么魅力四射、多么出类拔萃，就好像我想为她找个好郎君。

但是光把她嫁出去还不够，还得好好关照她。我一有机会就会问售货员她们是不是把货品摆放在最前排，是不是也想卖同类产品，火腿是不是按照电视上播放的样子陈列，小香肠是不是存放在肉冻里，肉末是不是照古时的存放方式放在真正的瓦罐里，香肠是不是挂在那里就像正在风干一样，还有许许多多的是不是……

没有人会注意所有这些小细节，然而，这就是保尔·普利多与众不同的地方。

我知道我说了太多自己的工作，而这与我要写的又没有任何关系。

既然如此，我这个卖猪肉的同样可以去卖口红和鞋带。我喜欢与人打交道，讨论问题，到处走走看看。我尤其不要被关在办公室里，整天被上司盯着。一说起那样的事我就不寒而栗。

1997年9月29日星期一，我5点45分就起床了。我轻手轻脚地收拾好行李物品，省得被我老婆埋怨。然后我匆匆忙忙地洗了个淋浴，因为车子没油了要赶去加油，我还想趁没油的时候检查一下胎压。

我在壳牌加油站那里喝咖啡。我讨厌在那里喝东西，因为柴油味和甜咖啡味混在一起总让我有一种想吐的感觉。

我第一个会面定于8点半在奥德梅桥。我协助家乐福的仓库管理员为我们的真空食品竖一个新的陈列架。那是我们最近开发的一个新产品，是与一个大厨合作的。（为了展示他和善的面孔和大厨帽，包装袋的边沿都被那幅照片占得满满的……）

第二个会面约在10点钟在布尔-阿夏的工业园区。

我有点迟到了，主要是高速公路上有雾。

我关掉收音机因为我要想一下。

我担心这次会面，因为我知道他们正在与另外一个重要的竞争对手洽谈合作的事，这对我来说是个巨大的挑战。思来想去，我差点错过了出口。

下午一点钟我接到妻子打来的惊慌失措的电话。

“让-皮埃尔，是你吗？”

“不是我还有谁啊？”

“……我的天啊……你没事吧？”

“你干吗这样问我？”

“当然是因为车祸啦！我打你的手机打了两个小时，但他们回答说所有的线路都占线！这两个小时我紧张得就像个疯子一样！我往你的办公室至少打了十次电话，他妈的你真是讨厌啊，你就不会打个电话给我吗……”

“等等，你都在说些什么呀……你在跟我说什么？”

“我说的是今天早晨在13号高速公路上发生的那起车祸，你今天不是从13号高速公路走的吗？”

“你说的是哪一起车祸？”

“我在做梦吧！你不是整天都在听法国信息台吗！！！所有的人都在说这事。电视上都在播！今天早晨在鲁昂附近发生的那起可怕的车祸。”

“……”

“我不跟你说了，我还有一大堆事情呢……今天上午我什么事都没做，我还以为自己守寡了呢，我已经看见自己正在往你的墓穴里撒一把泥土。你母亲打电话来，我母亲也打电话过来……折腾了整整一个上午，简直是——”

“我没事，真遗憾……这一次还没轮到我！你要甩掉我妈妈还得等一段时间。”

“你真是个白痴。”

“……”

“……”

“佛萝……”

“什么？”

“我爱你。”

“你从来不跟我说这个。”

“现在不是吗？那我现在说的是什么？”

“……好啦……今晚见。给你妈打个电话吧，不然的话她要担心死了。”

晚上7点钟我看本地新闻。真是恐怖。

8个人在车祸中丧生，60人受伤。

许多汽车就像罐头盒一样被撞得稀巴烂。

多少辆车呀？

50辆？100辆？

有几辆载重卡车横卧在那里完全被烧焦了。数十辆医疗救护队的车开到了事故现场。一名警察说是因为驾驶员不小心、超速行驶，以及前一天预告的大雾造成了这起交通事故，还有许多死者的身份无法辨认。许多人露出惊恐的眼神，默默地流着泪。

晚上8点钟我收看法国电视1台的标题新闻。这一次遇难者的人数上升到了九人。

佛萝兰丝在厨房里大声叫我：

“别听了！关掉它！到我这里来。”

我们在厨房里喝酒，但这只是为了让她高兴，因为我的心思不在那里。

就是从这一刻起我开始感到害怕的。我什么也吃不下了，我就像一个动作太慢的拳击手挨了当头一拳一样。

由于我睡不着，我的妻子非常温柔地和我做了爱。

午夜12点钟，我又回到大厅里。我打开电视机，关掉声音，到处找烟抽。

午夜12点半，我把音量稍微调大一些，想听听最新报道。我的双眼死死地盯着散落在高速公路两边的大堆的铁皮。

真是荒唐。

我心想，这些人怎么说也太蠢了一点。

然后是一个长途车司机出现在屏幕上。他穿着一件印着“莱卡斯太莱”[①]字样的T恤衫。我永远也忘不了他那张面孔。

那天晚上，我坐在客厅里，听见那位小伙子的声音：

“没错，首先是因为大雾，也肯定是那些人开得太快了，但是如果不是另外一个浑蛋在那里倒车下布尔-阿夏出口的话，所有这一切永远也不会发生。我当时在驾驶室里，什么都看见了，没有疑问。有两个司机在我旁边减速，然后我就听到其他车辆像钻进了黄油一般撞上来。信不信由你，从后视镜里我什么都看不见，只有白茫茫一片。那个浑蛋，我希望这不会妨碍你睡觉。”

最后那句话他是对我说的。对我。

---

① 法国普罗旺斯-阿尔卑斯-蓝色海岸大区瓦尔省的一个市镇。

对我，让-皮埃尔·法莱说的，光着身子坐在大厅里的我。

这是昨天发生的事情。

今天我把所有的报纸都买齐了。9月30号星期二《费加罗报》的第三版有篇报道：

疑似有人违规驾驶

昨天早晨，在13号高速公路上，一名司机在布尔-阿夏的匝道处倒车，可能是由于他的违规操作，造成汽车连环追尾事故，导致九人死亡。他的操作错误可能造成前面几辆车在开往巴黎的方向连续相撞，紧随而来的油罐车与前面的车相撞后起火。汽车燃起的火光引起了……

而在《巴黎人报》的第三版是这样写的：

骇人的假设——违规驾驶酿车祸

一名汽车驾驶员的不慎，甚至是无意识的违规驾驶可能是昨天早晨在13号高速公路上造成九人死亡，汽车都撞成碎片，惨状难以描述的车祸的主要原因。警察已经收集到一个目击者骇人的证词，据称，一辆汽车在离鲁昂大约20公里的地方倒车下布尔-阿夏的出口，后面的汽车为了避让这辆车……

仿佛这些还不够：

另外两个人想穿过高速公路去救助受伤者被一辆汽车碾轧身

亡。在不到两分钟的时间里，近百辆小汽车，三辆载重汽车……

（同一天的《解放报》。）

连20米都不到，我只是压到一点点白线。

有那么几秒钟我的脑子里一片空白。我已经忘了。

我的上帝啊……

我欲哭无泪。

早晨5点钟佛萝兰丝到客厅来找我。

我把什么都跟她说了。当然要告诉她。

好长时间她都捂着脸，坐在那里一动不动。

然后她左看看右看看，仿佛在寻找空气一样，然后对我说道：

“你好好听我说，你什么也别讲出来。你知道你要是说出来他们就会指控你犯过失杀人罪，你就要坐牢。”

“我知道。”

“坐牢又能怎么样呢？那又能怎么样呢？能改变什么吗？更多人的生活会彻底完蛋，可这又能改变什么呢？！”

她哭了起来。

“反正我是完蛋了，我的生活是完蛋了。”

她喊了起来。

“你自己的生活也许完蛋了，但你不要害了孩子们！所以，你什么也不要说！”

我喊不出来。

“我们说到孩子，你看这里有一个，好好看清楚。”

我把那张报纸递给她，那一版上有一个小男孩正在13号高速公路上痛哭。

一个小男孩离开一辆被撞得面目全非的汽车。

那是登在报纸上的一张照片。

登在《今日要闻》专栏。

“……他的年纪跟卡米尔差不多。”

“你他妈的不要再说了！！！”我妻子揪住我的衣领吼道，“你他妈的别说了！你现在给我闭嘴！我再来问你一个问题。只问一个，像你这样一个笨蛋去坐牢有什么用？喂，你告诉我，到底有什么用？！”

“告慰他们。”

她走了，整个人都垮掉了。

我听见她把自己关进了浴室。

今天早晨当着她的面，我拒绝了她的要求，可现在，到了晚上，在只有洗碗机在嗡嗡响的寂静的屋子里……

我又一脸的茫然。

我准备下楼去，我要喝杯水，我要到花园里去抽支烟，然后我再回来，把这份报告从头到尾再读一遍，一口气读完，看看它是否对我有帮助。

但我不认为它会有帮助。

8. 羊肠线 …

现在，我坐在厨房的餐桌边。我重新弄了一杯咖啡，然后我点了一支烟。我等着警车来。我只是希望他们不要拉响警笛。

刚开始时一点也没预料到事情会是这个样子。我在《兽医周刊》上看到一则招聘启事，对方需要一个在八九月份接替工作的临时工，我看了启事就跑去了。后来，雇用我的那个人在度假回来的路上遇车祸身亡。还好车里没有其他人。

于是我便留在了那里。我还把那个诊所盘了下来。顾客都不错。叫诺曼底人拿钱出来非常不容易，但他们不赖账。

诺曼底人像所有小地方的人一样，他们的那种观念早就根深蒂固：一个女人给牲口看病总是不太好。给牲口喂食，给它们挤奶，给它们清理粪便，这没的说，可是要给它们打针，要给母牛接生，治腹泻和子宫炎，那可要看看清楚。

他们看清楚了。经过几个月的“测定”，他们终于愿意付钱给我，能让我在铺着打蜡桌布的餐桌上喝杯酒。

早上显然还蛮好。我在诊所里坐门诊。人们主要是带些猫呀狗呀来看病。大多数情况下，他们带猫狗来叫我打针把它们杀死，因为它们痛得不得了，做老爹的又下不了狠心；还有的是带狗来治一下，因为它打猎时表现不错；最不常见的是带它们来打预防针，有那么一回，是个巴黎人。

刚开始时下午最辛苦。出诊。进牲口棚。没有人说话。要先看她怎么工作，过后再评价。他们是多么不信任我啊，我猜想，还不知他们在背后是怎么嘲笑我呢。我的操作方式，我的无菌手套一定成了他们在咖啡馆里的笑料。还有，我名叫勒加莱。勒加莱医生，腿弯医生。你说这可不可笑。①

我终于把大学里复印的讲义和学到的理论知识统统抛到了脑后，我也一言不发地等待着，在牲口前面等着主人冒出三两句对我有用的话。

另外，我对那里恋恋不舍的最主要原因是我为自己买了一副哑铃。

现在，如果要我给一个想到乡下来发展的年轻人提什么建议的话（看了我的整个遭遇，我不大相信还会有人来跟我讨教），我会告诉他：要有肌肉，全身都是肌肉。这才是最重要的。一头母牛的重量在500~800公斤，一匹马在700公斤到一吨重。就这些。

你可以想象一下一头母牛难产时的情形。那当然是在晚上，天气非常冷，牲口棚里脏兮兮的，几乎没有一点亮光。

好吧。

母牛在受苦，农民很可怜，他可是要靠母牛养家糊口的呀。如果医疗费比生下来的那堆肉贵，他就要考虑清楚了……你告诉他：

---

① 勒加莱Lejaret与法语中的“腿弯”le jarret谐音。

“小牛胎位不正，要把它翻过来，就可以顺利生产了。”

牲口棚里的气氛一下子活跃起来了，农民把大儿子拉下床，小女儿也跟出来了。这个家总算有点动静了。

你叫他们把牛绑起来。离得非常近。不要被牛踢到。你把衣服脱掉，只穿着T恤衫。一下子冷了起来。你找到一个水龙头，你用丢在那里的一截肥皂头把手洗干净。你戴上可以拉到腋窝的手套。你贴着母牛很大的外阴部把左手伸进去。

你要把手伸进母牛的子宫里面去找到那头六七十公斤重的小牛，把它的身子翻过来。用一只手。

这要花时间，但你照做不误。然后，为了恢复体力，你在暖和的地方喝一小杯苹果烧酒的时候，你想起你那副哑铃。

还有一次，小牛就是生不出来，要剖腹产，这还要贵。那个农民会看着你，他要根据你的眼神做决定。如果你的目光里充满信心，如果你朝你的汽车做个手势，像是要去拿医疗器械，他就会说行。

如果你的目光转向周围的其他牲口，做了个要走的手势，他就会说不。

另外还有一次，小牛已经死在母牛腹中了。不能把母牛弄伤了。那就要把它切成小块，一块一块地拿出来，手套要一直戴着。

然后回家，但心一直没回去。

许多年过去了，我欠的钱还远没有还清，但诊所的经营很正常。

韦尔梅大爷死后，我把他的农场买了下来，并且小小修整了一番。

我遇到了一个人，后来他走了。我想是因为我的手，我的手长得像捣衣杵一样。

我捡了两条狗来养，第一条是自己找到我家的，它觉得房子还不错，第二条在我收养它之前过得很不好。很显然是第二条狗发号施令。附近还有几只猫。我从没见过它们，但是猫盆总是被吃得精光。我喜欢我的花园，那里有些乱，但有几株玫瑰，我去那里之前就有的，并不需要我做任何护理。它们开得非常艳丽。

去年我还买了一些专门放在花园里的柚木家具。价钱昂贵，但看上去会越来越古色古香。

一有机会我就和马克·巴第尼出去，他是附近那所中学的教师，我已经记不得他是教什么的了，我们一起去看电影，一起去下馆子。他跟我在一起总装出一副知识分子的派头，我觉得很有意思，因为，实际上我已经变成了一个不折不扣的乡巴佬。他借我书和唱碟。

一有机会我就和他上床。感觉一直都很好。

昨天夜里，电话铃响了。是比尔伯德家打来的，他们的农场位于田维尔公路边。那男的说家里的牲口有麻烦，十万火急。

我为此付出了代价，但这么说未免也太轻描淡写了。前一个周末我值班，我已经不间断地工作了13天。我和我的狗说点话，什么都说，只是想听听我自己的声音，我给自己泡了一杯跟墨汁一样浓的咖啡。

我拔出车钥匙的那一刻我就知道那里没有任何情况发生。房子一片漆黑，牲口棚里一点声音也没有。

我一边敲着波浪形的铁皮门一边大喊大叫，想把那些正直的人叫醒，但为时已晚。

他对我说："我家母牛的屁股很好，你的怎么样？你有屁股吗？本地人说你不是真正的女人，你也长了睾丸，你瞧这是别人说的。所以，我们跟他们说我们要亲眼看看。"

他说的每一句话都逗得另外两个嘿嘿地笑。

我盯着他们那些被咬出血的手指甲。你以为他们会在一个草堆上强暴我吗？不，他们喝得酩酊大醉，东倒西歪的。在乳品房里，他们把我压在一个冰冷的池子里。那里有一根弯管都要把我的背硌碎了。看着他们开着裤裆、急不可耐的样子真的很悲哀。

所有的一切都很悲哀。

他们把我搞得非常痛。我这么说毫无意义，但我要对那些没听明白的人再说一遍：他们把我搞得很痛。

比尔伯德家的那个家伙，射完精后他一下子清醒了许多。

"喂，医生，这是不是很好玩？我们家并不是常常有机会这样玩，你要知道，我的小舅子刚刚埋葬了他的童男子生涯，是不是啊，马努？"

马努已经睡着了，马努的同伴又开始喝酒。

我跟那个家伙说，当然，当然很好玩。我甚至跟他开了一点小玩笑，直到他把细颈酒瓶递给我喝。是李子酒。

酒精使他们变得很温顺，不会伤人了，但我还是让他们每人服下了一剂氯胺酮麻醉药。我不想让他们抖来抖去。我做起来也更方便。

我戴上无菌手套，我用优碘消毒水好好洗过。

然后我拉紧阴囊的表皮。我用我的手术刀在上面切了一个小口子。我掏出睾丸，把它们切下来。我用3.5号羊肠线把附睾和输精管结扎好，把睾丸放回阴囊，然后缝合。手术做得非常认真。

给我打电话的那个家伙也是最粗鲁的那一个，因为事情是在他家里发生的，所以我把他的那副睾丸移植到了他的喉结上边。

当我来到我的邻居家时，差不多到早晨6点钟了。布鲁德太太，72岁了，活到这把年纪，人都干瘪完了，但身子骨还很硬朗。

“我肯定要离开一段时间，布鲁德太太。我的狗和猫需要有人照顾。”

“不是很要紧的事情吧？”

“我不知道。”

“猫的话，我很乐意帮你养，尽管我觉得把它们养得这么肥不是个好主意。它们可以去抓田鼠嘛。狗的麻烦要大一些，因为它们很肥，但如果时间不是特别久，我可以帮养一下。”

“我给您开张支票做伙食费。”

“好吧。把它放在电视机后面吧。没有什么要紧的事吧？”

“特特特特……”我微笑着发出这些声音。

现在，我坐在厨房的餐桌边。我重新弄了一杯咖啡，然后我点了一支烟。我等着警车来。

我只是希望他们不要拉响警笛。

9. 富二代 ...

我们这一对狐朋狗友沿着大路往前走，无尾常礼服挂在肩上。他们无话可说。而且，事情到了这个份上，也没什么好想的。

他名叫亚历山大·德韦尔蒙。这个年轻人长着粉红色的皮肤，满头的金发。

他就好比是在真空中养大的。身上的所有部位百分之百都用肥皂或高露洁含氟牙膏彻底清洗过，穿着短袖花格衬衣，下巴上长了个小酒窝。他很娇嫩，很干净。一头真正的小乳猪。

过不久他就要满20岁了。这是个令人气馁的年龄，因为在这个年龄上的人依然相信自己无所不能。越觉得无所不能，越容易产生幻灭，脸上挨的巴掌也会越多。

可是对这个粉嫩的年轻人来说却不是那么回事，生活从来没伤过他一根毫毛。没有人揪他的耳朵揪到真的很痛。他是个乖小孩。

他妈妈有些不知天高地厚，就像俗话说的，放的屁比她的屁股还要高。打电话的时候，她会说："喂，我是伊丽莎白·德……韦尔蒙……"把姓氏第一个音节拆开，就好像她还想招摇撞骗一样……得了吧，得了吧……在我们这个年代，你可以花钱买到很多东西，可是对于那个表示贵族身份的“德”却是花多少钱都买不来的。

这种让人骄傲的身份是再也买不到了。就像奥勃利[①]，他要在小时候就掉进魔药锅里才行啊。尽管她没有贵族身份，但这并不能阻止她戴着一枚镌有徽纹和姓氏第一个字母的戒指。

是什么样的徽纹？我寻思着。是一堆杂乱的王冠和百合花图案。法国猪肉店菜馆联合会在他们的信笺的笺头上用的也是同样的图案，可她并不知道这件事。

他的爸爸继承家业。那是一个用白树脂生产花园家具的企业。罗菲德克斯家具。

任何气候条件都不怕，保证十年不发黄。

当然，使用树脂家具感觉有点像是在米迷尔露营野炊。如果用柚木做，那会更漂亮，柚木凳坐久了会慢慢泛起一层漂亮的油光，给人一种古色古香的感觉，再加上花园的正中间还有一棵曾祖父种下的百年老橡树，树根处长满了苔藓……算了，别人留给你什么你都得收下，不是吗？

说到家具，我刚才说小德韦尔蒙的生活没有遭受任何挫折有些言过其实。是的是的。有一天，当他和一个正派人家的女孩跳舞时，那女孩曾让他很不舒服，女孩家血统纯正，就跟纯种的英国赛特狗一样。

那是在一场小型的交际晚会上，那些做妈妈的花了很多钱来操办这样的晚会，为的是不让她们的儿子有朝一日到外面去跟什么莱拉或者汉

---

① 法国家喻户晓的漫画人物，《高卢英雄传》的主人公之一。小时候就掉进过魔药锅喝了整锅的魔药，所以具有超人的魔力。

娜或者任何其他身上有很浓的硫黄味或者辣椒酱味的乱七八糟的女孩鬼混。

于是他出现在舞会上，穿着立领衬衫，手心不停地冒汗。他同这个女孩跳舞，他跳得非常小心，尤其要提防自己的裤裆不要碰到女孩的肚子。他试着扭扭腰，用威士顿牌皮鞋后跟上的铁块打打拍子。像这样，这是一种放松的方式，是一种稚嫩的方式。

跳着跳着，那女孩问他：

“你父亲他是干吗的？”（这是在这种家庭舞会上女孩子们经常提的一个问题。）

他一边牵着那女孩的手让她转圈，一边假装漫不经心地回答说：

“他是罗菲德克斯的董事长兼总经理，我不知道你是否听说过这家公司……有两百名员工……”

她没让他把话说完。她突然停止跳舞，把那双赛特狗眼睛睁得大大的，问道：

“等等……罗菲德克斯？……你说的是……罗菲德克斯避孕套？！”

这么问真是出其不意。

“不是，是在花园里用的家具。”他回答道，他真的没料到女孩会问这种问题。真的没有，这女孩真是个傻瓜。真是笨啊。幸好这一支舞曲放完了，他可以直奔酒菜台，喝点香槟酒润润嗓子。他真的没料到。

这种情况出现很正常，这女孩根本就没人要，根本就是赖着别人的那种货色。

20岁，我的上帝啊。

小德韦尔蒙考了两次才通过中学毕业会考，驾考倒是很顺利，第一次考试就拿到了驾照。

不像他哥哥，重考了三次。

吃晚饭的时候，大家的心情都很愉快。驾驶证可不是那么容易到手的，因为本地的考官是个十足的大浑蛋，而且是个酒鬼。这里是乡下。

亚历山大像他哥哥和表哥们一样，是趁放暑假的时候在他外祖母家那边考到驾驶证的，因为外省的考试费比巴黎便宜，培训费大约相差1000法郎。

还好考试的那一天，那个酒鬼考官几乎滴酒未沾，他草草地在那张粉红色的纸上签了字，没耍什么威风。

亚历山大可以用他母亲的那辆高尔夫，前提是在她不用车的时候；母亲用车的时候，他就开谷仓里那辆用旧的标致104。像别人一样。

那辆旧车性能良好，但车里有一股鸡屎味。

暑假没剩几天了。他很快就要回莫扎特大街的那套大公寓了，还要到撒克斯大街那家私立商业学校去上学。那个学校的毕业文凭还没有得到国家承认，但学校的全名缩写很复杂，叫什么I.S.E.R.P.或者I.R.P.S.或者I.S.D.M.F.，反正就是这种味道的东西。（狗屁高等学院。）

我们这头小乳猪在夏天这几个月里变了许多。他开始放荡了，甚至开始抽烟了。

他抽的是万宝路清淡型的。

这都是因为他新结交的朋友，他迷上了当地一个大农场主的儿子弗朗克·曼若。那家伙绝不是等闲之辈。他有的是钱，穿得花里胡哨，爱自吹自擂，爱咋咋呼呼。他会彬彬有礼地问候亚历山大的外祖母，同时对他那几个小表妹垂涎三尺。

弗朗克·曼若很高兴认识小德韦尔蒙。弗朗克多亏有了他才见到了大世面，才可以去参加那些有许多娇媚可爱女孩参加的晚会，在那里喝的是香槟酒，而不是什么谷星啤酒。他的本能告诉他，那才是他应该去的地方，他应该在那里有一席之地。咖啡馆的后厅，那些没教养的女孩，弹子房，农贸市场，偶尔去去还可以，而到某某大城堡去参加某某名流的晚会，精力花在那里才值得呀。

小德韦尔蒙对他新结交的这位暴发户朋友也很满意。多亏了他，小德韦尔蒙才能开着敞篷跑车在那些铺了石屑的林荫大道上风驰电掣，在土伦的省级公路上横冲直撞，一边不停地朝那些开着雷诺4L汽车的乡巴佬挥手要他们让道，这事让他父亲很心烦。他把衬衫上的扣子多打开了一颗，甚至把受洗时的圣牌都戴上了，显示自己的侠骨柔情。女孩子喜欢这样的男孩。

今夏最有排场的晚会将在今晚举行。拉罗什普克伯爵和拉罗什普克伯爵夫人将为他们的小女儿艾莱奥诺尔大宴宾客。从马延省到贝利地区的最偏僻的角落，所有上流社会人士都会到场。社会名流数不胜数，依然是名门闺秀应有尽有。

这是有钱人参加的晚会，来宾个个珠光宝气，绝无半点浮华。女士们穿着袒胸露肩的晚礼服，雪白的肌肤，戴着珍珠项链，抽着特清淡的烟，发出神经质的笑声。对弗朗克和亚历山大这两个小色鬼来说，这是个无与伦比的夜晚。

绝对不能错过。

在那些来宾眼里，一个有钱的农场主永远是个农夫，一个受过良好教育的工业家永远只是个商人。更何况你还要去那里喝他们的香槟酒，在灌木丛中泡他们的女儿。这些矫揉造作的女孩并非不爱交际。她们系出名门，是布永的戈弗雷①的后代，都同意把最后一次十字军东征向更远的地方推进。

弗朗克没有邀请函，但亚历山大认得负责签到的那个小伙子，没有问题的，你偷偷塞给他100法郎他就放你进去。如果你乐意的话，他还可以像在汽车俱乐部聚会的时候一样，大声报出你的名字。

最大的难题是汽车。对那些不大喜欢扎人的灌木丛的女孩来说，汽车的作用可就大了。

那些可爱的千金小姐不想太早回家，便向她们的爸爸请假，要找一个护花骑士送她们回去。在这样一个地区，一户人家和另一户人家相隔数十公里，如果你没有汽车，那你要么是个没什么能耐的家伙，要么还

① 布永的戈弗雷（约1060—1100），第一次十字军东征的将领，1099年攻陷耶路撒冷，建立了耶路撒冷王国。

是个乳臭未干的毛孩子。

情况十分危急。弗朗克那辆“银鼠”送去检修了，亚历山大也不可能开他妈妈的那辆车，她已经把它开回巴黎去了。

还剩下什么？剩下那辆天蓝色的104，座椅上、车门上全是鸡屎，车厢里的地板上甚至还有稻草，风挡玻璃上还贴着一个“打猎是自然行为”的标语。仁慈的上帝啊，真是可怕。

“你老爹呢？他去哪里了？”

“旅行去了。”

“他的车子呢？”

“哦……在家里，干吗问这个？”

“怎么在家里？”

“因为让-雷蒙要把它彻底洗一遍。”

（让-雷蒙是他们家的门卫。）

“好哇，真是好极了！我们借这辆车去参加晚会，然后再还给他。呵呵，神不知鬼不觉。”

“不行不行，弗朗克，那是不可能的。不可能的。”

“怎么不可能？！”

“等等，如果随便出了什么岔子，爸爸会把我宰了的，不行不行，不可能的……”

“会出什么岔子呢，胆小鬼？呃，你希望出什么岔子啊？！”

“不行不行……”

“他妈的，你给我闭嘴，‘不行不行’是什么意思？我们15公里去15公里回。那条路那么直，那个时候路上人影都没有一个，你说哪里会出问题？”

“如果出了一点点纰漏……”

“会出什么纰漏呢，呃？出什么纰漏？我得驾驶证已经有三年了，可我从来没出过问题，你听见了吗，没出过问题。”

他把小手指放在门牙下面，仿佛要连根拔出来一样。

“不行不行，我不同意。不能开爸爸的捷豹。”

“臭婊子，你怎么这么笨！真是难以置信！”

“……”

“那我们怎么办？难道我们就开你那辆他妈的鸡窝车去拉罗什家？”

“只能是……”

“等等，我们不用带你表妹去吗，不用在圣西南捎上她那个女同学吗？”

“要啊……”

“你觉得她们愿意把她们的小屁股放在你那满是鸡屎的座位上吗？”

“不会愿意……”

“就是嘛！……我们就借你父亲的那辆车，我们慢悠悠地开，几个小时后我们就把它好端端地送回原处，就这么简单。”

“不行不行，不开爸爸的捷豹……（沉默了片刻）……不开爸爸的捷豹。”

“等等，我找个人带我去。你真是太蠢了。这是今年夏天最重要的晚会，你却要开你那辆运猪的车去。没问题。它开得了吗？”

“可以开。”

“臭婊子，真是难以置信……”

他扯他的脸皮。

“反正没有我你也进不去。”

“是呀，是不去还是坐你的垃圾车去，我不知道哪样更好一些……你要小心看清楚，可不要带只母鸡去哟。”

在回来的路上。早晨5点钟。这两个男孩灰头土脸，很疲惫，可以闻到他们身上的烟味和汗臭，可就是没有泡过妞的气味。（晚会很美，可没挖到宝，情况就是这样。）

两个男孩在波努伊和安德尔-卢瓦尔省的西塞勒杜克间的D49号公路上一言不发。

“现在你看到了吧……我没把车子撞坏吧……呃……你看到了吧……你有什么必要老用‘不行不行’来烦我。明天让那个大胖子让-雷蒙把它擦得亮光光的，爸爸的车……”

“咳……早知道派不上用场，还不如开那一辆车……”

“从这个方面讲倒是真的，裤带……”

他摸了摸裤裆。

“……你没见太多的世面吧？……我不要紧，反正我明天有个幽会，我要跟一个长着一对大奶子的金发女孩去打网球……”

“哪一个？”

“你知道那个……”

这句话他永远也不会说完，因为有一头野猪，一头至少有150公斤重的野猪这时正在穿越公路，既不看右边也不看左边，这头蠢猪。

一头行色匆匆的猪，也许刚参加完狂欢聚会回来，好害怕被它父母责骂。

他们最先听到轮胎与地面摩擦的声音，然后是车头“嘣”的一声。亚历山大·德韦尔蒙说道：

“他妈的。”

他们停住车，他们把车门打开，下车查看情况。那头猪一下子就死了，右前方的车头撞坏了，保险杠没有了，散热器没有了，车灯没有了，车身也变形了。连捷豹的小车标都撞掉了。亚历山大·德韦尔蒙又说了一句：

“他妈的。”

他醉得太厉害了，太累了，再多一个字都说不出来。可是，在这一刻，毫无疑问，他已经清楚地意识到等着他的将是多大的麻烦。他非常清楚地意识到了这一点。

弗朗克朝野猪的肚子上踢了一脚，说道：

“好吧，我们不能把它留在这里。我们至少要把它带回去，把猪肉割下来吃……”

亚历山大也开始乐了：

“是呀，野猪的腿肉味道鲜美……”

这一点也不好笑，情况甚至有些惨不忍睹，但他们却发疯般笑了起来。肯定是疲劳和紧张造成的。

“你母亲肯定会很高兴……”

“毫无疑问，她会高兴得不得了。”

这两个小笨蛋，他们笑得太厉害，肚皮都快笑破了。

“好吧……我们把它放到尾箱里去，怎么样？……”

“好呀。”

“他妈的！”

“又怎么啦？！”

“里面装满了东西……”

“呃？”

“我跟你说尾箱是满的！……有你爸爸的高尔夫球袋，有许多葡萄酒箱子……”

“啊他妈的……”

“那怎么办？”

“把它塞进车厢里面，放在车厢地板上……”

“真的吗？”

“是的，等一等，我去找样东西保护里面的坐垫……你看看尾箱里面，是不是看见有一条花格子旅行毛毯……”

“一条什么东西……”

“一条花格子旅行毛毯。”

“什么样的？”

“……上面有蓝绿相间的格子，在最里头……”

“啊！是条毯子……一条巴黎人盖的毯子……”

“你要这么说也行……赶紧拿来。”

“等等我来帮你。没有必要把他的真皮座椅弄脏……”

“你说得对。”

“婊子养的它真重！……”

“大惊小怪。”

“而且好臭。”

“喂亚历……这可是在乡下……”

“我讨厌乡下。”

他们重新回到车上。重新发动没有任何问题，显然发动机还是好的。这是万幸。

车子开了几公里远后，车后面传来令人毛骨悚然的声音。开始时有响动，接着听见猪叫，从他们的背后传来。

弗朗克说：

“婊子养的这头笨猪它没有死！”

亚历山大没有说话。他已经受够了。

那头猪开始站起来，在那里左冲右撞。

弗朗克紧急刹车后，大喊道：

“喂，我们赶紧逃走吧！”

他脸色惨白。

车门哐地关上了，他们离开汽车一段距离。汽车里面已经一塌糊涂。

一塌糊涂。

奶油色的皮椅被拱穿了。方向盘拱坏了。榆树木瘤做的变速杆拱坏了。头枕也拱破了。车子里的一切被它拱得面目全非，面目全非。

小德韦尔蒙筋疲力尽。

车内的动物眼睛暴突，大獠牙周围全是白沫。看一眼都会心惊肉跳。

他们决定躲在门背后把车门打开。然后躲到车顶上去。这也许是个好办法，但他们万万没想到，刚才那头猪踩到了中心控制按钮把车门全都反锁上了。

车钥匙还插在汽车的控制台上。

哎呀……可以说，这辆车已经彻底报销了，彻底报销了。

弗朗克·曼若从西服里面的口袋里摸出一款很上档次的手机，心烦地拨了火警电话。

消防队到的时候，那头畜生已经稍微平静了一些。勉勉强强。可以说它已经没什么好破坏的了。

消防队队长围着这辆汽车转了一圈。他也被眼前的情景惊呆了。他忍不住说道：

“这么漂亮的一款车，真让人痛心啊。”

接下来的情景更是惨不忍睹，特别是对那些喜爱漂亮东西的人来说……

其中一个消防队员去找了一杆像反坦克火箭筒一样的特大的卡宾枪来。他把所有的人都疏散开，然后瞄准。野猪和汽车玻璃同时炸开。

汽车里面漆上了新的颜色：红色。

到处都是血，连手套箱里面，连车载电话的按键中间都未能幸免。

亚历山大·德韦尔蒙已经麻木了。可以说他的脑袋里一片空白。什么也没有，什么也不想。或者只有一个想法，把自己活埋或者让那位消防员把火箭筒瞄准他。

他才不会这么想。他在想当地的流言蜚语和环境保护人士的意外收获……

应该说他父亲有的不只是一辆豪华的捷豹车，还有顽固的反对绿党的政治目的和倾向。

因为绿党想禁猎，想建立一个自然生态园和别的什么东西，许多乡下的大产业主对此十分厌烦。

这是他无论如何都要坚持的战斗，到今天为止他几乎都稳操胜券了。昨天晚上他还在饭桌上一边切鸭子一边说：

“瞧啊！格罗莱和他那帮跟屁虫在望远镜里又少了一只鸭子可看了！！！啊啊啊！”

可现在出了这档子事……野猪在未来的区议员的豪华捷豹里炸成无数碎片，这会让他有一点局促不安。当然只是有一点，不是吗？

车窗玻璃上甚至还粘着猪毛呢。

消防队员撤走了，警察也撤走了。明天会有一辆道路清障车开过来把这堆阻碍交通的黑不溜秋的废铁弄走。

我们这一对狐朋狗友沿着大路往前走，无尾常礼服挂在肩上。他们无话可说。而且，事情到了这个份上，也没什么好想的。

弗朗克说道：

“你想来支烟吗？”

亚历山大回答：

“是的，很想。”

他们就这样走了好一阵子。太阳在田野上升起来了，天空现出了玫瑰红，还有几颗星没有隐去。万籁俱寂。只有兔子从地沟里跑过后传出来的青草的窸窸窣窣声。

最后，亚历山大·德韦尔蒙转身问他的朋友：

“喂？……你刚才跟我提到那个金发女郎……有一对大奶子的那个……那个女孩是谁呀？”

他朋友朝他微微一笑。

10. 许多年过去了 …

我以为她已经不存在了，以为她住在一个很遥远的地方，以为她从未如此美丽，以为她属于往昔的世界，在那个世界里我依然年轻浪漫，依然相信爱情可以地久天长，以为在这个世界上没有任何东西比得上我对她的爱情。

许多年过去了，我以为这个女人从我的生活中消失了，也许离我并不太远，但是在我的生活之外。

我以为她已经不存在了，以为她住在一个很遥远的地方，以为她从未如此美丽，以为她属于往昔的世界，在那个世界里我依然年轻浪漫，依然相信爱情可以地久天长，以为在这个世界上没有任何东西比得上我对她的爱情。恋爱中的人总是那么痴那么傻。

那一年我26岁，我站在一座火车站的站台上。我不明白她为什么哭成那么个泪人。我把她紧紧地抱在怀里，把头埋在她的胸前。我以为她很伤心是因为我要走了，她要让我看见她有多么悲伤。后来，几个星期之后，当她在电话中，或者在我向她哭诉的长信中粗暴地践踏我的自尊时，我终于弄明白是怎么回事了。

那一天她之所以情不自禁，是因为她知道她是最后一次凝视这副面孔，她为我感到悲哀，为我的徒具形骸，为我这个猎物不能让她开心。

随后的几个月里，我就像只无头苍蝇一样跌跌撞撞。

我对任何事情都提不起精神，我感到走投无路。我越痛苦，越感到绝望。

我已经变成一个令人赞不绝口的烂小伙子：在那些空虚的日子里，我完全变了一个人。我起床，工作到筋疲力尽为止，胡乱地吃点东西，和我的同事一起喝啤酒，和我的几个兄弟嘻嘻哈哈，但他们中随便哪个人只要用手指轻轻一弹就可以马上把我消灭。

可我错了。这不是勇敢，而是犯傻，因为我总以为她会回头。我真的那么以为。

我什么也没等到。一个礼拜天晚上，我站在火车站的站台上，万念俱灰。我解不开这个心结，陷入绝望的深渊。

接下来的那几年没有在我身上产生任何变化。有些日子，我会很奇怪地想：

"咦？……怎么这么奇怪……我昨天好像没想她……"我没有为此感到庆幸，而是问自己这怎么可能，我怎么能够成功地过完一整天而不去想她。尤其是她的名字一直萦绕在我的心头。还有她的两三个形象非常清晰。那几个形象总浮现在我眼前。

是真的。我一大早起床，吃点东西，洗个澡，穿上衣服就去工作。

有几次我也见过几个女孩的裸体。有那么几次，但没有那种妙不可言的感觉。

激情嘛？已经化为乌有。

最后，我终于也有时来运转的时候。就在我破罐子破摔的时候。

另一个女人在我面前出现了。一个非同寻常的女人爱上了我，她的名字跟以前那个也不一样，她决定把我塑造成一个完整的人。她没征询我的意见就让我重新振作起来，在一次会议期间我们在电梯里第一次接吻，我们第一次接吻后不到一年她就嫁给我了。

一个出乎我的意料的女人。老实说，我当时很害怕。我已经不相信爱情，肯定经常伤害到她。我抚摩她的肚子时心不在焉。我撩起她的头发，却想闻到另一个女人的气味。可她从来都是没有任何怨言。她知道我那种魂不守舍的日子不会持续太长时间。她是对的。由于她的笑容，她的肌肤，她在我身上倾注的朴素无私、源源不绝的爱，我身上的幽灵不见了，我开始了幸福快乐的生活。

此时此刻她就在隔壁那个房间里。她睡得正香。

在工作上，我取得了意想不到的成绩。应该相信一分耕耘一分收获，我又碰到天时地利的好时机，加上我又懂得在某些方面当机立断，等等……我也讲不清楚。

无论如何，我从与我同一届的老同学惊奇而又疑惑的目光中清楚地看到，我所有的一切都让他们困惑不解：一个刚开始几乎没什么本事的人现在却有了一个貌若天仙的妻子，一张漂亮的名片，身上穿着定做的衬衫……这让他们百思不得其解。

当年的我一门心思只想女人，到后来只想一个女人，在上大课的时候给她写情书，在咖啡店的露天座位上既不看其他女人的屁股不看她们的乳房也不看她们的眼睛不看她们的任何地方。每个礼拜五都要搭乘到巴黎的头班车，礼拜一早晨回来时眼圈发黑、神色黯然，一边诅咒两地距离这么远以及查票员的忠于职守。那时的我与其说是金童，还不如说是个小丑，是真的。

我在爱河中沉溺，所以忽视了学业，由于我荒废了学业，其他一切都处在风雨飘摇之中，她便把我甩了。她一定觉得跟我这种人在一起，未来也太……不稳定了。

今天当我看到我的银行存款记录时，我发现生活跟我开了一个天大的玩笑。

我就这么生活着，好像什么都没发生过一样。

当然，我和我妻子或者和朋友在一起时，我们也会笑着谈论我们的大学时代，陶冶我们心灵的电影和图书，我们“年轻时的风流韵事”，那些在马路上与我们擦肩而过、被我们忽视但偶尔会让我们回想起的面孔。谈咖啡的价目，怀念青春时代……我们的这一段人生经历被搁置在陈列架上，上面蒙上了一些灰尘，但我们没有因此变得沉重。噢，真的没有。

我还记得，有一段时间，我每天都要从一块路牌前经过，路牌上标有她所住的那个城市的名字和里程，我知道她住在那座城市。

每天早晨去办公室，每天下午从办公室回来，我都要看一眼那块路牌。看一眼，仅此而已。我从来没有顺着路牌指引的方向往前走。我想过，但打转向灯这个想法本身就是对我太太的一种侮辱。

然而我还是会看一眼那块路牌，这没有假。

后来我换了工作。不再有路牌的事情了。

但是总有别的理由，别的借口。总有的。有多少次我在大街上回头，心里像打了结，因为我觉得看到了她的半个身影……或者听到一个声音……或者看见一头她那样的秀发……

有多少次呢？

我以为我不再想她，但是只要我在一个相对安静的环境中单独待上片刻，她就会在我的眼前浮现。

不到半年前的某一天，在一家饭馆的露天座上，我约的一位客人没有到，我就在记忆中搜寻她。我松开衣领，叫服务员去帮我买一包香烟来。我那个时候就是抽这种又冲又呛的烟。我把双腿伸直，不让服务员把对面的餐具撤走。我要了一瓶好酒，我想那是一瓶金玫瑰[①]吧……当我眯着眼睛一边抽烟一边享受那一点点阳光时，我看见她朝我这边款款走来。

我凝视着她，久久地凝视着。我不停地想她，想我们在一起时，我们睡同一张床的情景。

我从未问过自己是不是一直都爱着她，或者我对她到底是一种什么样的感情。这样做是没有用的。但我喜欢在寂寞的时候想到她。我得承认这一点，因为这是实情。

幸好我的生活中没有太多寂寞的时刻。的确必须碰到一个扫兴的客户完全把我忘了，或者晚上我一个人开着车而且并不急着赶到什么地方的时候。可以说，这种情况很少出现。

就算我很想沉醉在巨大的悲伤和怀旧情绪之中，比方说出于好玩，通过微电脑信息网络搜索她的电话号码或做诸如此类的蠢事，我现在知

① 或译拉露斯，酒庄位于波尔多吉隆特河左岸的圣祖利安村。

道就算这么做也不会出问题了，因为几年来，我有了真正的保护神，最顽强的保护——我的几个孩子。

我爱我的孩子都爱疯了。我有三个孩子，大女儿名叫玛丽，已经七岁了；小女儿名叫约塞芬，快满四岁了；最小的那个是儿子，名叫伊万，还不到两岁。再说第三个孩子是我央求我太太为我生的，我记得她说养孩子很辛苦，也担心将来，但我太喜欢孩子了，喜欢他们咿咿呀呀地说话，喜欢他们激动地跑过来亲我……“答应我吧……”我对她说，“再帮我生一个。”她没过多久就答应了，仅从这件事情上看，我就知道她是我唯一的爱人，知道我不会离开她。尽管总有一个影子顽强地跟着我。

我的三个孩子是我的生命中从未出现过的最美好的东西。

与我的孩子们比，一个老掉牙的爱情故事真的一文不值。一文不值。

我的生活轨迹大致上就是这个样子。可是，上个礼拜，她在电话中报出了她的名字：

“我是艾蕾娜。”

“艾蕾娜？”

“我没打搅你吧？”

我腿上还抱着我的小儿子，他哭叫着想抓到话筒。

“呃……”

“是你的孩子吗？”

“是的。”

“他几岁了？”

“……你打电话给我就为这个？”

“他几岁了？”

“20个月。”

“我打电话给你因为我想见你。”

“你想见我？”

“是的。”

“你在开什么玩笑？”

“……”

“就这么简单。你说你想见我就见我……”

“几乎就是这么简单。”

“为什么？……我想说的是为什么是现在？……都过了这么多年……”

“……12年。已经12年了。”

“好吧。那又怎么样？……发生什么事了？你幡然悔悟了？你想要怎么样？你想知道我孩子的年龄，还是想知道我是否掉了头发……要不就是想看看你到底把我伤成什么样子……或者就是这么简单，为了在一起聊一聊过去的美好时光？！”

“你听我说，我没想到你反应这么激烈，我要挂了。我很抱歉。我……”

“你是怎么找到我的电话号码的？”

“跟你父亲要的。”

“什么！”

“我刚才打电话给你父亲，问他要了你的电话。就这么简单。”

“他记得你吗？”

“不记得。而且……我也没告诉他我是谁。”

我把儿子放到地上，他到卧室里找他的姐姐去了。我太太不在家。

“等一等，别挂电话……玛丽！你把弟弟的拖鞋穿上，好不好？……喂？你还在吗？”

“还在。”

“那么？……”

“那么什么？！……”

“你想见一面是吗？”

“是的，不会太久。就喝杯酒，或者走一会儿，你看……”

“为什么？这样做有什么用吗？”

“我只是想见见你。跟你聊一聊。”

“艾蕾娜？”

“我在。”

“你干吗要这样？”

“干吗？”

“是啊，干吗要给我打电话？干吗这么晚才打？干吗现在打？你也不想一想你这样做有可能会把我的生活搞得一团糟……你拨通我的电话，然后……”

“你听着，皮埃尔。我快要死了。”

“……”

“我现在打电话给你是因为我就要死了。具体还有多少时间我不知道，但我活不久了。”

我把话筒拿开一些，就像是要吸一口气一样，我想站起来但没成功。

“这不是真的。”

“是的，是真的。”

“你得什么病了？”

“噢……挺复杂的。总之可能是血液上的问题……我现在也不太清楚我的血液到底怎么样了，医生的诊断也是不明不白，反正得的是一种怪病。”

我问她：

“你肯定吗？”

“等等，你以为我在干吗？你以为我在编一个情节剧般的谎言好有理由给你打电话吗？！”

“对不起。”

“没关系。”

“他们也许弄错了。”

“是的……也许吧。”

“不会吗？”

“不会。我觉得不会有错。”

“这怎么可能？”

“我也不知道。”

“你感到痛吗？”

“还好吧。”

“你感到痛吗？”

“确实有一点。”

“你想和我见最后一面，是吗？”

“是的。可以这么说。”

“……”

“……”

“你不害怕见了会失望吗？你不想保留原来那种完美的形象吗？”

“你年轻英俊时的形象吗？”

我听见她在笑。

“对呀。当我年轻英俊还没有白头发的时候……”

“你有白头发了吗？！”

“我想大概有五根。”

“啊，还好，你刚才把我吓了一跳！你说的也是。我不知道这是不是个好主意，但我想这件事已经有一段时间了……我想这真的可能是一件让我高兴的事情……而且由于最近这些日子让我开心的事情并不多……我……我就给你打电话了。”

“这件事你想多久了？”

“12年了。不对……我开玩笑。我想了几个月了。自从上次为了确诊而住院时起。”

“你真的想见我吗？”

“真的。”

“什么时候？”

“你来决定吧，在你方便的时候。”

“你住在哪里？”

“老地方。我估计，离你住的地方有一百公里。”

“艾蕾娜？”

“还有什么？”

“没什么。”

“你说得对，没什么。事情就是这样。这就是生活，我打电话给你并不是为了叙旧，或者做把巴黎装进一个瓶子那样不可能的事。我……

“我打电话给你是因为我想再看看你的面容。就这些。就像那些人回他们童年时住的村庄或者他们父母的老房子，或者任何给他们的生活打下烙印的地方一样……”

“就像朝拜。”

我知道我的声音哽咽了。

“的确是这样。就像朝拜。你的脸就是一个给我的生活打下烙印的地方。”

“朝拜总会让人伤感。”

“你怎么这么说。你又没经历过。”

“不，我经历过。在鲁尔德火车站……”

“哦，的确是……鲁尔德那里显然是……”

她极力装出戏谑的口吻。

我听见小家伙们在吵架，我再也没有心思说话了。我想把电话挂掉。我终于脱口问道：

“什么时候见面？”

“由你定。”

“明天怎么样？”

“随你。”

“在哪里？”

“在我们两座城市中间吧。比方说在苏利……”

“你可以开车吗？”

“可以。可以开。”

“苏利有什么地方吗？”

“我想没什么好地方……到时候再看啰。我们约在市政厅前面吧……”

“吃午饭的时候吗？”

“哦，不行。你知道和我吃饭一点都不好玩……”

她极力笑了起来。

“……在午饭后更好一些。”

那天晚上，他彻夜难眠。他看着天花板，眼睛睁得大大的。他想保持眼睛干燥，不要让眼泪流出来。

这并不是因为他妻子。他害怕自己欺骗自己，害怕让自己感到悲伤的不是她的生命走到了尽头，而是他内心那段生活的消亡。他知道一旦开始，他就再也停不下来。

不要放任自流。尤其他不要。因为多少年来，他痛斥别人的软弱，总为自己感到骄傲。别的人，他们连自己该做什么都不知道，一辈子碌碌无为。

多少年来，他都带着一种无益的柔情看待他的年轻时代。一想起她，他总是把她相对化，他装出一副笑脸，或者假装从中领悟到了什么。实际上，他什么也没领悟到。

他完全清楚自己只爱过她，也只被她一个人爱过。知道她是他唯一的爱，知道没有任何东西能改变这一切。知道她就像丢掉一个讨厌的无用的东西一样把他抛弃。知道她从未向他伸出过援助之手，或者写下只言片语让他重新站起来，向他承认自己没有他认为的那么好，他看错了人，她配不上他。或者承认她犯了个一生一世的错误，她内心深处懊悔不已。他知道她是何等高傲。承认这12年来她也饱受折磨，而现在她就要死了。

他不想哭，为了不让自己哭出来，他就给自己瞎编一些故事。是的，是这样。无论什么都行。他妻子翻过身来，把手放到他的肚子上，他马上就后悔自己怎么这样胡思乱想。他当然爱过，被另外一个女人爱过，毋庸置疑。他看着离他这么近的妻子的脸庞，他拿起妻子的手亲了一下。她在睡梦中露出了微笑。

不，他没有什么好哀怨的。他没有什么要骗自己。浪漫的激情，呵呵，是难以长久的。现在，到此为止了。再说，明天下午也不太方便，因为他与西格玛第二公司有个约。他不得不派马西宏去，但派他去真的不太合适，因为他……

这天晚上他没有合眼。他想了太多的事情。

这样他就可以解释失眠的原因，要不是灯光太暗，他什么都看不见，他会像从前极度悲伤时一样陷入绝望的深渊。

那天晚上，她也睡不着，但她已经习惯了。她现在都不怎么睡觉了。因为她白天不怎么累。这是医生的理论。她的儿子们都在他们的父亲家里。她只有哭的份。

哭啊，哭。怎么都哭不完。

她的心都碎了，为了挽救危局，她只能做必要的牺牲了，她让自己尽情地宣泄。她不在乎。她想现在感觉好些了，转移一下注意力，甩掉思想包袱，因为那位穿着干净的白大褂、说出的话别人都听不懂的医生说她不累是信口雌黄，不懂装懂。实际上她非常疲惫，筋疲力尽。

她哭是因为最后她终于与皮埃尔通了电话。她总有办法搞到他的电话号码，有好多次，她拨通了那十个使她和他天各一方的数字，听见他的声音后她赶紧就挂断了。还有一次，她甚至跟踪了他一整天，因为她想弄清楚他住在哪里，他的汽车是什么样子，他在哪里上班，他穿什么样的衣服，以及他看上去是不是神色忧虑。她还跟踪他的妻子，最后她不得不承认那位妻子很漂亮很快乐，而且还为他生了孩子。

她哭泣是因为她的心今天又开始跳动，很久以来她还以为自己的心已经死了呢。她的生活比她想象的要残酷。她尤其尝尽了寂寞的滋味。她知道现在才感觉到某些东西已经为时太晚，她所有的好日子都已经过完了。特别是从她感觉身体不适偶然抽血做血常规化验惊动医生的那一天开始。所有的医务人员，从小医生到大专家，都对这个病发表了自己的诊断意见，但一涉及如何治疗，他们就哑口无言了。

她有许多哭泣的理由，都不用去想为什么哭。她的一生都写在了脸上。于是，为了稍稍保护自己，她便对自己说我哭是因为我喜欢，没有别的理由。

我到的时候，她已经在那里了，她朝我微微一笑。她说这肯定是第一次我没让你久等，你看见了吗，不应该绝望，我则告诉她我没有绝望。

我们没有拥抱。我对她说你没怎么变。这么说很蠢，但我当时就是这么想的，只是我觉得她比以前更加漂亮。她脸色非常苍白，可以看见她的眼睛周围、眼皮上和太阳穴上所有的青色小血管。她瘦了，脸比以前还要凹。她显得很温顺，我记得她以前给我的印象是活泼。她不停地看我。她一会儿要我跟她说话，一会儿又叫我不要说话。她一直在朝我笑。她想再见到我，而我却不知道该把手放在哪里，不知道我能不能抽烟或者碰她的手臂。

那是一个阴森森的城市。我们一直走到更远处的一个公园。

我们说起了各自的生活。有些东扯西拉。我们保留自己的秘密。她在找话说。有一刻她问我杂乱和懒散有什么分别。我不知道。她做了一个手势，意思是说，它们有没有分别都没有太大的关系。她说这一切让她变得非常刻薄、非常狠心，反正与从前的她判若两人。

我们几乎没有谈她的病情，只是在说到她的孩子时略有提及。她说他们过的都不是人过的日子。前不久，她想煮点面条给他们吃，但就是这么简单的事情她都做不了，因为她拿不起装了水的平底锅，真的，这真的不是人过的日子。他们过早地尝到了悲凉的滋味。

她让我说说我的妻子，我的孩子和工作，还有马西宏。她什么都想知道，但我发现大部分时间她都没在听。

我们在一座喷泉对面的一张油漆剥落的长椅上坐下来，那喷泉可能从它建成的那一天起就没喷过水。一切都是那么丑陋。凄凉而且丑陋。湿气弥漫开来，我们往中间挤了挤，这样可以互相暖一暖。

最后她站了起来，她该走了。

她对我说："我要请你帮个忙，就一个。我想闻闻你。"见我没有反应，她便向我坦白说，这些年来她一直很想闻闻我的气味。我把手插在外衣口袋的最里面没有拿出来，因为不然的话我会……

她走到我的背后，把脸贴在我的头发上。她这样贴了很久，我感到很不舒服。然后她的鼻子开始在我的后颈窝和头上移动，从容不迫，从脖子到衣领。她吸着气，手也放到背后去了。然后她松开我的领带，把衬衣最上面的两颗扣子解开，我感觉到她冷冷的鼻尖碰到我的锁骨根部，我……我……

我突然动了一下。她在我的背后重新站直，把两只手平放在我的肩膀上。她对我说："我就要走了。我希望你不要动，希望你不要回头看我。我求你了。我求你了。"

我没有动，而且我也不想动，因为我不想叫她看见我浮肿的眼睛和完全不成人样的脸。

我等了很久，然后我朝我的汽车走去。

11. 沙发床 ...

世事难料。你无法预料事情会怎么发展，也无法预料为什么一些看起来不起眼的小事会突然改变你的处境。

我想要萨拉·布里奥，已经想了五个半月了，她是销售部的负责人。

我是不是这样说更妥当一些：我“爱上”萨拉·布里奥已经五个半月了，她是销售部的负责人？我不知道。

这五个半月以来，我每次想到她，都会雄赳赳地勃起，由于这种事是第一次发生在我身上，我不知道如何说出这种感觉。

萨拉·布里奥也感觉到了。

她显然不知道到星期二就五个半月了，因为她对数字没我那么专注（我是会计师，所以必然对数字专注）。但我知道她已经明白，因为她是个聪明的女人。

她跟你握手，回答你的问题，朝你微笑，甚至和你一起在自助餐厅里用塑料大口杯喝咖啡，而你却像一个大傻瓜一样，只顾得上把双膝夹紧，或者把双腿交叉。这真的让人受不了。

更糟糕的是，这时候她目不转睛地看着你的眼睛，只看你的眼睛。

萨拉·布里奥长得并不漂亮。她很可爱，这不是一码事。

她个子不是很高，一头金发，不过傻瓜都看得出来她原来不是这种颜色，是一绺绺地染出来的。

像所有的女孩一样，她经常穿裤子，穿牛仔裤的频率还要高。这很可惜。

萨拉·布里奥有一点胖。我经常听到她在电话里跟她的朋友说到节食（是因为她说话很大声，我的办公室又在隔壁，所以我什么都能听见）。

她说她还要减四公斤才能降到100斤。我每天都在想这事，因为在她说“54！”的时候我在垫板上做了记录。

就这样我知道她已经尝试用蒙蒂涅克[①]方法，因为她“后悔花了100法郎”；知道她撕下了4月号《比巴》杂志的中间插页，那上面列有艾斯黛尔·哈丽苔[②]的一整套特别瘦身法；知道她在她那间特别小的厨房里贴了一张巨大的招贴画，上面列有各种食物的卡路里；她甚至买了一台厨房用的小秤，什么东西都要称一称……

她经常和她的女友马丽说这些事情，据我理解，那位女友又高又瘦。（我只是私下里说说，我觉得她这样做很蠢，因为我不觉得她的那位女友能给她提什么建议……）

我写到这里，那些笨蛋也许会问：他到底觉得这个女孩怎么样呀？

啊，啊……我马上叫他们闭嘴！！

---

① 米歇尔·蒙蒂涅克（1944—2010），法国营养学家、节食专家，独创了蒙第涅克节食瘦身法。

② 法国名模和演员，出生于1966年。

有一天，我听见萨拉·布里奥开心地笑着说（也许是跟马丽说的），她终于把那台秤送给了她母亲，好让妈妈“礼拜天做好吃的蛋糕”给她吃，她在讲这件事时真的很开心。

从另一个方面讲，萨拉·布里奥一点也不俗气。她很有魅力。她身上的一切只让人想去摸她，这也是她无与伦比的地方。

那你们就闭嘴吧。

母亲节的前一个星期，我利用吃午饭的空当到老佛爷百货商店的内衣柜闲逛。所有的售货员在衣服的扣眼里都插了一朵红玫瑰，她们忙得不可开交，焦急地等待着那些犹犹豫豫下不了手的爸爸。

我把公文包夹在腋下，玩起了假如我娶了萨拉·布里奥我会给她买什么礼物的游戏……

露牌，巴西容纳大牌，西蒙娜·贝莱尔牌，雷雅碧牌，奥巴德牌，各种品牌让我感到眼花缭乱。

有些东西，我觉得太轻佻了（这毕竟是在母亲节呀），其他的我又不喜欢那颜色或者那里的售货员（我不反对她们打粉底，但总得有个度吧）。

更不要说那五花八门的款式，我看都看不懂。

我仿佛看见自己在欲火中烧的时候正吃力地解着那些用显微镜才能看见的非常小的摁扣，我也搞不明白吊袜带的使用方法（为了达到最好的效果，是让它们就那么吊着还是把它们去掉？）。

我浑身燥热。

最后，我为我未来的孩子他妈买了一套浅灰色的丝质内衣裤，是在克里斯汀·迪奥专柜买的。很上档次。

“您太太的文胸是多大尺寸的？”

我把公文包夹在两脚中间。

“大概这么大……”我把两只手在胸前向内弯15厘米，一边对她说。

“你还没想好买哪一款吗？”售货员的语气有些生硬，“她有多高？”

“哦，她到我这个位置……”我比着肩膀对她说。

“我知道了（她沮丧地撇撇嘴）……这样好了，我拿一个90C的，它有可能会大许多，但顾客可以拿回来换，没有任何问题。您把小票收好，好吗？”

“谢谢。非常好。”我说话的语气就像是每个礼拜天都带小孩到森林里去玩，而且还不忘带水壶和尼龙风雨衣的好父亲。

“那内裤呢，您是要古典式的，还是时尚的半包臀三角裤？告诉您我这里也有那种细带丁字裤的，但我不认为您会买……”

老佛爷百货商店的米其林购物指南太太呀，我买什么东西关你什么事啊？

你肯定不认识夏巴-米蒙公司的那个赫赫有名的萨拉·布里奥。就是经常露一截肚脐在外面，进别人的办公室从不敲门的那一位。

不过，当她把那个款式给我看时，我泄气了。不可能，真的不可能把这种鬼东西穿在身上。可以毫不夸张地说，那简直就是一副刑具。最后我要了那条半包臀三角裤。“今年流行的全是巴西风，但腰上的半圆形开得没那么上，您可以自己看一看。您要把它包成礼品吗，先生？”

一条半包臀三角裤而已。

哎哟!

我把那个小礼品夹在两份文件和我的巴黎地图之间，回到我的电脑屏幕前面。

午间休息就这么耗掉了。

等以后有了小孩，买东西至少会更好选一些。我会告诉他们：“不行，孩子们，不买做蜂窝饼的模型……好了……”

有一天，我出口部的同事梅尔西问我：

“你喜欢她，是吗？”

我们正在马里奥餐厅数我们的餐券，这家伙想跟我玩套近乎的把戏，“快快从实招来，否则我揍你。”

“告诉我，你的口味还不错嘛！”

我不想跟他说话。一点都不想。

“她的床上功夫好像蛮不错的，呃……”（他使劲地挤了挤眼睛。）

我不同意地摇摇头。

“是杜尤瓦诺告诉我的……”

“杜尤瓦诺跟她一起出去过！”

我忘记数到哪里了。

“没有，他是听莫瓦尔说的，因为莫瓦尔和她上过床，我可以告诉你……”

他的手指在空中乱舞，好像要把手上的水甩干一样，他的狗嘴里吐不出象牙。

“……是啊，萨拉这个女人可风骚了……她的眼睛太勾人了……有些事情我都说不出口……”

“不要说了。谁是莫瓦尔？”

“他原先在广告部，但你进来时他已经走了。对他而言，我们这个公司太小了，你知道……”

“我知道。”

可怜的梅尔西。他还没有回过神。他一定在想着各种各样的性交姿势。

可怜的梅尔西。你知道吗，我的姐姐和妹妹叫你梅尔屎，她们一想到你那辆福特全顺汽车就忍不住扑哧扑哧地笑。

可怜的梅尔西，戴着一只刻有他名字大写字母的戒指，花言巧语想骗我姐姐米丽安上床。

可怜的梅尔西，还想追聪明的女孩子，第一次约会皮带上总别着手机，腋下总夹着汽车收音机。

可怜的梅尔西。你知道我姐姐和妹妹聊到你时都说你什么吗？

世事难料。你无法预料事情会怎么发展，也无法预料为什么一些看起来不起眼的小事会突然改变你的处境。比方说，我的生活就因为那150克的灰色丝织品而一下子改变了。

我和我的姐姐、妹妹住在巴黎国民公会地铁站附近一套110平方米的公寓楼里，都快五年零八个月了。

刚开始，我只和我妹妹法妮住在一起。她比我小四岁，是巴黎五大医学院的学生。那是我父母的意思，一来为了省钱，二来不至于让这个小姑娘在巴黎迷失方向，因为她是个只在蒂勒[①]生活过，只知道她的学校、咖啡和改装过的轻便摩托车的不谙世事的小女孩。

我和法妮处得很好，因为她不会叽里呱啦。她很好说话，对什么事情都不反对。

比如讲吧，如果这一周是她负责下厨房，而我又带回一条我喜欢吃的鳗鱼什么的，她就不是那种抱怨说我打乱了她的全部计划的人。她会随机应变。

可米丽安未必就是这样。

米丽安是我姐。我们相差不到一岁，但你看看就知道，你想都想不到我们会是姐弟俩。她总是一刻不停地说个没完。我甚至觉得她有点神经病，但这也不奇怪，因为她是我们家的大艺术家……

从美术专业毕业后，她搞过摄影、麻绳和钢丝绒拼贴，拍过在摄影

① 法国西南部城市，以生产绢网、头巾出名。

机的镜头上喷了颜料的录像短片，搞过人体艺术，和鲁鲁·得·拉罗歇尔什么的搞过空间创造艺术，参加过示威游行，还搞过雕塑和舞蹈，还有很多名堂我都记不起来了。

现在她在画一些我怎么眯眼睛都看不懂的画，而米丽安却说我连最起码的艺术鉴赏力都没有，不知道什么是美。说得好。

我们最后一次吵架是和她一起去参加博尔坦斯基①的画展（带我去看那种东西，怎么想得出来嘛……说真的……我连参观的方向都搞不懂，你是不是觉得我像个大笨蛋？）。

米丽安真的是个“花心大萝卜”，从15岁的时候起，每隔半年（如果我没弄错的话差不多有38次了），她都要把她“生命中的男人”带回家给我们看。这个非常善良，这个是来真的，和这个准备披白色婚纱结婚了，这个这一次是真的敲定了关系特稳定，这是最后一个，这个肯定不会变，永远都是最后一个。

全欧洲的男人都归她一个人了：尤安是瑞典人，吉尤塞普是意大利人，艾利克是荷兰人，吉科是西班牙人，而罗朗则来自伊夫林省的圣康坦。显然另外还有33位，但他们的名字我现在记不起来了。

当我从我的小单间里搬出来和法妮一起住时，米丽安和吉科在一起。他是未来的天才导演。

刚开始时看见她的次数并不多。他们俩时不时地邀请对方共进晚餐，吉科每次都带酒来。总是非常好的酒（好就好在他白天没有别的事

---

① 克里斯蒂安·蒂尔坦斯基，出生于1944年，法国塑形艺术家、画家、雕塑家、摄影师、导演。

可做，除了挑酒)。

我很喜欢吉科。他看着我的姐姐，脸上流露出痛苦的表情，然后他一边摇头一边自斟自饮。吉科抽的东西很怪，第二天我总得拿着喷雾器对着忍冬喷一喷，把那异味去掉。

几个月过去了，米丽安回来的次数越来越频繁，而且几乎总是一个人。她把自己和法妮一起关在房间里，我听见她们总要咯咯咯地笑到半夜。有一天晚上，我走进她们的房间，问她们要不要喝点药茶或别的什么东西，我看见她们俩躺在地上正在听让-雅克·高德曼[①]的老磁带：

“既然你要走了……呀呀呀……”

哀婉动人。

有时米丽安会走，有时会留下。

卫生间的杜拉雷[②]玻璃杯里多了一支牙刷，一到晚上沙发床常常被打开。

然后有一天，她对我说：

“如果是吉科，你就说我不在……”她指了指电话……

后来，后来，后来呢？……后来的一天早晨，她问我：

“假如我在这里住一住不会烦到你吧？……当然我会分摊费用……”

我叫自己小心不要把面包干弄碎，因为如果碰到有什么我不喜欢的事情，我就会把面包干弄碎。我对她说：

---

① 让-雅克·高德曼(1951—)，法国著名歌星和音乐制作人，被誉为“法国音乐界的教父”。

② 法国著名的玻璃器皿品牌。

“没问题。”

“你真好。谢谢你。”

“只是有一件事……”

“什么事？”

“希望你到阳台上去抽烟……”

她朝我微微一笑，站起来给了我一个艺术家式的大大的响吻。

我的面包干当然被捻碎了，我一边对自己说：“这回可有的瞧了……”一边搅拌我的巧克力，想找到那些面包碎片。不过，话说回来，我还是蛮开心的。

但我还是心烦了一整天，晚上我把家里的事做了一番调整，三个人尽可能地分担房租，把采购、一日三餐和家务做了安排。“你们两个女孩子要注意看电冰箱的门，那上面的日历上用天鹅牌荧光笔画出了我们三人值周的日期，用红笔画的由法妮负责，用蓝笔画的归米丽安，用黄笔画的归我……如果你们在外面吃晚饭，或者要带客人回来，麻烦事先通报一声；说到客人，如果你们带男人回家过夜，你们俩负责调整房间……”

“喂，够了……够了……别那么激动……”米丽安说道。

“是呀……”她妹妹也在一边帮腔。

“那你呢？你要带个小妮子回来，也拜托你事先通知一声……嗯！好把我们的网眼短袜和那些用过的避孕套藏起来……”

这下子她们笑得更带劲了。

我真够惨的。

我们仨在一起倒是相安无事。我承认我原先还不大相信会相安无事，但我错了……当女孩子们想让什么事朝好的方面发展，事情往往就会朝好的方面发展。这一点也不复杂。

现在当我回想起来，我才明白米丽安的入住对法妮是何等重要。

她的个性和她姐姐截然相反。她浪漫、忠贞，而且很敏感。

她爱的总是那种住得天遥地远的铁石心肠的男人。从15岁起，她每天都在守候邮递员的到来，每一次电话铃响，她都会惊跳起来。

这哪是人过的日子啊。

有一个住在里尔（从蒂勒到里尔，你说多费劲啊……）的法布利斯用一大堆感人的情书把她淹没，但他在信中只谈自己。这四年的初恋不成功。

接着，有一个叫保尔的，作为无国界医生去了一个靠近布吉纳伐索的地方，给她留下一个远大志向的诱饵，让她一个劲地抱怨邮局速度的缓慢，眼泪都要哭干了……五年的异国恋情最终画上了句号。

而这一次还要离谱，从她们晚上的交谈和吃饭时的话音里，我觉得我听明白了，法妮爱上了一个已经结过婚的医生。

我听见她们在卫生间里说话，米丽安一边刷牙一边问她：

“他有小孩吗？”

我想，法妮正坐在马桶盖上。

“没有。”

“那还好，因为……(她把嘴巴里的东西吐了出来)……要是有孩子，那必定是做苦役一样。无论如何，要是我的话，我不干的。”

法妮没有回答，但我敢肯定她正在轻轻地咬她的头发，一边看着浴室脚垫或她的脚指头。

“你好像是在自找麻烦……”

“……”

“你那些鬼男人会把我们搞得焦头烂额的。再说了，医生都是讨厌鬼。他把你搞到手后就去迷高尔夫，总忙着参加摩洛哥的马拉喀什或其他鬼地方的地中海俱乐部的国际大会，你呢，就等着一个人独守空房吧……”

“……”

“我还有话要告诉你……我刚才都是从好的方面讲的，但谁告诉你你们的关系会往好的方向发展？……因为另一个女人，你以为她会把到嘴的肥肉轻易让给别人吗？她的丈夫才在马拉喀什把自己晒得黑黝黝的，那还不全靠她，就为了气一气那个在扶轮国际工作的牙科医生的老婆。”

法妮一定是在笑，因为从她的声音里可以听出来。她喃喃道：

“你可能是对的……”

“我肯定是对的！”

当第三者当了六个月然后告吹(也许)。

“星期六晚上跟我一起去德洛内艺术陈列馆吧，首先我认识负责开幕式的老板，画展也不会展出那种令人作呕的东西。我敢肯定马克会去……我绝对要把他介绍给你！你到时候就会看到，那可是个大帅哥！

而且他的屁股特别棒。”

“瞧你说的……那是什么展啊？”

“我记不起来了。哎，把毛巾递给我好吗？”

米丽安经常从富雄餐厅带些菜和好酒回来改善我们的伙食。要说她还真找到了一个别人想不到的办法赚钱，她一连几个星期埋头狂啃有关戴安娜王妃的书籍和杂志（客厅里堆得满地都是，想穿过客厅不可能不踩到这个已故的王妃……），然后开始练习画她的素描。每个周末她都把她那包笨重的行李搬到阿尔马桥上，把全世界为戴安娜王妃哭泣的女人画在她们的偶像旁边。

一个跟随观光团游览的日本女游客可以花一大笔钱（“再蠢的东西都有人掏钱买”），要我姐姐把她画在笑盈盈的戴安娜王妃（参加哈里王子学校庆典的戴安娜）旁边，或者哭泣的戴安娜王妃（和贝尔法斯特的艾滋病患者在一起的戴安娜）旁边，或者充满哀怜的戴安娜王妃（和利物浦的艾滋病患者在一起的戴安娜）旁边，或者气愤的戴安娜王妃（纪念诺曼底登陆50周年时的戴安娜）旁边。

我向我们家的这位艺术家致敬。我负责把她买来的酒搬进房间。

是的，我们三人相处得非常融洽。法妮和我不再谈心了，但我们经常笑得很开心。米丽安还是一点都静不下来，但她开始画画。对我姐姐和我妹妹来说，我是个理想的男人，但不是她们想嫁的那种男人。

这一发现并没有使我的心情变得沉重，我只是耸耸肩膀，一边监视着烤箱门。

等到有大堆的衣服要洗时，我准备甩手不干了。

该结束了，坐在沙发脚下看着我的姐姐妹妹唉声叹气的夜晚。该结束了，法妮从医院值班室里听回来的让你肉麻让你想起一大堆淫荡故事的鸡零狗碎的事情。该结束了，吵不完的架：

“妈的，你再好好想一想！这相当重要啦！他的名字叫利连还是特里斯丹？”

“无可奉告。你那个男的发音不清楚。”

“这怎么可能呀！你是存心和我过不去还是怎么的？你再想一下！”

“‘我可以和米丽安说话吗，我是Ltfrgzqan。’你满意了吧？”

进了厨房后，她还在吵。

“你能不能不要甩冰箱的门？”

嘭。

“……还有，别忘了把言语矫治科医生的地址告诉他……”

“你这个白痴。”

“喂，这样做好像也可以让你没那么难受吧。”

嘭。

该结束了，吃到我那著名的布森奶酪[1]鸡才跟我达成的和解（“是不是啊，你不觉得跟我们在一起比跟那个只会耍些骗傻瓜的花招、名叫Ltfrgzqan什么的在一起更开心一些吗？”）。

---

① 一种产自诺曼底的风味独特的奶酪。

该结束了，那些用天鹅牌荧光笔圈定的值周日期；该结束了，每周六上午都要去逛的集市；该结束了，丢在卫生间里、翻到星相那一页的《盛会》[①]杂志；该结束了，为了让我们看懂博尔坦斯基的布贴画而一丝不挂的艺术家；该结束了，那些不眠之夜；该结束了，要叮嘱法妮背熟的复印讲义；该结束了，等待考试结果那些日子里的紧张不安；该结束了，楼下女邻居的白眼；该结束了，杰夫·巴克利[②]的歌；该结束了，躺在地毯上看漫画书的礼拜天；该结束了，一边看神圣的夜晚乐团[③]的音乐会一边贪吃哈瑞宝糖果的夜晚；该结束了，打开后从不盖盖子所以干掉的、足以让我发疯的牙膏。

该结束了，我的青春时代。

为庆祝法妮通过考试，我们举办了一个晚宴。她终于熬到头了……

“哎哟！都熬了十年了……”她微笑着说道。

围着茶几坐的，有她的那位实习医生（没有结婚戒指，真是个胆小鬼，我坚持认为，他将来肯定是马拉喀什的高尔夫球员），有她医院里的女同事，那个大名鼎鼎的劳拉也来了，我姐姐和妹妹老想撮合我们俩，借口说有一天劳拉谈到我时声音都在颤抖，她们俩为此制订了无数次计划，但一次比一次失败。（啊！……有一天，她们要我去那个大名

① 法国著名的时尚杂志。
② 杰夫·巴克利（1966—1997），美国歌星，1997年死于密西西比河。
③ 由30多位艺术家组成的大型乐团，是法国头号乐团。

鼎鼎的劳拉家参加惊喜生日派对，结果一整个晚上只有我一个人同这个悍妇在一起，在那块羊毛割绒地毯上帮她找她的隐形眼镜，还得小心我的屁股……）

马克也来了。（我趁机看了看米丽安提到的“屁股特别棒”是怎么个棒法……哎哟……）

还有一些我从未见过的米丽安的朋友。

我在想她是从哪些旮旯里找到这些怪里怪气的人的，男的全身上下都有文身，女孩子则穿着难以置信的、像高跷一样的高跟鞋，随便什么话她们听了都会大笑不止，笑得前仰后合。

她们俩先前对我说：

“如果你愿意，把你的同事也带来……是真的，你从未向我们介绍过什么人……”

还不是因为你们……后来我看着这两个摊开四肢躺在沙发上吃我的花生的野生动物时，心里想。那张新纳牌沙发是我取得会计资格证时妈妈送给我的礼物……

已经很晚了，我们都很疲惫，这时米丽安到我房间里去找一支香薰蜡烛，回来时像只发情的母火鸡一样咯咯地叫着，拇指和食指夹着萨拉·布里奥的那个乳罩。

我的老祖宗啊。

我肯定要出洋相了。

“嘿！这是什么东西呀？！噢，奥利韦尔，你知道你的房间里有些性商店里的道具吗？……足以让巴黎所有的男人把‘竹竿’都竖起来的东西！不要说你不知道哟！”

说完她开始了疯狂的表演，失控了。

她左右摇摆，模仿脱衣舞表演，使劲地吸着那条内裤，抓住卤素灯把身体往后仰。

失控了。

其他所有的人都笑得要死。包括那个高尔夫冠军。

“好了。闹够了。”我说道，“把它还给我。”

“是送给谁的？你先告诉我们是给谁的……大伙说是不是呀？”

这时所有的笨蛋都用手指吹起口哨来，用牙齿碰酒杯，尤其是把我的客厅弄脏了！

“你们再看看她的奶子有多大啊！！！至少有95厘米！！！”那个傻瓜劳拉尖叫道。

“嗯，不要不好意思……”法妮抿着嘴巴对我小声说道。

我站了起来。我拿走我的那串钥匙和夹克衫，把门嘭的一声关上。

嘭。

我住进凡尔赛门地铁站附近的宜必思酒店。

不，我没有睡觉。我在思考。

这一夜的大部分时间我都是站着，把头贴着窗户看博览园。

真恶劣。

第二天早上，我做出了决定。我没有因饮酒过量而头痛舌燥，我还吃了一顿丰盛的早餐。

然后我去了跳蚤市场。

我很少把时间用在我自己身上。

我就像一个巴黎的游客。我把双手插在口袋里，我身上搽了莲娜丽姿牌剃须爽肤水，全世界的宜必思酒店都放有这种爽肤水。我非常希望我那位女同事和我在一条路的拐弯处不期而遇：

“哦，奥利韦尔！”

“哦，萨拉！”

“哦，奥利韦尔，你身上的气味真香啊……”

“哦，萨拉……”

我在友人咖啡店的露天座上一边晒太阳一边喝散装啤酒。

这是在6月16日接近中午的时候，天气晴好，我的生活充满阳光。

我买了一个精雕细刻、十分考究的铁鸟笼。

卖鸟笼的那个家伙信誓旦旦地跟我说这是19世纪的东西，原属于一个显赫的家族，因为它是在一幢特别的宅子里找到的，完好无损，啰啰唆唆说了一大堆，然后要我出价。

我真想对他说：“老兄啊，你就别啰唆了，我无所谓。”

当我回到家时，我在一楼就能闻到洁净先生牌洗洁精的气味。

房间里干净得不得了。没有一点灰尘。厨房的餐桌上甚至还有一束花和一张小字条：“我们去植物园，晚上见。亲你的脸颊。”

我把手表摘下来，把它放在床头柜上。那包克里斯汀·迪奥礼品放在一边，好像什么事也没发生过一样。

啊啊啊哈！！！我亲爱的姐姐和妹妹……

晚餐我准备给你们做布森奶酪鸡，让你们永远也忘不了。

好的，先选好葡萄酒……当然要系上围裙。

甜点就做一个掺很多朗姆酒的粗面粉蛋糕吧。法妮最爱吃这个了。

我可没有说我们紧紧地拥抱在一起，还猛地摇着头，像美国人一样。她们俩进门时只是朝我微微一笑，而我却从她们的脸上看到了植物园里绽放的所有的小花。

第一次我们没有那么急急火火地收拾餐桌。经过昨晚的大吃大喝和拼命折腾，谁也不想出门了。米丽安甚至还为我们沏了一壶薄荷茶送到餐桌上。

“怎么有只鸟笼？”法妮问道。

“我今天早晨在跳蚤市场一个专门卖旧鸟笼的家伙那里买的……你喜欢吗？”

“喜欢。”

“那就送给你们了。”

“好哇！谢谢。为什么要送我们礼物啊？是不是因为我们既懂分寸又会体贴人？”米丽安一边开玩笑一边拿着她的黑猫香烟朝阳台走去。

“为了让你们记得我。你们将来只要说‘鸟儿远走高飞了’……”

“你干吗这么说？”

“我要走了，姑娘们。”

“你要走去哪里？”

“我到别的地方去住。”

“和谁住？”

“一个人。”

“那是为什么？是不是因为昨天晚上……听我说，我请你原谅，你知道我昨晚喝得太多了……”

“不，不用担心。跟你没有任何关系。”

法妮真的好像被打蒙了，我都不敢正眼看她。

“你嫌我们烦是吗？”

“不，不是因为这个。”

“那到底是因为什么？”我感觉到泪水在她的眼眶里打转。

米丽安站在桌子和窗户之间一动不动，嘴上叼着的那支烟都显得十分伤心。

“奥利韦尔，喂，出什么事了？”

“我恋爱了。”

你这个坏蛋，你干吗不早点说出来？

你干吗不把她介绍给我们认识？什么？你担心我们把她吓跑？你觉得我们有那么坏吗？……我们没那么坏吧，啊？……

她叫什么名字来着？

她可爱吗？是不是？啊，讨厌……

什么？你甚至还没跟她表白？你是真笨啊还是什么的？你是笨吧？

你不笨啊。

你还没向她表白就为她搬家吗？你这不是把犁放到牛前面，本末倒置吗？你要把犁放到你能放的地方……很明显，像这样……

你准备什么时候去跟她挑明？有朝一日。我同意要费点劲……她有幽默感吗？啊，太好了，太好了。

你真的爱她吗？你不想回答吗？你烦我们了？

你只要立即告诉她就行了。

你会邀请我们参加你的婚礼吗？我们保证不捣乱。

我伤心的时候谁来安慰我呀？

我呢？谁来帮我复习解剖学啊？

往后谁来疼我们啊？

你刚才说她怎么个可爱法？

你会做布森奶酪鸡给她吃吗？

你知道我们会想你的。

我很奇怪我才带了那么点东西走。我在吉辘头公司租了一辆货车，跑一趟就行了。

我不知道是不是该把它当成一件好事来看，东西少说明我的朋友你并不过分贪恋物质财富，或者这根本就是一种悲哀，你瞧瞧，我的朋友，你都快30岁的人了，11个纸箱就能把你的东西全部装进去……这是不是也太轻了一点？

走之前，我又最后一次到厨房里坐了坐。

前面几个星期，我睡在直接铺在地上的一块床垫上。我从一本杂志上看到过这样睡对背部有好处。

睡了17天后，我去了宜家家居，我的背很痛。

老天爷知道我总是把事情的方方面面都考虑到。我甚至在小方格纸上画了平面图。

宜家家居店的女老板也跟我有同样的想法：在那么简陋、那么差劲的一套房间里（可以说我租的是三条走廊……），最好买张沙发床。

最便宜的是那种嘎吱嘎吱响的沙发床。

那就买嘎吱嘎吱响的沙发床吧。

我还买了一套厨房用具（65样东西花了399法郎，包括甩干机和擦奶酪的礤床），蜡烛（有备无患），一条花格毛毯（我不知道，我觉得买一条花格毛毯很有格调），一盏灯（哼），一块门毡（深谋远虑），搁物架（必不可少），一株绿色植物（养养看吧），还有许多其他小东西（是店家推销给我的）。

米丽安和法妮经常在电话里给我留一些诸如此类的信息：

嘟嘟嘟嘟嘟，烤箱怎么开啊？

嘟嘟嘟嘟嘟，烤箱开了，现在想问你保险怎么换，因为保险丝全烧了。

嘟嘟嘟嘟嘟，我们很想照你说的方法去做，可是你把手电筒放到哪里了?

嘟嘟嘟嘟嘟，喂，你知道消防队的号码吗?

嘟嘟嘟嘟嘟……

我猜她们有些小题大做，可是，就像所有独居的人一样，我学会了等待甚至期待晚上回来的时候看见电话机上的那个留言的小红灯在闪亮。

谁也免不了，我想。

突然，我的生活开始奇怪地提速了。

当我对局势失去控制时，我总会惊慌失措，这很蠢。

什么是“对局势失去控制”?

对局势失去控制，意思非常简单。对局势失去控制的意思是，一天上午萨拉·布里奥亲自来到了你挣血汗钱糊口的工作间，坐在你的办公桌边上，一边拉着她的短裙子。

她还跟你说话：“你的眼镜脏了，不是吗？”

她从她的裙子底下把衬衫扯出一点点，若无其事地帮你擦眼镜。

这时你的老二雄赳赳地勃起，都可以把桌子顶起来了（当然要稍稍训练一下）。

“嘿，好像你搬家了？”

“是的，已经有15天了。”

（呼气……吸气……好些了……）

“你现在住哪里？”

“在十区。”

“啊！真有意思，我也在那个区。”

“真的呀？！”

“这样我们可以一起坐地铁……”

（开始总是这样。）

“你不准备开个庆祝乔迁的晚会或类似的聚会吗？”

“开呀开呀！当然开！”

（第一个信息。）

“什么时候？”

“啊，我还不知道呢……你知道，我最后一批家具今天早上才送到……”

“为什么不今晚就开呢？”

“今晚？啊，不，今晚不可能。屋里乱七八糟的……再说我谁也没通知……”

“你只要邀请我就行了。因为我，你知道我不怕乱，再乱也没有我们家乱！……”

“啊……好吧……好吧，如果你愿意的话。但不要太早可以吗？”

“好的。这样我就有时间回家一趟换换衣服……9点钟可以吗？”

“21点，太好了。”

“好吧，那就说定了，待会儿见……”

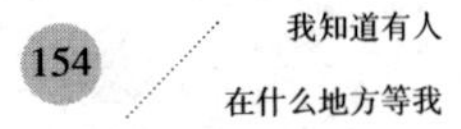

这的确就是我所说的“对局势失去控制”。

我早早地就下班了，平生第一次在熄灯前没把办公桌收拾整齐。

女门房在等我，是的，他们把你的家具送来了，可是把沙发床送到七楼多费劲啊！

谢谢你，罗德里盖太太。罗德里盖太太，过年的时候我不会忘记给你发红包的……

三条像战场一样的小走廊可能也有自己的魅力吧……

把鱼子酱放到阴凉处，把酒焖仔鸡加热，用文火，可以……把酒瓶打开，临时支起一张桌子，又火速跑下楼到一个阿拉伯人那里买了一些餐巾纸和一瓶巴多矿泉汽水。准备咖啡壶，洗个淋浴，喷了香水（野味香水[①]），挖了挖耳朵，找到一件不怎么皱的衬衫，把卤素灯调暗，拔掉电话线，放点音乐（里基·李·琼斯[②]的《海盗》，听了她的歌曲没有什么不可能的……但音量不能太大……），把那块花格毛毯叠好，点起蜡烛（瞧啊瞧……），吸气，吐气，再也不照镜子。

避孕套呢？放进床头柜里是不是太近了点？……放到卫生间里是不是又太远了点？……

丁零，丁零。

---

① 男性香水，富于柑橘味，是克里斯汀·迪奥最受欢迎的产品之一。

② 美国民谣摇滚女歌手。1954年出生于芝加哥，19岁时移居洛杉矶。曾获得两次格莱美奖。

从情理上讲我现在是不是操控了局势？

萨拉·布里奥走进我家里。美如天仙。

然后到了晚上，我们开心地笑着，吃着东西，有时两人都陷入沉思不说话，显而易见，萨拉·布里奥今晚将在我的怀里度过。

只是我很难做一些决定，可是真到了放下杯子尝试一些事情的时候了。

就像兔子罗杰[①]的老婆就坐在你旁边，你却还在想你的房屋储蓄计划……

她说什么我已经听不清了，还用眼角瞟我。

突然……突然……我想到我们坐着的这张沙发床。

我开始真的既紧张又从容地问自己：沙发床怎么打开啊？

我想最好是从比较狂热地吻她开始，然后敏捷地把她按倒，顺利地让她躺下……

是的，可是然后呢……就在这张沙发床上吗？

我看到自己正着急地想把那个小插销拉开，这时她的舌头舔到了我的扁桃腺，她的两只手则在找我的皮带……

终于……现在还真的不是时候……她甚至开始打哈欠，但被她忍回去了……

你会说，简直就是个唐璜一样的人。真不幸。

然后我想到了我的姐姐和妹妹，我想到这两个刁蛮女，就忍俊不禁。

---

① 电影《谁害死了兔子罗杰》中的主人公。

可以说如果她们现在看见这位世界小姐的腿和我的腿贴在一起而我还在担心怎么打开从宜家买来的沙发床，她们一定会乐疯的。

就在这时，萨拉·布里奥转过头来对我说：

“你笑起来的时候真可爱。”

一边说一边亲我。

就在这一刻，一个54公斤重的女性坐在我的腿上，温情脉脉，抚摸着我。我闭上了双眼，我把头往后仰，很想对我姐姐和妹妹说：“姑娘们，谢谢你们。”

12. 跋 …

我的稿子今后将留在世界上最美丽的女孩的手中。这让我感到欣慰。有那么一点。

“玛格丽特！我们什么时候才有饭吃啊？”

“我好烦你哟。”

自从我开始写短篇小说，我老公就叫我玛格丽特，还一边说一边拍我的屁股；与朋友聚餐的时候，他也吹牛说，他很快就不用工作了，靠我的版税就可以过活了。

“等等……我吗？！没有问题，我等着那一天，到那时我将开着我的捷豹XK8到学校去接我的小孩。这是预先考虑好了的……当然我得时不时地帮她按摩按摩肩膀，还要忍受她的臭脾气，但这没什么……买什么汽车？我要那款‘绿龙’。”

说到这里，他变得极度兴奋，搞得其他人不知道怎么办才好。

他跟我说话的口气却像人们谈到一种传染性极强的性病时一样：

“我没乱说吧，你在写东西？”

我耸了耸肩膀，向一家之主举了举酒杯。我支支吾吾地说，不，没什么，瞎写，想就此搪塞过去。可我们家那位还在那里信口开河，激动得不得了，我把自己嫁给他的那一天也不知道是哪根神经出了毛病。

“等等……她没告诉过你们吗？亲爱的，你没跟他们说你在圣康坦[①]赚了多少钱吗？喔唷！……赚了一万法郎呢！！！用那台才花了500法郎从慈善义卖会上买来的电脑，熬了两个晚上，就有一万法郎从天而降！……还有什么比这更美的事呢？她从别处赚到的钱我还没告诉你们呢……呃，亲爱的，我们还是别太张扬了吧。”

碰到这种时候，我真的想掐死他。

可我不会那么做。

首先是因为他有82公斤（他本人说他只有80公斤，那纯粹是卖俏），再者他说的也有道理。

他说的有道理，假如我也开始过度地相信这件事，那我会变成什么样子呢？

我会辞掉工作吗？我终于可以对我的同事米西琳扬眉吐气地说话了吗？我是不是要给自己买一个用小鸡鸡皮做的小记事本，为今后的创作做笔记？我会感觉到自己很孤独很遥远很平易近人很与众不同吗？我会到夏多布里昂的墓前去沉思默想吗？我会说“不，今晚不行，拜托了，我的脑袋都要炸了”这样的话吗？我会因为有一个章节要写完而忘记去保姆那里接孩子的时间吗？

5点半钟开始要到保姆家去看孩子。你摁响门铃，所有的孩子都冲到门口，心嗵嗵地跳，为你开门的那个看到你时非常失望，因为你不是

---

① 法国北部伊夫林省的一个城市。

来接他的，他有些丧气（嘟着嘴巴，垂着肩膀，玩具娃娃丢在地上），但很快就没事了，然后转身对你的儿子（就在他后面）大叫：

“路易，是你的妈妈！！！”

你会听到：

“哦……我鸡（知）道。”

可是，玛格丽特不想再装腔作势了，她厌烦了这种鬼把戏。

在这个问题上她可要弄个明明白白。是不是非得去一趟孔布尔[①]，最好马上就弄清楚。

她选了几个短篇（那可是她两个晚上通宵达旦赶出来的），用那台破破烂烂的打印机打印出来（134页纸竟花去了三个小时），她把这堆稿子紧紧地抱在怀里，拿到法学院旁边的文印店去复印。她在那些叽叽喳喳、声音很尖的女大学生后面排队（她感觉到她这个玛格丽特是个老土黄脸婆）。

文印店的那个女服务员问她：

“书壳做成白色的还是黑色的？”

这下子可又让她发愁了。（白色的吧，显得有些傻乎乎的，就像初领圣体一样，不是吗？……可黑色吧，又显得过于自信了些，就像博士论文一样，不是吗？……真的好为难啊。）

---

① 法国伊勒-维莱讷省的一个市镇，法国作家夏多布里昂的故乡，被誉为“浪漫主义的摇篮”。

最后，那个特年轻的女孩不耐烦了：

“到底用什么颜色？”

“是些作品……”

“什么作品？”

“啊，不是报纸上的那种新闻作品，而是小说，您知道的……是寄给出版社的……”

“……？？？……是的……可您还是没说封面用什么颜色……”

“那您帮我选一种吧，我相信您。”（大局已定。）

“好吧，要是这种情况，我给您用青绿色的，因为青绿色的现在正优惠，平常要35法郎，现在30法郎就行了。（一本青绿色的精装本摆放在左岸一个风度翩翩的编辑那张漂亮的办公桌上……嘻嘻。）

“那好吧，就用青绿色的吧。”（不要与天意作对，我的孩子。）

女店员把那台笨重的兰克施乐复印机的盖子打开，就像复印那些普普通通的民法讲义一样，管它三七二十一，稿子放得歪歪扭扭的也印，稿子折了角也印。

我们这位艺术家默默地忍受着。

收钱的时候，她拿起先前放在收银台上的那支香烟，随口问我：

“您这些东西都写的啥？”

“什么都有。”

“啊。”

“……”

“……”

“不过，主要是爱情。”

“啊？”

她买了一个漂漂亮亮的牛皮纸做的大信封。是最结实、最漂亮、最贵的那一种，四个角那里都做了加厚处理，封口也很难弄破。是信封中的劳斯莱斯。

她来到邮局，要了一些用来收藏的邮票，是最漂亮的那种，上面印有现代艺术作品。她充满爱意地舔舔它们，用优雅的姿势把它们贴好，对信封施了点魔法，对它说了一些祝福的话，在上面画了画十字，还念了一些必须保密的咒语。

她走到写有“巴黎市区和郊区专用”字样的邮筒投信口，最后一次亲了亲她的宝贝，然后把目光移开，把那包稿件丢了进去。

在邮局对面有一个酒吧。她把胳膊肘支在吧台上，要了一杯苹果烧酒。她不怎么喜欢喝酒，但现在她要培养那种该死的艺术家形象了。她点了一支烟，从这一刻起，可以称她艺术家了，她等待着。

我没有告诉任何人。

“喂，你胸前挂着信箱的钥匙干吗？”

“没什么。”

“喂，你手上拿着一大把卡斯托拉马家居装潢店的宣传单干吗？”

“没什么。”

“喂，你拿邮递员的帆布包干吗？”

“我跟你说了，没什么！……”

“等等……你是不是爱上他了还是怎么的？！”

没有。我什么也没说。你要是听见我说“我在等编辑的回信”，那多丢人啊。

结果……收到那么多宣传单，真的是什么乱七八糟的都有，真的是疯了。

然后是上班，要忍受米西琳和她那些没粘好的假指甲，然后是天竺葵要搬回来，整理沃特·迪斯尼录像带，小小的电动火车，带孩子到儿科医生那里做本季度的第一次体检，然后是处理狗掉毛的事情，然后是那本告诉你什么是无限的爱情小说《尤里卡街》[①]，然后是上电影院，与朋友和家人聚会，然后还有别的让人激动的事情（但与《尤里卡街》那本书比起来，别的那些都算不了什么，是真的）。

我们的玛格丽特听任自己进入冬眠状态。

三个月后。

哈利路亚！

哈利路亚！哈利路——路——路——路——路亚！

---

① 北爱尔兰作家罗伯特·麦克连姆·威尔逊1996年出版的一部长篇小说。

它来了。

那封信。

它很轻。

我把它塞进毛衣底下，我唤我的吉吉：

“吉——吉——”

我要到旁边的小树林里去，一个人安安静静、全神贯注地读这封信，那树林是给本区的所有的狗大小便用的（记住，我即使是在这样的时刻，头脑还是非常清醒的）。

某某某女士：

我们对您的某某作品有着浓厚的兴趣……所以……我希望与您面谈……请您与我的秘书取得联系……希望……亲爱的某某某女士……

我津津有味地品读着。

我津津有味地品读着。

我津津有味地品读着。

玛格丽特要开始复仇了。

“亲爱的，我们什么时候吃饭啊？”

“？？？……你干吗问我这个问题？出什么事了？”

“不，没什么，只是今后我可能没那么多时间做饭了，会有许多仰慕我的读者的来信要回复，还有各种节日，图书沙龙，书展……要在法国本土以及法国海外省和海外领地来回奔波……我的天啊。对了，想起来了，不久还要经常去指甲师那里，因为你知道……在签名售书时有一双完美的手非常重要……这种生活真是疯狂，就像那些生活在幻想中的人一样……”

“你在胡诌些什么呀？”

玛格丽特让巴黎左岸那位风度翩翩的编辑的那封来信“自己掉下来”，落在正在看《汽车》杂志广告单的丈夫那圆滚滚的肚子上。

“喂，等一等！你去哪里呀？”

“没事，我不会去很久。我只是去跟米西琳说件事。你打扮漂亮一点，我今晚带你到黑鹰去吃饭……”

“去黑鹰？！”

“是的。我想那就是玛格丽特准备带他的扬[①]去的地方……”

“谁是扬啊？”

“跟你说了也是白说……你对文学界一窍不通。”

于是我和那位秘书联络上了。我想这次联络很圆满，因为那个年轻女子非常热情。

也许她在眼睛能看到的地方贴了一张粉红色的荧光记事贴，上面写着：“假如A.G.打电话来，一定要显得特别热情可爱！”还在字下面重重地画了两道杠。

也许……

---

① 扬·安德烈亚是法国女作家玛格丽特·杜拉斯晚年时的情人。

那些可爱的编辑先生，他们一定以为我把小说也寄给了别的出版社……他们害怕稿子被别人抢走了。另外一个还要风度更加翩翩的编辑，在巴黎左岸另一条更漂亮的大街上，秘书在电话里显得还要热情可爱，身段更加姣美。

不行，这对他们也太不公平了。

如果我的书在另一家出版社出版了，而这一切只是因为接电话的秘书小姐没有在眼皮底下放一张粉红色的荧光记事贴，你说这是多大灾难啊？

我想都不敢想。

见面定在一个礼拜以后（大家都会像这样把时间拖延一点点）。

我先把一些杂七杂八的事情做完：请一个下午的假（米西琳，我明天不上班！）；把孩子送到一个他们会很开心的地方，去的地方不能将就；提前通知我的爱夫：

“我明天去巴黎。”

“去干什么？”

“有事情。”

“是去跟情人约会吗？”

“差不多吧。”

“是谁？”

“那个邮递员。”

“啊，我早该想到……”

只剩下唯一一个真正至关重要的问题：我穿什么衣服去？

要有未来那位真正的大作家朴实无华的样子，因为真正的生活在别处。不要因为我丰满的胸部而爱我，要爱我丰富的内在精华。

要有未来那位真正的多产的畅销书作家的长盛不衰，因为真正的生活在这里。不要因为我的才华而爱我，要因为我笔下的人物。

要把巴黎左岸那些风度翩翩的编辑先生一个个吃掉，而且要马上扑上去，因为真正的生活在他们的办公桌上。不要因为我的稿件而爱我，要爱我的无与伦比的精髓。

喂，阿达拉[①]，不要异想天开了。

最后我紧张得不得了，你肯定也会认为，这一天不该这样度过，老想着走路的姿势，还掉了一只袜子到地毯上。这毫无疑问是我这卑微人生中最重要的日子，我不能因为一套非常暴露性感但又让人讨厌的衣服把什么都搅黄。

（是的！超级迷你裙就很让人讨厌。）

我还是穿牛仔裤去吧。最合适不过。我那条已经穿了十年已经穿旧了的李维斯501，经过“石磨水洗”，上面有铜铆钉，红色的标签在右边的屁股上，这条裤子已经穿出了我的身形，上面有我的体香。它是我的老朋友。

我对那个风度翩翩、才华出众的男人还是产生了某种激动的思绪，他纤细的手指正在摆弄着我的未来（出版，还是不出？），牛仔裤，必须承认，是显得呆板了些。

---

① 法国作家夏多布里昂同名小说中的主人公。

啊……担心来担心去，没完没了。

好了，我断然做出决定。就穿牛仔裤，但里面穿踩脚的健美裤。

可那内衣他是看不见的呀，你肯定会这么跟我说，还轮不上我……如果连知晓女人里面穿什么内衣这点特殊的本领都没有，他怎么可能升到那么高的编辑职位，最难以察觉的精致内衣他都看得出来。

是的，这样的男人神通广大，什么都知道。

他们知道坐在他们对面的女人肚脐眼下面穿的是棉质短裤，还是廉价超市里那种完全变形了的红内裤，还是那种小小的让人发疯的内裤，这样的内裤让女人脸红（为她们付出的价钱），也让男人的脸颊绯红（为他们将要付出的代价）。

他们显然知道。

在内裤的选择上，我可以告诉你，我花了一大笔钱（用两张支票），我挑选了一套搭配好了的内裤和乳罩，那是能让人产生幻觉的很特别的东西。

我的上帝啊……

超一流的货色，超一流的材料，超一流的手工，全是象牙色的丝织品，还镶有加来花边，那可是法国的小工人手工织出来的，柔滑，漂亮，珍贵，温馨，是那种含在嘴里而不是在手上会融化的令人久久难忘的东西。

命运之神啊，我来了。

我在商店的镜子前面打量着自己（那些人真精明，他们采取的是特殊的照明，让你显得苗条，肤色也好看，富人去的超级市场里照死鱼的卤素灯照出的就是这种效果），自从玛格丽特存在以来，我第一次对自己说：

“行了，我不后悔所有在咬手指甲中度过的时光，在我那小得不能再小的电脑屏幕前得的湿疹。啊，不后悔！所有这一切，所有这些同恐惧和缺乏自信的较量，我脑袋里所有那些陈谷子烂芝麻，比方说我在构思《沙发床》时所有那些失去和忘却的东西，我都不后悔……”

我不能精确说出我为此付出了多大的代价，因为根据“正确的政治标准”，我丈夫的桥牌，汽车的保险，待业生活保证金，所有这一切我都可能遭遇到，要知道这些事也会把人搞得目瞪口呆；它们带来的压力，就不能用秤来称有多重，然后按一公斤多少钱来计算。

话说回来，不入虎穴焉得虎子，舍不得孩子套不着狼，如果不付出一点代价，你的书怎么可能出得来，不是吗？

我们来了。来到巴黎6区。

在这个区遇到的作家一抓就是一大把，跟在这里上班的人一样多。这是生活的中心。

我泄气了。

我的肚子痛，我的肝脏痛，我的两条腿痛，我身上的汗滴像豆子那么大，而我花了那么多钱买来的内裤都缩到屁股丫丫里面去了。

多漂亮的一幅画啊。

我迷失了方向，那条街的名字没有一个地方标出来，非洲艺术长廊到处都是，展示的都是些大同小异的非洲面具，我开始讨厌非洲艺术了。

我终于找到那家出版社。

接待员让我耐心等候。

我觉得我快要晕过去了。我深呼吸，就像在分娩的时候医生教我们做的那样。放松……安静……

挺直腰杆。眼观四路。这么做总是管用的。吸气，吐气。

“您没事吧？”

“啊……是的，是的……没事……”

“他正在与人面谈，不会要太长的时间，他应该不会拖延……”

“……”

“您要不要来杯咖啡？”

“不，谢谢。”（喂，接待员小姐啊，你没发现我很想吐吗？帮帮我，给我一巴掌，给我浇一桶水，一大盆水，一针胃肠解痉药斯帕丰，一杯冰镇可乐……或别的什么东西。我求你了。）

一个微笑。她给了我一个微笑。

实际上是猎奇心理在作怪。没有别的。

他想见我。他想看我长了一个什么样的脑袋瓜。他想看看我长得什么模样。

仅此而已。

关于那次见面的情景我就不说了。此刻我正在用比较纯净的沥青治我的湿疹，真的没必要赘述了，看看我的浴缸的颜色就知道了。所以我不说了。

好吧，还是透露一点吧：那时，那只猫（想了解更多的细节的话你去看《灰姑娘》中的吕西福就知道了）看着那只老鼠在它的爪子下面四脚乱踢，猫很开心："……她毕竟是从外省来的……"。猫不慌不忙，最后终于说：

"您听着，我毫不隐讳地告诉您，您的稿子里有许多有趣的东西，您的文笔也有些与众不同，可是（接下来是洋洋洒洒的评论，评论从事写作的人尤其是编辑工作的辛苦）……在目前情况下我们是不能出版您的作品的，这其中的原因您也很容易明白。但是，我希望您继续努力，我会密切关注您的创作。今天就到这里吧。"

就这些。

真傻。

我一直在那里坐着。依然无话可说。

他站了起来（动作幅度很大、动作很优美），径直朝我走来，做出要和我握手的姿态……见我没有任何反应，他又做出向我伸手的姿态……见我还没有任何反应，他做出要拉我的手的姿态……见我没有任何反应……

"出什么事了？好啦……不要那么沮丧，您知道第一本书一写出来就出版的情况非常少见。您知道我看好您。我感觉到我们会在一起成就大事。同样，我毫不隐瞒地告诉您我对您充满信心。"

你就别再吹了，宾虚[①]。你没发现我动不了吗？

“您听着，我非常抱歉。我不知道我哪里出了毛病，可我就是站不起来。我好像一点力气都没有。真蠢。”

“您常出现这种情况吗？”

“不。这是第一次。”

“您哪里痛吗？”

“不。有一点但不厉害。”

“您动动手指看看。”

“我动不了。”

“您肯定吗？”

“当然……”

我们俩大眼瞪小眼，就像你揪着我的小胡子我揪着你的小胡子一样。

（恼火地）“您是存心这样还是怎么的？”

（非常恼火）“当然不是啦。瞧您说的！”

“要我叫医生来吗？”

“不用，不用，马上就好了。”

---

① 第32届奥斯卡最佳影片《宾虚》（Ben-Hur）中的主角，由威廉·惠勒导演，查尔顿·赫斯登、斯蒂芬·博伊德主演，影片以基督教创建初期和古罗马征服东方为时代背景。古罗马军队侵占了以色列，耶路撒冷新任总督奎忒斯抵达此地，军团司令官梅撒拉凯旋回到故乡。他与儿时的朋友，改信基督教的基督徒宾虚逐渐结成冤家。后来由于宾虚在海盗袭击兵船时救了舰队司令的命，被他收为义子带到罗马。在那里宾虚成为著名的角斗士。

“那最好了。问题是我还有别的约会……您不能待在这里。”

“……”

“再试试……”

“没用。”

“这都是什么事啊！”

“我不知道……您希望我跟您说什么呢？……也许是关节方面的病痛犯了，或者是因为太激动引起的什么病。”

“假如我跟您说‘好吧，我同意，我同意出您的书……’那您能站起来吗？”

“当然不能。您把我当什么人啦？我的样子有那么蠢？”

“不，假如我说我真的帮您出版呢？”

“首先我不会相信您说的话……喂，您等等，我在这里并不是求您发善心的，我只是麻痹了，您知道这两者的区别吗？”

（他用细细的手指搓着脸）“碰到您这种事情的人应该是我才对……仁慈的上帝啊……”

“……”

（看了看表）“现在您听着，我要把您移走，因为我现在真的需要我的办公室……”

他说完就把我推到走廊里，仿佛我坐的是轮椅一样，只是我坐的不是轮椅，这对他来说也绝对可以区别……还好我应付了过来。

你这坏蛋，我真想杀了你，真想杀了你。

“您现在想要杯咖啡吗？”

“是的。很乐意。您真好。”

“您肯定不要我叫一名医生来吗？”

“不要，不要，谢谢。很快就会没事的。”

“您太紧张了。”

“我知道。”

接电话的那位小姐的电话机上从来就没有什么记事贴。前面那一次她对我那么热情，因为她本身就是个热情的女孩。

今天我也并非全盘皆输。

是真的。人们并不总是有机会在连续几个小时的时间里看一个像她那样的女孩的。

我喜欢她的声音。

她时不时地跟我打打招呼，好让我觉得不那么孤单。

之后电脑都没有声音了，电话答录机都启动了。电灯都关了，那里的人都走完了。

我看见他们一批接一批都走了，所有的人都以为我坐在那里等人，你可真会开玩笑。

最后，那个经常把那些平庸作家吓哭的“蓝胡子”终于从洞穴里出来了。

“您怎么还在这里啊，您！！！”

“……”

“可我怎么处置您呢？”

“我不知道。”

“可我知道。我要打电话给救护中心或叫消防队来，他们可以在五分钟内把您撤走！您总不能在这里睡觉吧？！”

“不，不要叫任何人，拜托了……马上就会好的，我感觉到了……”

“那当然，可我要关门了，这事您能理解，对吧？”

“把我抬到人行道那里吧。”

你肯定可以想到把我抬下去的人不是他。他到附近喊了两个跑腿的人来。两个又高大又英俊的小伙子，两个有文身的奴才像抬轿子一样把我抬到了楼下。

他们每人抬一边扶手，然后把我轻轻地放在大楼底下。

他们很可爱。

我先前那位“未来的编辑”，那个相信我的未来的正直体贴的男人神气十足地向我致敬。

他向远处走去，好几次回过头来，摇摇头，仿佛从噩梦中醒来，他真的不相信这是真的。

至少，他吃晚饭的时候有故事可讲了。

他的太太会非常开心。今晚他不会讲出版社里那些危言耸听的故事让她的耳朵起茧了。

今天以来的第一次，我感觉好些了。

我看着对面餐馆的那些服务员围着缎纹桌布忙个不停，他们都训练有素（就像我的小说，我冷笑着想），我特别仔细地盯着其中一个服务员看了好久。

正是那种典型的在咖啡馆做事的法国小伙子，使那些穿着锐步牌运动鞋的肥胖的美国女人内分泌失调的法国小伙子。

我抽了一支味道特别好的香烟，一边慢慢地吐出烟雾，一边看着行人。

真是很惬意（只是旁边有个停车计时器散发出狗尿骚）。

我在那里待了多久了，在那里思索发生在我身上的悲剧？

我不知道。

餐馆的生意已经进入最高峰，我看见一对对夫妻或情侣在露天座上笑着用球型玻璃杯喝玫瑰红葡萄酒。

我情不自禁地想：

……也许要到来世了，我的编辑会带我去那里吃午餐，“因为那里更方便”，他会讲笑话逗我开心，请我喝比普罗旺斯格都葡萄酒还要好的酒……催我尽快完成那部“对您这种年龄的女子来说显得过于成熟”的小说，然后挽着我的手陪我去出租车招停站。他还做出媚态来取悦我……

……肯定要到来世了。

好了……玛格丽特的故事还没讲完，但我还有衣服等着要烫……

我一跃而起，把我的牛仔裤拉好，径直朝一个光彩照人的年轻女子走去，她正坐在奥古斯特·孔德[1]的雕像的底座上。

你看看她。

美丽，性感，高贵，两条无与伦比的玉腿，特别精致的脚踝，翘起的鼻子，饱满的额头，显得斗志昂扬、傲气十足。

穿着用绳子系的衣服，身上有文身。

嘴唇和指甲都涂成黑色。

一个令人难以置信的女孩。

她时不时气愤地朝附近的街道看一眼。我猜想是她的恋人迟到了。

我把稿子递给她。

"给。"我说道，"是个礼物。你看看它，时间就不会显得特别慢。"

我相信她向我道过谢，但我不能确定，因为她并不是法国人！……这让我很难过，我差点又过去把我那份无与伦比的礼物要回来，后来……我又一想，那又何必呢，我越走越远，我甚至非常开心。

我的稿子今后将留在世界上最美丽的女孩的手中。

这让我感到欣慰。

有那么一点。

---

① 奥古斯特·孔德（1798—1857），法国著名的哲学家、社会学和实证主义的创始人。

我 曾 经 爱 过

“你说什么？”

“我说我要把她们带走。到外面去走一走对她们有好处……”

“什么时候啊？”婆婆问他。

“现在。”

“现在啊？你别想……”

“我想。”

“喂，你这是什么意思啊？都快11点钟了！皮埃尔，你……”

“苏姗娜，我来跟科萝爱说。科萝爱，你听我说。我很想带你们离开这里，你愿意吗？”

“……”

“你觉得这是个馊主意吗？”

“我不知道。”

“你去把东西准备好。你一回来我们就走。”

“我不想回家。”

“不想回就不回了。到时候有什么问题的话，我们就地解决。”

“可您不……”

“科萝爱，科萝爱，拜托了……相信我。”

我的婆婆还在抗议：

“怎么会这样！你们说什么也不能在这个时候把小姑娘们吵醒吧！那屋子连暖气都没有！那里什么都没有！她们要用的东西那里一样也没有。她们……”

他已经站了起来。

马丽容在汽车后座的儿童安全座椅上睡着了，大拇指还放在嘴唇边上。露西在旁边缩成一团。

我看着我的公公。他的上身挺得直直的。他的双手紧紧地抓住方向盘。我们出发后他还没有说过一句话。我们和另一辆汽车交错而过的时候，借助那辆车的灯光我看见了他的侧面。我相信他和我一样伤心。相信他也很疲惫。他也很失望。

他察觉到我注视他的目光。

“你干吗不睡？你应该睡觉，这一点你很清楚，你应该把座椅靠背放低，躺着睡一觉的。路还长着呢……”

“我睡不着。”我回答说，“我要把您照看好。”

他朝我微微一笑。只是微微一笑。

“不用的……应该是我照顾你。”

然后，我们重新沉浸到各自的思绪中。

我双手捂着脸哭了起来。

我们在一个服务区把车子停了下来。我趁他下车不在的时候查看我的手机。

没有任何信息。

当然不会有。

我真蠢。

我真的很蠢……

我把收音机打开又关上。

他回来了。

“你要去一下吗？你想要什么东西吗？”

我同意了。

我弄错了按钮，我的大口杯里灌满了一种让人恶心的液体，我随即就把它扔掉了。

我在小商店里给露西买了一包尿布，给自己买了一把牙刷。

我不把座椅的靠背放低，他就拒绝发动汽车。

他关掉发动机时，我重新睁开了眼睛。

“你别动。你和孩子们都待在车上，车里面还很暖和。我去把你们房间里的取暖器接上电源。然后我再回来接你们。”

再次祈祷我的手机。

在清晨四点钟的时候……

我真蠢。

我再也无法入睡了。

我们娘儿仨睡在亚德里安的祖母睡过的那张床上。这张床嘎吱嘎吱地叫得厉害。以前是我和他睡的床。

我们做爱的时候尽可能少晃动。

你的胳膊或大腿只要稍稍动一下，整座房子里的人都会知道。我还记得我们第二天早晨下楼的时候从克丽丝蒂娜的话里听到的弦外之音。我们端着碗，面红耳赤，我们的手在桌子底下握在了一起。

后来我们谨记了这个教训。我们做爱的时候比世界上任何人都谨慎小心。

我知道他会回到这张床上，不是和我，而是和另外一个女人，我知道他和她在一起的时候，当他们控制不住时，他会掀起这块厚床垫，铺到地上去。

是马丽容把我们吵醒了。她让她的玩具娃娃在鸭绒被上奔跑，一边讲着几个棒棒糖不翼而飞的故事。露西摸摸我的睫毛说："你的眼睛都粘在一起了。"

我们在被子下面穿衣服，因为房间里实在是太冷了。

床架嘎吱嘎吱地响着，逗得她们直笑。

公公在厨房里生了一个炉子。我看见他在花园尽头的一个棚子底下找柴火。

这是我和他第一次单独相处。

以前，有他在旁边时，我总觉得浑身不自在。他太冷若冰霜。太沉默寡言。亚德里安跟我说过的所有那些事情也影响了我对他的看法，亚德里安在他的眼皮底下艰难地成长，父亲那么严厉，动不动就发脾气，上学成了苦差。

他和苏姗娜在一起也是一样。我从未见过他们之间有任何恩爱的表示。“皮埃尔不是那种感情外露的人，但我知道他心里有我。”有一天，我们一边给四季豆去梗一边谈论爱情时，她跟我说了这番知心话。

我点了点头，但我百思不得其解。我无法理解这个节制、压抑自己的感情冲动的男人。因为害怕暴露自己软弱的一面而从不表露自己的心迹，这样的行为我永远也不能理解。在我的家里，我们搂抱亲吻是家常便饭，就像呼吸一样。

我还记得那个吵吵闹闹的夜晚，也是在这间厨房里……我的大姑子克丽丝蒂娜抱怨教她孩子的那些老师，说他们不够格，知识贫乏。说到这里时，话锋突然转到常规教育，尤其是他们自身的教育。风向突变。剑拔弩张。厨房变成了法庭。亚德里安和他姐姐是原告，他们的父亲则坐在被告席上。真是千钧一发的时刻啊……假如那颗炸弹爆炸了该咋办呢？可炸弹没有爆炸。尖锐的问题被打回去了，大家避免了更激烈的冲突，只是说了些具有杀伤力的带刺的话。

向来如此。

可无论如何这怎么可能呢？我的公公拒绝应战。他听着自己的孩子们的尖刻批评，可他从不回应。“你们的批评落到我身上就像落到鸭子的羽毛上一样。”他在离开之前总是笑盈盈地做最终裁决。

然而，那一次的争论却是最激烈的一次。

我现在还记得他那张皱紧的脸，他的两只手紧紧地抓住那只装水的长颈大肚玻璃瓶，仿佛要当着我们的面把它掐碎。

我想象着他憋在心里永远也不会说出口的那些话，并试着去理解。他到底抓住什么不放？他一个人的时候到底在想些什么？他的私生活会是什么样子呢？

克丽丝蒂娜别无他法，只好搬我当救兵：

“你呢，科萝爱，你对我们所说的这些事怎么看？”

我很累，我希望这一个晚上的争论早点结束。我对他们的家庭纷争烦透了。

“我嘛……”我若有所思地说，“我觉得皮埃尔和我们不是同一种类型的人，我的意思是，不是那种真正意义上的同一类人，我觉得他是错生在了迪拜家的火星人……”

其他人都耸耸肩膀，把头转了回去。他却没有。

他松开了那只长颈大肚玻璃瓶，脸上的肌肉也放松了，向我露出了笑容。我还是第一次见他那么笑。兴许也是最后一次。那天晚上我们俩好像达成了某种类型的默契……这种关系非常微妙。我尽可能地为他做了辩护。而现在，这个头发灰白、滑稽可笑的火星人正推着一辆装满木柴的独轮车，朝厨房门走去。

“还好吗？你不冷吧？”

“还好，还好。谢谢您。”

“小姑娘们呢？”

“她们正在看动画片呢。”

“这个时间段也有动画片看吗？”

“学校放假的时候，每天上午都有。”

“啊……太好了。你看到咖啡了吗？”

“看到了，看到了。谢谢。”

“你呢，科萝爱，你有什么打算？说到假期，你要不要……”

“给公司打电话，是吗？”

“是呀。不过我不知道需不需要那么做。”

“需要的，需要的，我就打电话，就打……”

我又开始哭了起来。

公公垂下了眼帘。他把手套脱了下来。

“原谅我，与我不相干的事情我不该瞎掺和。”

“没事，没事，不是因为这个，只是……我觉得自己完蛋了，彻底地完蛋了……我……您说的有道理，我马上就给我的上司打电话。”

“谁是你的上司？”

“是个朋友，反正我觉得是，我看看情况……”

我用露西的一个小宝贝把我的头发束起来，那是她塞在我口袋里的。

“你就跟她说你要请几天假照顾你那脾气暴躁的老公公……”他建议道。

“好的……我告诉她我的公公脾气暴躁，而且肢体不灵便。这样显得更郑重其事一些。”

他一边微笑，一边朝杯子里吹气。

劳尔不在办公室。我结结巴巴地跟她的助手说了三两句话，正好另外那部电话也有人打进。

我也给家里挂了电话。我按了答录机的密码。都是些无关紧要的留言。

我还能指望有什么留言呢?

我的眼泪再一次涌了上来。我公公刚进来随即又走了。

我告诉自己:“哭吧，要哭就一次哭个够。把眼泪哭干，把毛巾拧干，把这副庞大的伤心的身体里的水分甩干，然后把这一页翻过去。把心思放到别的事情上。迈出这一步，一切从头开始。”

别人都劝我上百次了。把心思放到别的事情上去吧。日子总得过下去。想想你的女儿吧。你没有权利自暴自弃。打起精神来。

是的，我知道，我清楚得很，但你们要理解我，我做不到。

首先，生活的意义是什么呀?生活的意义是什么呢?

我的孩子，是啊，可我能给她们什么呢?一个摇摇晃晃站不稳的妈妈吗，还是一个颠三倒四的世界?

我很愿意一大早就起床，穿好衣服，吃早餐，给孩子们穿衣服，让她们吃东西，一直坚持到晚上，抱着她们让她们睡觉。这些我可以做到。所有的人都做得到。可除此以外我做不了别的。

可怜可怜我吧。

除此以外我什么也不能给她们。

“妈妈！”

“唉。”我边用袖子抹眼泪边回答。

“妈妈！”

“我在这儿，在这儿……”

露西站在我前面，大衣里面穿着睡衣。她提着她的芭比娃娃的头发让它旋转着。

“你知道爷爷说什么吗？”

“什么？”

“他说我们要去吃麦当劳。”

“我不信。”我回答说。

“怎么不信，是真的呀！是他亲口跟我们说的。”

“什么时候说的呀？”

“就在刚才。”

“可我原以为他讨厌麦当劳的……”

“不，他不讨厌麦当劳。他说我们先去买东西，然后一起去麦当劳，还有你，还有马丽容，还有我，还有他！”

我们上楼梯的时候她牵着我的手。

“你知道，我几乎没什么衣服在这里。我们把衣服全落在巴黎了……”

“是真的。”我承认，“我们把什么都落下了。”

“你知道爷爷还说了什么吗？”

“不知道。”

“他跟马丽容和我说我们去采购的时候他要给我们买衣服。买我们自己喜欢的衣服……”

“真的吗？”

我给马丽容换了内衣，一边换一边胳肢她的肚子。

这时，露西坐在床边继续把刚才没讲完的话慢慢地往下讲。

“他还说他答应……”

“答应什么？”

“答应我所有的要求……”

那太糟了。

“你跟他要什么了？”

“芭比娃娃的衣服。”

“给你的芭比娃娃穿的吗？”

“给它穿的和给我穿的。我和它穿一模一样的。”

“你是说那些亮闪闪的可怕的T恤？”

“是啊，还有其他配套的东西，粉红色的牛仔裤，有芭比娃娃商标的粉红色篮球鞋，有小花结的袜子……你知道……在那里……小花结在后面……”

她指着她的脚踝让我看。

我把马丽容放在那里睡觉。

“棒极了呀。”我跟她说道，“你穿上那身衣服一定棒极了！”

她噘起嘴巴。

“可再怎么漂亮的东西，你都会觉得它很难看……”

我大笑起来，亲了亲她那可爱的小嘛嘴。

她一边穿裙子一边还在做她的美梦。

“我会很漂亮，是吗？”

“你已经很漂亮了，宝贝，你已经非常非常漂亮了。”

“对啊，但穿上那些衣服会更漂亮……”

“你觉得那可能吗？”

她想了一下。

“是的，我觉得……”

“好了，把身子转过去。”

女孩子是多么美丽的造物啊，我一边给她梳头一边想，多么美丽的造物……

我们在收银台前面排队的时候，公公向我承认他已经十几年没进过大商场了。

我想到我的婆婆苏姗娜。

她总是一个人推着小推车。

到哪里都是孤孤单单一个人。

在吃过炸鸡块之后，我的两个女儿钻进一个堆满彩球的笼子里玩去了。进去之前，一个年轻人要她们把皮鞋脱掉，我的腿上则放着露西那双可怕的“你是个芭比娃娃”的篮球鞋。

更糟的是鞋子的后跟是透明的……

“您怎么会买这么可怕的东西？”

“这些东西可让她开心了……我试着不要在新的一代人身上犯以前

的老错误……你瞧，比方说这里吧……如果是在三十多年以前，即使有机会我也绝对不会带克丽丝蒂娜和亚德里安来这里。绝对不会！为什么，现在我问自己，为什么要剥夺他们的这种快乐？那又能让我蒙受多大的损失呢？要度过一段艰难的时光吗？看着你两个闺女那红扑扑的笑脸，那点损失又算得了什么呢？”

“我把什么都颠倒了过来，”他摇着头补充说道，“甚至连这个讨厌的三明治我都拿倒了，不是吗？”

他的裤子上沾满了蛋黄酱。

“科萝爱？”

“唉。”

“我希望你吃点东西……请别介意我跟苏姗娜一样唠叨，可你从昨天起就什么东西都没吃……”

“我吃不下。”

他猛然清醒过来。

“对呀，你怎么可能吃如此令人作呕的东西呢？！谁吃得下啊？嗯？你说说看，谁吃得下？没有人！”

我试着挤出一个微笑。

“好吧，我同意你现在继续节食，但截止到今天晚上！今天的晚餐我来准备，到时候你必须吃得津津有味才行，你听明白了吗？”

“明白了。”

“你看看这个，这种宇航员吃的东西怎么入口啊？”

他指着一个塑料冷饮调和器里的沙拉，它不太像真的。

后半个下午我们是在花园里度过的。我的两个女儿围着她们的爷爷像蝴蝶一样飞来飞去，他正在那里想办法把那副老秋千马马虎虎地修理一下。我坐在台阶上，远远地看着她们。天气很冷，但阳光明媚。她们的头发在阳光下闪着金光，我觉得她们很漂亮。

我在想亚德里安。他此刻正在做什么呢？

此时此刻他在哪里呢？

跟谁在一起呢？

还有我们的生活，它会像个什么样子呢？

每一个问题都要翻来覆去想好久。我很累。我合上了眼睛。我梦见他来了。我听见院子里有汽车发动机的声音。他在我身边坐了下来，亲吻我，把一根手指压在我嘴唇上，叫我不要出声，要给小家伙们一个惊喜。我依然能感觉到他在我的脖子上留下的甜蜜的吻，他的声音，他的体温，他的体香，一切都还在。

一切都还在……

除非你不去想。

一个女人要过多长时间才能忘记那个爱过你的男人的气味？又要到什么时候才能像他不再爱你一样不再爱他？

给我一个计时沙漏吧。

我们最后一次搂抱在一起时，是我在亲他。那是在弗兰德大街的一部电梯里面。

他任由我亲个够。

为什么？他为什么任凭一个他不再爱的人亲他？为什么他还让我亲他的嘴巴，亲他的手臂？

那已经没有意义了。

秋千修好了。皮埃尔瞥了我一眼。我把头扭到一边。我不想与他的目光相遇。我很冷，嘴唇上都是鼻涕，而且我要去把浴室弄暖。

“我能帮您做点什么吗？”

他在腰间系了一块长方形围裙。

“露西和马丽容都睡了吗？”

“睡了。”

“她们不冷吧？”

“不冷，不冷，她们非常暖和。您还是告诉我我可以做点什么……”

“你可以哭出来，只要我觉得这对我来说不是受苦刑……看你无来由地哭一哭会让我感觉好受一些。给你，帮我切一下。”他递给我三只洋葱，补充说道。

“您觉得我哭得太多了？”

“是啊。”

沉默。

我拿起洗碗槽旁边的一块切菜板，在他对面坐了下来。他脸上的肌肉又缩紧了。我们只听得见炉火的声音。

“那并不是我的本意……”

“对不起，我没听明白。”

“我本来想说的并不是那个意思，我不觉得你哭得太多了，我只是觉得很压抑。你笑起来的样子是那么可爱……

“你想喝点什么吗？”

我摇了摇头。

“真遗憾，要等它暖一点后才能喝……先喝一点布什米尔[①]怎么样？”

“不喝了，谢谢。”

“为什么？”

“我不喜欢威士忌。”

“真不幸！没有关系的！替我尝一口……”

我把酒杯端到嘴边，发现我很讨厌这酒味。我已经好几天滴水未进，我一下子就醉了。我切洋葱时刀子从洋葱皮上滑下去，我的脖颈都要挥发掉了。我都快切掉一根手指了。但我感觉蛮好。

“这酒蛮好的吧，是不是？这瓶酒是帕特里克·弗朗达尔在我60岁生日时送我的。你还记得帕特里克·弗朗达尔吗？”

“呃……不记得。”

“不会，不会不记得，我相信你在这儿见过他，你想不起来吗？那家伙块头很大，胳膊特别粗……”

“就是那个把露西往空中抛，弄得她直想吐的家伙吗？”

“没错。”皮埃尔一边回答，一边又给我倒了一杯酒。

---

① 爱尔兰威士忌品牌，已有400多年的酿造历史。

“是的，我记起来了……”

“我非常喜欢他，经常想起他……真奇怪，我把他当成我最要好的朋友之一，但我对他的了解并不多……”

“您也有最要好的朋友吗，您？”

“你怎么这样问我？”

“没什么。唉……我不知道。我从没听您说起过。”

公公正全神贯注地弄他的胡萝卜片。看一个男人平生第一次下厨总是很有意思的事情。照搬菜谱，连菜谱上的逗号也不放过，就好像吉娜特·马提奥①是个非常敏感的女神一样。

“上面注明‘把胡萝卜切成中等大小的薄片’，你看这样行不行？”

“非常好呀！”

我笑了。没有颈部支撑，我的头在肩膀上面轻轻摇动。

“谢谢……我刚才说到哪里了？啊对了，我的朋友……实际上，我有三个朋友……帕特里克是我那一次在罗马旅行期间认识的。那次旅行是因为我们堂区的人过分虔诚……那是我第一次没有父母陪伴的出游……那年我15岁。帕特里克是爱尔兰人，块头有两个我那么大，我根本就听不懂他在说什么，但我们很快就勾搭在一起了。他是由世界上最正派的人抚养大的，我恰巧来自一个死气沉沉的家庭……两条年幼的狗被放到那座永恒的城市……那是什么样的朝圣啊！……”

说到这里，他仍然在战栗。

---

① 吉娜特·马提奥（1907—1998），法国美食家，出版过30多部作品，其中的《我是厨师》畅销600多万册，被誉为“烹饪圣经”。

他把洋葱、胡萝卜片和一些熏过的胸肉片一起倒进一口炖锅里用油煎着，气味非常香。

“然后还有让·泰荣，你认得他，还有我弟弟保罗，你没见过他，因为他1956年就死了……”

“您把您弟弟当成您最要好的朋友？”

“还远不止是最要好的朋友……科萝爱，我认识你这么久，我知道你的个性，你肯定会喜欢他的。他是个机灵、风趣的小伙子，爱关心别人，成天乐呵呵的。他还会画画……明天我把他画的水彩画拿给你看，那些画存放在我的办公室里。他熟悉所有的鸟叫声。他爱逗弄别人，但从不伤害任何人。他是个很可爱的小伙子。真的很可爱。而且所有的人都喜欢他……”

“他是怎么死的？”

公公转过身去。

“他去了印度支那，回来时已经染了病，成了半个疯子。他1956年7月14日[①]死于结核病。”

“……”

“没有必要告诉你，从此以后，我的父母再也没看过一次阅兵式。舞会和焰火也一样，对他们来说一切都结束了。”

他在锅里加了一些肉片，翻来覆去地炒，要炒成金黄色。

“你知道吗，最糟糕的是，他是自愿入伍的……那时，他还在读书。

---

① 7月14日为法国国庆日，这一天在香榭丽舍大道有阅兵式。

他成绩非常好。他想到国家森林办公室工作。他喜欢树木和鸟儿。他不应该去当兵的。他没有任何理由要去。没有任何理由。他性情温顺，是个和平主义者，经常说到季奥诺[①]……”

“那又是为什么呢？”

“因为一个女孩。愚蠢的失恋。那女孩什么也不是，根本就没什么特别的地方，而且还只是个黄毛丫头。那是个荒唐的故事。生命如此虚幻，以至于我现在跟你说起这件事以及我每次想到它的时候，我都会有一种幻灭的感觉。一个优秀的青年为了一个爱赌气的小女子奔赴战场，何其可笑。这样的故事在火车站摆卖的小说中可以读到。这样的故事如果放到情节剧中倒是非常合适！”

“她不爱他吗？”

“不爱。可保罗爱她爱疯了。他为她神魂颠倒。他在她12岁的时候就认识她，那时就给她写情书，可她连看都看不懂。他逞强跑去当兵。就是想让她看看他是怎样的一条铁骨铮铮的汉子！出发的前一天晚上，那头笨驴，他还在夸口说：‘如果她跟你们要我的地址，不要马上就给她，我希望是我第一个给她写信……’可三个月后，她就和帕西街肉店老板的儿子订了婚。”

他在锅里放了十多种不同的辛香佐料，壁橱里所有能找到的他都用上了。

我不知道吉娜特知道了会怎么想……

---

① 让·季奥诺（1895—1970），法国作家，作品大多描写故乡故土的山川风物，代表作为《屋顶上的轻骑兵》。

“那是一个个头很高、平平庸庸的小伙子，每天的工作就是在他父亲肉铺的后间里给肉块剔骨头。你可以想象，这对我们来说是多大的打击啊。她拒绝了我们的保罗就为了这么个大笨蛋。他在世界的另一头，可能正在那里对她朝思暮想，给她写情诗，那个傻瓜，可她呢，她一门心思只想着星期六晚上和那个呆头呆脑的家伙出去约会，因为他能借他父亲的汽车。我还记得，那是一辆天蓝色的‘驱逐舰’①……当然啰，她有权不爱保罗，可保罗是个极度狂热的孩子，失去了勇气，失去了热情，他就一事无成……真是糟蹋了……”

“后来呢？”

“没什么后来了。保罗回来了，我母亲换了一家肉店。他的大部分时间都是在这间房子里度过的，几乎足不出户。他画画，读书，抱怨睡不着觉。他疼痛难忍，不停地咳嗽，然后就死了。死的时候才21岁。”

“您以前从来没说过……”

“没有。”

“为什么？”

“我喜欢跟那些认识他的人说，那更容易些……”

我把椅子从桌边移开。

“我来摆餐具。您想在哪里吃？”

“就在这里吧，这里很舒服。”

他把大灯熄了，我们面对面坐了下来。

---

① 二战后雷诺公司生产的一款汽车。

“味道真好。”

“你真的这么想？我觉得好像煮过头了一点，是不是？”

“没有，没有，我向您保证，非常好。”

“你真好。”

“是您的酒好。跟我说说罗马吧……”

“罗马城吗？”

“不，说那次朝圣……您15岁的时候是什么样子？”

“噢……我是什么样子？那个时候我是世界上最懵懵懂懂的小男孩。我努力跟上弗朗达尔的大步子。我伸出舌头，跟他说巴黎，红磨坊，什么东西都敢断言，还厚颜无耻地撒谎。他笑笑，用一些我也听不懂的话来回答，然后轮到我笑了。我们去偷泉水里的硬币，路上与女孩子交错而过的时候发出傻笑。现在回想起来，我觉得我们那时真的可歌可泣呀……如今我再也记不得朝圣的目的了。当时肯定是有明确的理由的，比如去那里祈祷……我已经记不得了……那对我来说是一次外出呼吸新鲜空气的绝好机会。那短短的几天时间改变了我的人生。我尝到了自由的滋味。就像是……我再给你倒点酒吗？”

“好的。”

“还得看看当时的背景……我们似乎赢得了一场战争。人心都变得尖酸刻薄，连空气中都弥漫着那种刻薄的味道。那时我们不能在家里提到某个人，一位邻居，一个商人，同学的父母，不然的话马上就会被我父亲归到告密者或奸细、懦夫或无赖那一类人中去……那是很可怕的事情。你很难想象，但相信我，这对小孩子来说是非常可怕的事情……首先我们再也不跟他说话了……或者很少说话……孩子对父母说的那些少得可怜的话……有一天我还是问了他‘如果你觉得人类那么坏，那你干吗还要为他们而斗争？’”

“那他是怎么回答的？”

“什么也没回答……只有蔑视。”

“谢谢，谢谢，倒得太多了！”

“那时我住在一幢灰不溜丢的楼房的第二层，在16区最里面的旮旯里。很凄清……我的父母亲没有理由住在那里，但那个地段很有诱惑力，你明白吗，16区[①]啊！我们在那套阴森森的公寓里过着紧巴巴的日子，太阳从来都照不进屋，母亲禁止我们开窗户，因为我们的楼下就是公交车停车场。她担心她的窗帘变黑……噢，噢，这可爱的波尔多葡萄酒让我很容易就把这个动词的虚拟式的未完成过去时变位出来了[②]，这真让人惊讶！我那时烦得要命。我太小了，父亲对我没兴趣，而母亲则像蝴蝶一样飞来飞去。

“她经常出门。‘把时间用在本堂区。’她一边抬眼看着天空一边说道。她做得太过头了，几个虔诚女人的愚蠢行为让她恼火，不过这都是她彻头彻尾捏造出来的。她脱掉手套，丢在门口的托架上，就像要甩手不干一样。她唉声叹气，东窜西窜，喋喋不休，满嘴谎言，有时甚至犯

① 巴黎的富人区。

② 指前一句中的devenir（变）的虚拟式未完成过去时第三人称复数的变位形式devinssent，这种语式不常用所以很难记。

糊涂。我们懒得理她，随她去说。保罗叫她萨拉·贝纳尔[①]，我父亲则在她离开屋子时重新拿起他的《费加罗报》来看，不做任何评说……你还要点土豆吗？”

“不要，谢谢。”

“我在强生-德-赛利中学[②]是半个寄宿生。我的心情和我的家一样阴郁。我阅读《勇敢的心》[③]和飞侠哥顿[④]的历险故事。每逢星期四我都和摩特利埃的几个儿子打网球。我……我是个很无趣的乖孩子。我梦想坐电梯上七楼看看……那也是冒险啊……上七楼呀！多傻啊，我发誓……

“我等着帕特里克·弗朗达尔的出现。

“我等着教皇！”

他站起来去把炉火拨旺。

“说到底……那并不是一场革命……最多只是一次课间自由活动。我一直以为有朝一日我会……怎么说来着……我会甩手不干了。可我没有。从来就没有。我依然是那个非常乖的无趣的男孩。我为什么要跟你说这些呢，说真的，我怎么一下子变成了话痨呀？”

“是我要您说的……”

“那也是……可这没有道理呀！我这一大箩筐陈谷子烂芝麻，你都

---

① 萨拉·贝纳尔（1844—1923），法国悲剧演员，曾饰演过茶花女等角色。

② 巴黎16区的一所中学，建于1880年，是巴黎最有名、规模最大的中学之一。

③ 法国一份面向青少年的教会期刊，创办于1929年。

④ 美国漫画家阿莱克斯·雷蒙（1909—1956）创作的系列连环漫画中的主人公。

听烦了吧？”

“没有，没有，恰恰相反，我很喜欢……”

第二天早晨，我在厨房的餐桌上发现一张字条，上面写着：“办公室，去去就回。”

餐桌上还有热咖啡，壁炉的柴架上还放着一大块木柴。

他为什么不事先告诉我他要出门？

这是个多么奇怪的人啊……就像一条鱼一样……总是一下子就从你的手里滑掉，一下子就溜走了……

我给自己倒了一大杯咖啡，肩膀靠在厨房的窗户上，站着把它喝完。我看着一群红喉鹦雀正围着一大块猪油疯狂地啄食，那是昨天两个小姑娘放在凳子上的。

太阳刚刚升到篱笆上面。

我等着她们起床。屋子里异常安静。

我想抽支烟。真傻，我已经多少年不抽烟了。是的，可现在又回头了，这就是生活吧……你萌生出一股强烈的愿望，然后有一天早晨，你决定冒着寒风走四公里的路，就为了买一包烟，或者你爱一个男人，你和他一起生了两个孩子出来，但在一个冬天的早晨，你得知他要走了，因为他爱上了另一个女人。他还补充说他很惭愧，他错了。

就像他在电话里头说的：“原谅我，是我的错。”

拜托你不要说了。

一个肥皂泡。

起风了。我出去把那盘猪油放到安全的地方。

我和姑娘们一起看电视。我心里很难过。我觉得动画片中的主人公幼稚又任性。露西生气了，摇摇头，要我别说话。我想跟她说说“小甜甜”[①]的故事。

我小的时候，最迷“小甜甜”了。

“小甜甜”从不谈钱。她只讲爱情。说到这里我不说话了。爱情至上……看看“小甜甜”那个小荡妇都教我做了些什么……

风越刮越猛。我放弃了去村子里的念头……

下午我们是在阁楼度过的。姑娘们给自己化装。露西在她姐姐面前摇着一把扇子：

“您是不是很热啊，伯爵夫人？”

伯爵夫人却动不了，她的头上戴了太多的帽子。

“我们把一个旧摇篮搬下来吧。”露西说要把它重新上漆。

“漆成粉红色吗？”我问她。

“你怎么猜到的？”

“我好厉害的。”

电话铃响了。露西去接电话。

最后，我听见她在电话里问：

---

① 20世纪70年代风靡一时的日本动漫画作品《小甜甜》中的女主人公。

“你现在想跟妈妈说话吗？”

过了一会儿她就把电话给挂了。没回来和我们待在一起。

我继续和马丽容一起把婴儿床里的东西拿出来。

我下楼走到厨房里时，发现露西在那里。她把下巴搁在桌子上。我在她旁边坐了下来。

我们互相凝视着。

“你和爸爸将来有一天是不是还会成为相爱的人？”

“不会。”

“你能肯定吗？”

“是的。”

“其实，我早就知道了……”

她站起来，又问道：

“你知道我还想和你说什么吗？”

“不知道。说什么？”

“告诉你，那些鸟全都吃光了……”

“是真的吗？你肯定吗？”

“真的，你来看……”

她绕过桌子，过来拉我的手。

我们站在窗户后面。有这个金发小姑娘站在我身边。她穿着一件无尾礼服的旧衬胸和一条虫蛀过的小裙子。她那双“你是个芭比娃娃”的篮球鞋踩在她的曾祖母的高跟鞋里。我这个妈妈的大手握着她的小手。我们看着花园里的树木被风吹弯了腰，我们一定在想着同样的事情……

浴室里冷飕飕的，我都不敢把肩膀从水里露出来。露西一边给我们洗头，一边给我们编出各式各样使人眼花缭乱的发型。“你看，妈妈！你的头上长了好多角！”

我早就知道了。

这并不是很滑稽的事情，但还是把我逗笑了。

“你为什么笑？”

“因为我很笨。”

“为什么你很笨？”

我们边跳脚边把自己擦干。

睡衣，袜子，鞋子，羊毛套衫，睡裙，外面再套上套衫。

我的两个宝贝下楼喝她们的汤去了。

我跟她们讲巴巴尔①的故事，讲到巴巴尔在一个大商场里，在那名服务员愤怒的目光下玩电梯的时候，电源突然断了。马丽容哭了起来。

“等一等，我去把电灯弄亮。”

“呜！呜呜呜呜呜——”

“停下来，芭比娃娃，你把妹妹吓哭了。”

“不要叫我芭比娃娃！”

“那你就停下来。”

---

① 巴巴尔是法国作家让·德·布吕诺夫创作的经典图画书《巴巴尔的故事》中的漫画形象，这套书讲述小象巴巴尔不幸离开大森林来到人类社会，后来又重返大森林建起大象王国的故事。

不是自动断路器的问题，也不是保险丝烧断了。百叶窗嘎吱嘎吱响，门吱呀吱呀地叫，整个屋子都笼罩在黑暗之中。

勃朗特三姐妹[①]啊，为我们祈祷吧。

我寻思着皮埃尔什么时候回来。

我把两个女儿睡的床垫从楼上搬到厨房里。没有取暖器，让她们在楼上睡觉是不可思议的事情。她们倒是兴奋得像跳蚤一样。我们把餐桌推到一边，把那张临时用的床放在壁炉旁边。

我爬上床睡在她们两人中间。

“巴巴尔呢？你还没讲完呢……”

“嘘——马丽容，嘘——你还是看前面。你看那火。它来给你讲故事……”

“它讲，可是……”

“嘘——”

不一会儿，她们就进入了梦乡。

我听着屋子里发出的各种声音。我的鼻子酸酸的，我揉着眼睛，以免哭出声来。

我的生活就像这张床一样，我还在想。不堪一击。变幻莫测。风雨飘摇。

我守候着房子被风吹走的那一刻的到来。

我心想，我是个被遗弃的女人。

---

① 指英国著名女作家夏洛蒂·勃朗特、艾米丽·勃朗特和安妮·勃朗特。

真奇怪，只有当你亲身体验过，你才能理解许多词语的真正含义。你只有在非常害怕时才明白“直冒冷汗”是什么意思，也只有在极度忧愁苦闷的时候才知道“愁肠百结”的正确含义，不是吗？

“被遗弃”几个字也一样。这个词语也真够神奇的[1]。是谁发明了这么个词的？

松开缆绳。

放弃一个黄脸婆。

离她而去，展开信天翁般的翅膀，到别的地方去与别的女人上床。

不，说真的，这些都比不上“被遗弃”来得贴切……

我变得很坏，这是个好兆头。再过几个星期，我就会变成一个丑八怪。

因为最大的陷阱，正是你相信别人已经停泊在你的港湾。大事小事都一起做决定，一起借贷、抵押，承担风险。大家一起买房子，在漆成粉红色的房间里生养孩子，每天晚上都搂抱着睡在一起。大伙赞叹这种……怎么说来着？这种“默契”。是的，当你觉得幸福的时候，就是这么说的。或者在不那么幸福的时候……

陷阱就在于心里老想着：每个人都有获得幸福的权利。

我们都是大傻瓜。我们哪怕有那么一秒钟相信我们可以主宰自己的人生都是天真得过了头。

我们的人生从我们眼皮底下溜走了，没什么关系。这并没有太大的

---

① 法语中larguer有多重意思，包括松开缆绳、空投、抛弃等等。être largué既有被抛弃，也有晕头转向、不知所措的意思。

意义……

最好是早一点知道。

“早一点”是什么时候?

就是早一点。

比方说，在把房间漆成粉红色以前……

还是皮埃尔做得对，干吗要暴露你脆弱的一面?

找打吗?

奶奶常常对我说，你想让丈夫乖乖地留在家里，就要学会做一手好菜。奶奶，我和你说的还差得天遥地远呢，天遥地远……一来我不会做菜，再说啦，我从未想过要留住任何人。

那么，你成功了，我的乖孙女!

我要给自己倒一点白兰地，好好庆祝一番。

来一点吧，然后再睡觉觉。

接下来的那一天显得特别漫长。

我们去散步。我们喂骑术中心的马吃面包，跟那些马匹待了很长一段时间。马丽容骑到了小种马的背上。露西不想骑马。

我的肩上仿佛背负了一个非常沉重的背包。

晚上是节目表演。我很幸运，在我家里每天都有节目。按照节目单，这一次的表演是：一个不想离开的小姑娘。她们煞费苦心，就想让我开心。

我没有睡好。

第二天早晨，心不知飞到哪里去了。天很冷。

两个小姑娘动不动就哭鼻子。

我玩起史前人类的游戏，想逗她们开心。

“你们好好看清楚史前人类是如何准备他们的雀巢速溶巧克力的……他们把平底奶锅放在炉子上，是的，就像这个样子……那他们的烤面包片呢？最简单了，把面包片放到炉条上，嚯！放到火上去……当心，不要放太久，嗯，否则就变成炭了。谁愿意和我一起扮演史前人类？”

她们并不在乎，她们还不饿。她们想要看的，是电视上那些垃圾节目。

我烫到了自己。听到我的尖叫声，马丽容哭了起来，露西在沙发上把碗打翻了。

我坐了下来，两只手抱住头。

我幻想能把它拧下来，放到地上，像射门一样一脚踢过去，让它滚，滚得越远越好。

远到永远也找不到为止。

可我连射门都不会。

那样的话我肯定会在一边拍手称快的。

皮埃尔这时进来了。

他很抱歉，解释说因为线路有故障他没能早一点跟我联系。他拿着一包热乎乎的羊角面包在孙女们的鼻子下面晃来晃去。

她们笑了。马丽容去牵他的手，露西则建议他喝一杯史前咖啡。

“史前咖啡？我非常想喝，可爱的克罗马农[①]夫人！”

我的眼泪夺眶而出。

他的手抚了一下我的膝盖。

“科萝爱……还好吧？”

我很想对他说“不，一点都不好”。但我很高兴看到他回来了，所以我没说实话。

“面包店老板娘那里有电，那就不是这个地段的电路有故障。我再去仔细瞧瞧……姑娘们，你们看啊，天气多好啊！你们快穿好衣服，我们出去采蘑菇。昨天下了雨，我们可以采到满满一篮子！”

“姑娘们”也包括我……我们咯咯咯地笑着上了楼梯。

八岁的时候多好哇。

我们一直走到魔鬼磨坊。那是一座阴森可怕的建筑，却让一代又一代的孩子非常开心。

皮埃尔向小姑娘们解释墙上的那些洞是怎么回事：

“那儿是用角顶出来的……那边则是魔鬼的蹄子踢的……”

“那魔鬼干吗要踢墙啊？”

“啊……那可说来话长了……是因为那一天他非常恼火……”

“那一天他为什么非常恼火啊？”

“因为他的那名女囚犯逃跑了。”

“那名女囚犯是谁？”

---

① 克罗马农人原指发现于法国西南部克罗马农石窟里的一系列化石，现包括迁入欧洲之前的早期智慧人种。

“是面包店老板娘的女儿。”

“倍科太太的女儿吗？”

“不，不是她女儿，怎么会！！她的曾祖母的曾祖母还差不多。”

“啊？”

我教女儿如何用橡子壳过家家。我们找到一只空鸟巢，一些小石子和一些松果。我们摘了一些黄水仙，折断了一些榛子树枝。露西为她的玩具娃娃收了一些苔藓，马丽容却一直没有离开她爷爷的肩膀。

我们带了两只蘑菇回家。两只都值得怀疑！

回家的路上，我们听见乌鸫的鸣叫和一个小姑娘吃惊地问问题的声音：

“那魔鬼，他干吗要囚禁倍科太太的祖母啊？”

“你猜不出吗？”

“猜不出。”

“因为他嘴巴馋，知道吗！”

她用棍子敲打着蕨草，要把魔鬼赶跑。

我呢，我的棍子该往哪里敲呢？

“科萝爱？”

“唉。”

“我想对你说……我希望……确切地说是我想……是的，我想……我想要你回这所房子里住，因为……我知道你很喜欢这里……你在这里花费了很多心思……房间里……花园里……你来之前，这里是没有花园的，你知道吗？答应我你会回来。不管带不带两个女儿……”

我转身面对着他。

“不，皮埃尔。您知道这是不可能的。”

“那你的玫瑰呢？它叫什么名字来着？你去年种下的那株玫瑰……”

“激动的仙女腿。”

“是的，是这个名字。你是那么喜欢它……”

“不，我喜欢的是它的名字……您听着，这对我已经很残忍了……”

“对不起，对不起。”

“您呢？您会护理它，对吗？”

“那当然！激动的仙女腿，你想想看……怎么会不去护理它呢？”

他有些克制自己。

在回去的路上，我们碰到了从镇上回来的老马塞尔。他的自行车东摇西摆，险象环生。真是奇迹，他竟然能在我们前面停住，人和车子却没倒下来，我们永远也不会知道他是怎么做到的。他把露西放在后座上，请我们晚上到他家去喝酒。

马塞尔太太把我女儿从头亲到脚，然后让她们坐在电视机前面，还在她们的腿上放了一包糖。“她家有卫星电视天线，妈妈！你明白吗！有一个频道专门放动画片！”

哈利路亚。

到世界尽头去，越过矮树林、篱笆和沟壑，捂住鼻子，穿过老马塞尔的院子，吃着哒哒哒[1]草莓软糖看动画片！

有时，生活太美好了……

暴风雨，疯牛病，欧洲，打猎，死去的人和垂死的人……过了一会儿，皮埃尔问：

“你说，马塞尔，你还记得我弟弟吗？”

“记得谁？保罗吗？我想我记得那个小猴精……他吹的那些口哨能让我发疯。打猎的时候他吹出来的鸟叫声让人以为什么鸟都出来了，甚至我们这里没有的鸟！那个小坏蛋！连狗都被那些叫声搞得莫名其妙！是的，我依然记得。那是个善良的小伙子……他常和他父亲一起到树林里……他希望别人把什么都告诉他，把什么都讲给他听……哎呀呀……他问的都是些什么问题啊！他说他想学些知识到森林里工作。我记得他父亲是这样回答他的：‘我的孩子，你不需要学习了！你的老师中有哪个教的东西比我教你的多？’他没回答，他说他学东西是为了深入到世界上所有的森林里去，为了看看不同的国家，到非洲和俄罗斯去走一走，然后再回来，把他的所见所闻都讲给我们听。”

皮埃尔一边听他说一边轻轻地点头，鼓励他继续往下说。

马塞尔太太站了起来。她回来时把一本画册递给我们看。

“这是小保罗有一天为了感谢我的金合欢煎饼送给我的，我说他小，是因为那时候他真的很小。你们看，上面画的是我的狗。”

---

① 德国知名糖果企业哈里波旗下的一款软糖，1969年由其在法国的分公司发明，形状、颜色和味道都酷似草莓。

她往后翻着画册，我们都惊叹那只小猎狐犬的俏皮可爱，他们一定对它宠爱死了。它比普通的狗更好玩。

“它叫什么名字？”我问道。

“它没有名字，但我们总在问‘它在哪里’，因为它总是到处钻……它死也是因为这个……噢……我们是多么宠爱它啊……爱得不得了……太爱它了……太爱它了……我已经很久没看这些画了。我总不让自己去看它，那会让我一下子苍老许多……”

那些画画得非常好。“它在哪里”是一只栗色的猎狐犬，长着一把长长的黑胡子和乱蓬蓬的眉毛。

“它中了一枪……是那个偷猎的浑蛋干的……”

我站了起来，得在天黑之前赶回家。

“我弟弟是因为淋雨死的。因为他们让他在大雨中站了太长时间的岗，你明白吗？”

我什么也没回答，我全神贯注地看着路面，免得一脚踩进水洼。

两个女儿没吃晚饭就上床睡觉了。她们吃了太多的糖果。

巴巴尔离开了那位老太太。只剩下老太太孤单一人了。她哭了。她问自己：“我的小巴巴尔什么时候回来呀？”

皮埃尔也很难过。他在办公室里一待就是很长时间，借口说在找他弟弟的那些画。我准备晚餐。煮点面条，在面条里放点苏姗娜浸泡在油脂里面的肚片。

我们决定第二天快到中午的时候离开。所以这是我最后一次在这间厨房里忙活。

我很喜欢这个厨房。我一边把面条放进滚开的水里，一边骂自己这么多愁善感。“我很喜欢这间厨房……”喂，老女人婆，你会找到别的厨房的，别的厨房……

我的眼睛里噙满了泪水，而我又那么粗暴地对待自己，这真蠢。

他把一幅小水彩画放在餐桌上。一个女人正在读书的背影。

她坐在花园的椅子上，头有些往前倾。也许她不是在读书，也许她在打瞌睡，或者在做梦。

我认出了画里的房子。一级级台阶，圆圆的护窗板和白色的紫藤。

“是我母亲。”

“她叫什么名字？”

“阿莉丝。”

“……”

“这画送给你。”

我准备提出抗议，但他把眼睛瞪得大大的，还把一根手指压在嘴唇上。皮埃尔·迪拜是个不喜欢别人违拗他意愿的人。

“您的话都是圣旨，是不是？”

他充耳不闻。

“有没有人胆大包天跟您唱过反调？”我边说边把保罗的那幅画放到壁炉上。

“没有人。一辈子都没有。”

我忍住没往下说。

他双手撑在桌子上站起身来。

“哎……你想喝点什么，科萝爱？”

“喝点能让我快活的东西。”

他从地窖里走上来时，怀里抱着两瓶酒，就像抱着两个新出生的婴儿一样。

“‘忘忧堡’[①]……应该说这酒很合时宜……绝对是我们需要的东西。我拿了两瓶，你一瓶，我一瓶。”

“您疯了！您应该把它们留到一个更重要的时刻再喝……”

“一个比什么更重要的时刻？”

他把椅子挪到壁炉边。

“比……我不知道……比我……比我们俩……比今天晚上……”

他把那两瓶宝贝酒抱在怀里暖一暖。

“可我们俩在一起就是一个很重要的时刻啊，科萝爱。我们俩在一起是世界上最重要的时刻。我还是个孩子的时候就来到这所房子，我在这间厨房里不知吃过多少次饭，你相信我，我知道什么是重要的时刻！”

这种小小的自命不凡的口气，很可惜。

他背过身去，看着壁炉里的火一动不动。

---

① 建于1560年的法国著名酒庄忘忧堡出产的一款葡萄酒，该酒庄位于波尔多的梅多克地区。

“科萝爱，我真不想让你走……”

我在沥水器里摆着面条，外面盖着块布。

“您让我生气。您哪壶不开提哪壶。您只考虑您自己。您到后面总让人心烦。‘我真不想让你走。’您干吗要对我说这么荒唐的话？我提醒您注意并不是我要走……您有一个儿子，您还记得吗？一个大小伙子。对吧，是他走了。是他呀！您不知道吗？噢，真是太蠢了。那您等等，我来告诉您，这是一个很有趣的故事。那么，是什么时候的事情来着，已经过去多久了？这无关紧要。那一天，您那优秀的儿子亚德里安打点好行装。我很吃惊，你设身处地地为我想想看。啊，是的，我忘了告诉您我曾是这个小伙子的妻子。您知道的，妻子，这是个非常实用的东西，可以带着到处走，亲她的时候她会微笑。所以，我很吃惊，您想象一下吧……不一会儿工夫就带着我们的行李箱到了我们那套房子的电梯前面，一边看表一边叹气。他叹气因为他非常紧张，这个可怜的山羊羔！电梯，旅行箱，老婆，还有飞机，多烦人啊！啊，是真的！因为他不能误了飞机，飞机上有他的情妇！您知道吗，情妇，那个年轻的女人在那里等得不耐烦了，刺激着他的神经。您想想，那可不是夫妻吵架的时候……再说，夫妻吵架也是很平常的事情……在迪拜这个家庭里，没人告诉您吗？叫喊，吵架，发脾气，这些就像家常便饭，不是吗？是的，就是家常便饭。在迪拜家，是从不解释，从不评论，然后很快就变成另外一码事了。全都是这个德行。”

“科萝爱，你马上住嘴！”

我哭了起来。

“可您知道自己在说什么吗？您明白您在跟我说什么吗？我又不是一条狗，皮埃尔。我不是您养的狗，他妈的！我就这么放他走了，没把他的眼珠子抠下来，我把房门轻轻地关上。而现在我在这里，在您面前，在孩子们面前。天塌下来有我在呢。有我在呢，您明白吗？您明白这几个字是什么意思吗？谁知道我内心是多么绝望，有谁知道？您现在不要再讲您经受过的那些小小的挫折来怜悯我了。您不希望我走……噢，皮埃尔……我不得不违背您的意愿……我真遗憾……我真遗憾……”

他抓住我的手腕，用尽全身力气抓着。他抓住我的胳膊一动不动。

“放开我！您把我弄痛了！你们家所有的人都伤害我！皮埃尔，放开我。”

他刚一松手，我的头就搭在了他的肩上。

“你们全都伤害我……”

我伏在他的脖子上哭着，忘记了他该是多么不舒服，他是从来不碰别人的，我一边哭，一边还不时想起我的面条如果不快点弄下来就快吃不得了。他说“好了，好了……”。他说“我请你原谅”。他还说“我和你一样难过……”。他的手不知道怎么办才好。

最后，他走到一边去摆餐具。

“为你干杯，科萝爱！”

我拿我的酒杯碰了碰他的酒杯。

“好的，为我干杯。”我很不自然地笑着回答道。

“你是个了不起的女孩。”

“是的，了不起。然后还有坚强、勇敢……还有别的什么吗？”

“有趣。”

“哦，对了，我差点就忘了，还很有趣。”

“但不公正。”

“……”

“你不公正，对不对？”

“……”

“你觉得我只爱我自己，是吗？”

“是的。”

“那你不是不公正，而是笨。”

我把杯子举到他前面。

“是的，这个我知道……这么好的酒，再给我倒一点。”

“你觉得我是个老笨蛋吗？”

“是的。”

我点了点头。我并不坏，我只是心里很难过。

他叹了口气。

“我怎么是个老笨蛋了？”

“因为您谁也不爱。您总是放不开。您总是无法融入我们中间，从不和我们打成一片。从来不和我们一起说话，从不跟我们瞎胡闹，从不参加我们平时的晚宴。因为您没有温情，因为您总是沉默寡言，因为您的沉默就像是一种蔑视。因为……”

“停下，停下，够了，谢谢。”

“对不起，我是在回答您的问题。您问我您为什么是个老笨蛋，我就如实回答了。不过说完这些后，我并不觉得您有那么老……”

“你真是太好了……”

“不用客气……”

我向他亮出牙齿，努力给他一个温柔的微笑。

“可是，假如我是你所说的那类人，那为什么我会带你来这里？为什么我花了这么多时间陪你……”

“因为，您自己心里清楚得很……”

“为什么？”

“因为您死要面子，正统家庭里最爱炫耀的东西。七年来，我对您唯命是从，而今您是第一次对我产生了兴趣……我心里是怎么想的我都告诉您吧。我既不觉得您和蔼可亲，也不觉得您宽厚仁慈。我很清醒。您的儿子干了件蠢事，您跟在他后面帮他擦屁股，帮他填坑。您在想方设法填补那些裂痕。因为您不喜欢裂痕，不是吗，皮埃尔？噢，不！您一点也不喜欢裂痕……

“我来告诉您，我觉得您带我到这里来是为了保全面子。儿子干了件蠢事，那好，当老子的咬紧牙关，默默地把事情处理干净。如果是在以前，当那个小无赖的高尔夫跑车轧到农民的秧苗时，您就会塞一法郎给那些乡巴佬，而今您又带您的儿媳妇出来透气。我等待着您用痛苦的语气向我宣布我可以信赖您的那一时刻。我明白，是从钱财上。您有些进退两难，是不是？像我这么一个大女孩，要补偿起来可比一田甜菜复杂得多……”

他站了起来。

“那就是了……是真的……你很笨。这是多么可怕的发现啊……

“喂，把你的盘子递给我。”

他站在我的背后。

“你伤我伤得有多深，你自己都想不到。而且远不止是伤我，你简直是用刀杀我。可我向你保证，我并不怨你，我把这一切都归咎于你太伤心……”

他把一个热气腾腾的盘子放在我前面。

“但还是有一件事我不能让你乱说，就一件事……”

“什么事？”我抬起头来问。

“请你不要说甜菜。我敢打包票，你在方圆十公里的范围内找不到甜菜地，哪怕就一小块……”

他非常得意，这个老奸巨猾的家伙。

“嗯，那好……我做饭给您吃，这一点您会怀念我，是不是？”

“从做饭这一点来讲，是的，但别的就不敢恭维了……你败了我的胃口……”

“不会吧？！”

“不会。”

“您吓了我一大跳。”

“你想用那些话来阻止我品尝这些味道鲜美的面条，门都没有……”

他把叉子插进盘子里，卷起一大堆粘在一起的面条。

“嗯，怎么说来着？……嘣嘣脆……”

我笑了起来。

“我喜欢你笑的样子。”

我们坐在一起，好久没说话。

“您生气了？”

“没有，不是生气，而是有些不明白……”

“我很抱歉。”

“你知道，我觉得我就像碰到什么理不清头绪的事情一样。就像是一个结……一个巨大的结……”

“我想……”

“你别说话，你别说话。让我来说。我现在必须把这个结解开了。这相当重要。我不知道你是不是能够理解我，但你必须先听我说。我必须拉一根线，但到底是哪一根呢？我不知道。我不知道从什么东西上面从什么地方开始。我的老天爷啊，这真的很复杂……假如我拉的是那根错误的线，或者假如我拉得太用力了，那个结就有可能比以前还要紧。那个结一紧，再做其他任何努力都没有用了，我就会沮丧地离开你。因为，你知道吗，科萝爱，我的一生，我整整一生就像这只握紧的拳头。我现在在这里，在这间厨房里，在你面前。我65岁了。我不伦不类。我是刚才你狠狠地骂的那个老笨蛋。我什么也没有弄明白，我从来也没有胆量上到七楼。我害怕自己的影子，现在我又要面对死亡……别，请你别打断我的话……现在别打断我。让我把这个拳头打开。倒一点点就行了。”

我给我们每人都倒了点酒。

“我就从最不公正、最冷酷无情的人开始……也就是说从你开始……”

他仰靠在椅背上。

“我第一次看见你的时候，你全身发青。我还记得，印象特别深。我现在依然能看见你站在这扇门的门框里的样子……亚德里安用手托着你，你把一只冻得缩成一团的手伸给我。你没向我问好，你说不出话，于是我按了按你的手表示欢迎你的到来，我现在还记得我的手指在你的手腕上留下的白印子。苏姗娜已经手忙脚乱了，亚德里安笑着回答她：‘我带了一个朋友回来！’然后，他把你抱上楼，把你泡在一浴缸很烫的水里。你在那里泡了多长时间？我已经记不起来了，我只记得亚德里安不断地对他妈妈说：‘冷静，妈妈，冷静！等把她煮熟了，我们就开饭！’因为是真的，我们饿了，而且无论如何我是饿了。你现在知道我，你知道老家伙饿了是什么样子……我正要吩咐他们马上开饭不等你时，你却出来了，头发湿漉漉的，穿着苏姗娜的一件旧浴衣，羞涩地笑着。

“这一回，你的面颊绯红，绯红，绯红……

“吃饭的时候，你们俩说你们是在一家电影院门口排队买票时认识的，准备看《乡村星期天》①，但电影票已经卖完了，这时，亚德里安逞能——全家人都是这个德行——建议你坐在他的摩托车前面直接去乡下过一个星期天。这不容讨价还价，你答应了，但你离开巴黎时只穿了件

① 1984年上映的一部法国影片，曾获戛纳电影节最佳导演奖。导演为贝特朗·塔维涅。

T恤，外面罩了件雨衣，这就是你被冻坏的原因。亚德里安盖住了你的眼睛，他可能很难看到你的状况，因为你一直低着头。当他说到你的时候，我们看见了你的小酒窝，我们猜你是在朝我们笑……我还记得你穿着一双令人难以置信的篮球鞋……”

“是一双黄色的匡威，是真的！”

“是的，是真的。可你总是批评前一天我送给露西的那一双……你瞧，我应该告诉她……别听你妈的，小宝贝，当初我认识你妈妈的时候，她也穿着一双黄色的篮球鞋，还系着红鞋带……”

“您还记得鞋带？”

“科萝爱，我什么都记得，什么都记得，你明白我的意思吗？你的红鞋带，还有第二天亚德里安在拆他的发动机时，你在樱桃树下读的那本书……”

“是什么书？”

“《盖普眼中的世界》[①]，对不对？”

“的确是。”

“我记得你建议苏姗娜把通往老地窖的小台阶上的小灌木拔掉。我记得她看见你费力地拔荆棘时投向你的充满爱意的目光。我们可以叫‘媳妇、媳妇’吗？这两个字就像霓虹灯一样在她眼前闪烁。我带你们去圣阿芒的市场，你买了山羊奶酪，然后我们就在市场那里喝马天尼[②]

① 美国作家约翰·艾文的代表作，出版于1978年。
② 另译马丁尼或马提尼。

鸡尾酒。我和亚德里安打电动弹子时你在读一篇有关安迪·沃霍尔[1]的文章……”

“您说的这些事情让我产生了幻觉，您怎么记得这么多？”

“哦……我没有太大的本事……那是很罕见的一次，我们没有什么分歧……”

“您是说您和亚德里安吗？”

“是的……”

“是的。”

我起身去拿奶酪。

“不，不，不要换盘子，没有必要。”

“当然要换的，我知道您讨厌用同一个盘子吃奶酪。”

“我讨厌这个吗？哦……是真的……又是老笨蛋才有的名堂，是不是？”

“哦……是的，我觉得……”

他把盘子递给我时做了个鬼脸。

“讨厌。”

酒窝。

“当然，我还记得你们的婚礼……你挽着我的手臂，是那么漂亮。你把脚踝扭伤了。我们穿过圣阿芒的同一个广场时，你凑到我的耳朵边说：‘您应该把我拐走，我会把这双可恶的鞋子从您汽车的窗户里扔出

① 安迪·沃霍尔（1928—1987），美国艺术家，波普艺术的创始人之一。

去，然后我们到依韦特去吃贝壳……’你的心血来潮让我感到头晕目眩。我把手套抽紧。好了，你先给自己倒……”

“先给您倒，给您倒……”

“我还能告诉你别的什么呢？……我记得有一天我们约好在我办公楼下面那家咖啡馆里见面，要从你那里拿回一个大汤勺，或者是苏姗娜借给你的什么东西，我已经记不得了。那天我一定让你觉得很讨厌，因为我很匆忙，心事重重……你茶都没喝完我就走了。我问了些你工作上的问题，可能都没听你的回答，最后……而当天晚上，吃饭的时候，苏姗娜问我‘有什么新鲜事’时，我回答说‘科萝爱怀孕了’。‘她告诉你的？’‘不是，我不能肯定她自己是不是知道……’苏姗娜耸了耸肩膀，抬头看看天空，但我说对了。几个星期后，你们就宣布了那个好消息……”

“您是怎么猜到的？”

“我不知道……我好像感觉到你的肤色变了，而且你有一点疲态……”

“……”

“我可以这么说下去说很久。你瞧，你不公正吧。你刚才说什么来着？说这许多年以来，那么长时间，我，我从不关心你……科萝爱，科萝爱，我希望你为自己说过的话感到害臊。”

他朝我瞪大了眼睛。

“是的，我很自私，这一点你是说对了。我跟你说我不想让你走，因为我是真的不想让你走。我为自己着想。你对我来说比我自己的亲生女儿还要亲。我的亲生女儿永远也不会说我是个老笨蛋，她只是在心里想我是个笨蛋，仅此而已。”

他起身拿盐。

“可是……你怎么了？”

“没什么。我没事。”

“可你在哭。”

“没有啊，我没哭。您瞧，我没哭。”

“可你明明在哭啊！给你倒杯水怎么样？”

“好的。”

“噢，科萝爱……我不想让你哭。看你哭的样子我很伤心的。”

“又来了！又是您！您真是不可救药……”

我试着用一种开玩笑的口吻，但许多鼻涕泡从鼻孔里冒出来了，真可怜。

我一会儿笑，一会儿哭。这酒一点也没让我高兴起来。

“我不应该跟你说这些的……”

“没事的，没事的。这些也是我的回忆……我也应该好好回忆一下。我不知道您是不是很明白，我的处境已经完全不一样了……半个月前，我还是那个非常舒适的家庭里两个孩子的母亲。我在地铁里翻着我的记事本准备组织晚宴，我还一边锉着指甲一边想着度假的事。我还在想‘我们是带女儿去还是就两个人走’，可最后您看看我落到了什么境地……

“我还在想‘我们应该另找一套公寓，这一套也还行，但它暗了一些……’我要等亚德里安情况好一些的时候再跟他说，因为我发现他最近吃饭时总是心不在焉……容易生气，疑神疑鬼，疲惫不堪……我很担心他，我心里想：‘他那公司简直就是疯人院，他们会把他害死的，那种愚蠢的作息时间安排到底想干吗呀？’”

他转身对着炉火。

“生活非常舒适，但人不够精明，对不对？

“我等他吃晚饭。我一等就是几个小时。等他的时候，我经常等着等着就睡着了……最后他终于回来了，精神萎靡不振，垂头丧气。我一边伸展四肢一边朝厨房走去。我忙活起来。他不饿，当然不饿，他很谨慎，要装得没有胃口。或者，他们也许早就吃过？也许……

“他坐在我面前是多么难熬的事情啊，简直是如坐针毡！我平常那副快活的样子和我阅读的描写费尔曼-热东广场中心小花园生活的长篇连载小说一定让他觉得很沉重。我每每想起来都觉得那对他是何等残忍的酷刑……露西掉了一颗牙齿，我母亲身体不太好，那个寄住在小亚瑟家的波兰女孩和邻居家的那个男孩往外跑，今天上午我弄完了那块大理石台面，马丽容把头发剪了真可怕，女主人要几盒鸡蛋，你看上去很累，请一天假吧，把手给我，你还吃点菠菜吗？真可怜……这对一个不忠但谨小慎微的男人来说是怎样的酷刑啊。是怎样的酷刑……可我什么也看不出。我没看见我已大难临头，您明白吗？我的眼睛怎么会这么瞎？怎么会？要么是我蠢到家了，要么是我太信任他，但两种情况结果显然都一样……”

我往后靠了靠。

“噢，皮埃尔……这生活是多么令人作呕啊……”

“还不错，是不是？”

“非常不错。遗憾的是这酒几乎没信守自己的诺言……”

“我是第一次喝。”

“我也是。”

“就像你的那棵玫瑰，我当时买这酒是因为那个标签……”

“是的。多么令人作呕……简直就是垃圾。”

“可你还很年轻……”

“不，我已经老了，我感觉到自己已经老了。我已经是个干瘪的女人了。我感到我会变得不再相信别人。我将透过一个窥视孔来看我自己的生活。我再也不会把这扇门打开。您往后退，出示是自己人的证明。好了，现在换下一个。穿上冰鞋。就待在门口。不要动。”

“不，你永远也不会变成那种女人的。即使你很想变成那样，你也不会。其他男人会像进一个磨坊一样，络绎不绝地走进你的生活，你还会受磨难，但那是好事请。我不用为你担心。”

“您当然不会……”

“当然不会什么？”

“您不会担心我。您也不会担心任何人……”

“是真的，你说得对。我不懂关心别人。”

“为什么？”

“我不知道。因为别人对我不感兴趣，我猜想……

“……亚德里安例外。”

“亚德里安怎么了？”

“我想到他。”

“您担心亚德里安？”

“是的，我觉得……是的。”

无论如何，我为他付出了那么多……

“为什么？”

“因为他很不幸。”

我感到非常吃惊。

“如果是这样，那就太好了！可他哪会不幸啊……相反，他幸福得很呢！他把这个干瘪、讨厌的女人甩掉了，找到一个更有味道的新欢。他如今的生活更有滋味，您知道的。”

我捋起袖子。

“喂，看看现在是几点钟了呀？十点差一刻。我们那位可怜的殉难者在哪里？他在哪里？在电影院，还是剧院？要不就是在什么地方吃饭。他们应该吃完头盘了……他揉了揉她的手心，憧憬着。当心，主菜上来了，她把手抽回去，冲他微微一笑。或者他们正在上床……这最可能了，不是吗？刚开始时，做爱的频率总是很高的，我没记错的话……”

“你真不害臊。”

“我在保护自己。”

“不管他做什么，他都是不幸的。”

“您想说是因为我他才不幸吗？我扫他的兴了吗？噢，这个讨厌的女人……”

“不，不是因为你，也不是因为他自己。而是因为这生活，不尽如人意的生活。我们再怎么努力都是竹篮打水……”

“您说得对，那个可怜的家伙……”

“你没在听我说话。”

“是的。”

“你怎么不听我说话？”

我咬了一口面包。

“因为您是台推土机，您把您路上的一切东西都推走。我的忧伤让您……让您怎么来着？让您感到困扰，很快就会让您感到不舒服，我很清楚。然后还有这血缘关系……这种愚蠢的观念……您已经不大会把您的孩子们搂在怀里并对他们说我爱你们，但我知道您会永远站在他们那一边。不管他们说什么，不管他们做什么，在我们这些野蛮人面前他们总有理由。我们跟你们又不是同祖同宗。

“您的孩子们好像没有那么多理由要向您道歉，但您是唯一可以批评他们的人。唯一的人！亚德里安逃走了，把我和孩子们丢在一边。好的，这个也很让您气愤，但我再也不指望您会说几句严厉的话了。几句严厉的话……说那样几句话并不能改变什么，但那会让我感到特别的高兴。特别的高兴，您要是知道……是的，这很可怜……我很可怜。可是，几句有分量的话，几句严厉的话，就像您非常擅长的那些话……为什么不批评他？我非常需要这些。我等待着坐在桌子那一头的家长的判决。这些年来，我一直听您评判这个世界。好人与坏人，值得您尊重和不值得您尊重的人。所有这些年来，我承受您的说教，您的专断，您那长官式的撇嘴，您的沉默……所有如此这般的装腔作势，装腔作势……自从您让我们感到讨厌以来，皮埃尔……

“您知道，我是个头脑简单的人，我需要听您说：‘我的儿子是个混账东西，我请你原谅。’我需要亲自听见您这么说，您明白吗？”

“别指望我。”

我收起我们的盘子。

“我没指望您。

“您想要甜点吗？”

“不要。”

“您什么都不要了？”

“真该死……我一定是拉了那根错误的线头……”

我不再听他啰唆了。

“那个结比原先还要紧了，我们俩的隔阂这下子比以往任何时候都要深了。这下子，我真是个老笨蛋了……一个怪物……然后还有什么？”

我在找海绵擦。

“还有什么呀？！”

我直视着他的眼睛。

“您听着，皮埃尔，这些年来我跟一个站不直的男人生活在一起，因为他的父亲从来没有正确地帮过他。当我认识亚德里安的时候，他畏首畏尾，什么都不敢做，因为他害怕让您失望。然后他所做的一切都让我感到沮丧，因为他所做的一切从来都不是为他自己，而是为了您。为了您的喜恶，做什么事情都要想清楚会让您高兴还是会惹您生气。感人肺腑啊。我才满20岁，我就把我的一生交给了他。听他倾诉，抚摸他的脖子，好让他说出隐情。我一点也不后悔，而且我也别无选择。一个像他那样的小伙子自卑到那种程度，我真的很不舒服。我们常常通宵达旦地把一切都梳理好，什么事都共同分担。我让他振作起来。我跟他讲了一千次，说他的那些事不足为奇。不足为奇！我们制订了许多宏伟计划，然后又毁掉，再做别的决定，最后我中断了我的学业好让他继续下去。我撸起袖子，三年里我把他送到大学里，然后到卢浮宫的地下室里浪费青春。这是我们之间的约定：只要他不再跟我提到您，我就不抱怨。我没什么优点。我从来没跟他说他是最优秀的男人。我只是很爱他。爱他。您知道我在说什么吗？”

“……”

“您知道我今天是在数落他……”

他的双手放在桌子上，我用海绵在他的手周边擦着。

“找回了自信，回头的浪子脱胎换骨了。他学会了像个大人一样处理自己的事情，现在他又在他那个坏爸爸的可怜的目光下甩掉一个贱货。我说得有些粗鲁，对不对？”

“……”

“您怎么不说话？”

“不说了。我要去睡觉。”

我把洗碗机开动了。

“好吧，晚安。”

我紧咬着自己的嘴唇。

我在自己身上留下了一些劣迹。

我拿了我的酒杯，走过去坐在长沙发上。我脱掉鞋子，蜷缩在靠垫下面。我站起来去拿桌子上的酒瓶。我把炉子里的柴火翻了翻，熄了灯，再回到沙发上，把自己安静地埋进沙发里。

我后悔没把自己灌醉。

我后悔来了这里。

我后悔……我后悔许多事情。

许多事情……

我把头靠在沙发扶手上，闭上了眼睛。

“你睡了吗？”

“没有。”

他走过去给自己倒了一杯酒，然后走过来在我旁边的一把扶手椅上坐下来。

风一直在刮。我们置身于黑暗之中。我们都看着壁炉里的火。

时不时地，我们之中有一个人喝酒，另一个人马上跟着喝。

我们说不上好，也说不上坏。我们都很疲惫。

过了很长一段时间之后，他开口了：

“你知道吗，如果我以前更有勇气一点，我就不会变成你所说的那一类人了……”

“您说什么？”

我的话刚说出口，我就后悔接了他的话。我再也不想听他们家那些破事了。我希望别人让我安安静静地待着。

“我们总说那些被抛弃的、留守下来的人是多么伤心，但你想过那些抛弃别人、远走高飞的人心里是不是也很难过吗？”

噢，又来了，我心里想，这个老傻瓜，他又要用什么鬼理论把我搞得晕头转向啊?

我的目光在地上找鞋子。

“我们明天再说吧，皮埃尔，我要……我听腻了。”

“那些制造不幸的人心里有多难过……那些被抛弃的、留守下来的人，大家都同情他们，安慰他们，但那些抛弃别人、远走高飞的人呢，谁关心过他们？”

“那他们还想要什么呢？”我愤怒地说道，“要戴上花环吗？要对他们进行嘉奖吗？！”

他没听我说话。

“需要多大的勇气才能在某一天早晨对着镜子，吐字清晰、一字一顿地对自己说：‘我有犯错误的权利吗？’……需要多大勇气才能直面人生，需要多大勇气才能正视自己离经叛道、一败涂地的人生？需要多大勇气才能为了自己的利益把所有那一切打个落花流水？纯粹只是为了自己的一己私利吗？不，可是……可那又是什么呢？生存本能，幡然悔悟，还是贪生怕死?

“拿出勇气来对抗。一生中哪怕就一次。与自己对抗。与本人对抗。与自己一个人。最后……

“‘犯错误的权利’，简简单单的一句话，简简单单的一个句子，可是，是谁给你这个权利的?

“谁，除了你?”

他的双手在颤抖。

“我吗？我没给自己这个权利……我没给自己任何权利。只有责任和义务。然后我就变成现在这个样子了：一个老笨蛋。在少数几个让我心怀敬意的人之中，竟然有一个人认为我是个老笨蛋。我真是失败啊……

“我有过很多敌人。我这并不是吹牛，我也不抱怨，我根本就不在乎。可是朋友呢……那些我想讨好的人呢？几乎没有，几乎没有……你是其中之一。你，科萝爱，因为你是个很会生活的人。因为你紧紧地抓住了生活。你的一举一动，你的青春舞步，你可以让一个家阴雨绵绵或充满阳光。你就是有这种让你周围的人快乐的神奇的天赋。你是那么令人赏心悦目，在这个小小的星球上令人赏心悦目……”

“我觉得好像我们在说的不是同一个人……”

他没有听我说话。

他的身子笔挺。他不再说话。他没有把双腿盘起。他的杯子放在大腿上。

我看不见他的脸。

他的脸隐没在扶手椅的阴影之中。

“我爱过一个女人……我说的不是苏姗娜，而是另外一个女人。”

我重新睁开了眼睛。

“我爱她胜过一切。在这个世界上，没有任何东西比得上我对她的爱……

“我不知道别人是不是可以爱到这种程度……我自己却怎么也不相信依我的个性……我会那样去爱一个人。爱的表白，不眠之夜，为爱痴狂，所有这一切都是别人的专利。而且，单单一个‘情’字就足以让我发出冷笑。什么情不情的！我觉得它跟催眠和迷信属于同一类……在我的嘴里那几乎就是一个粗字。可是，在我对它最不抱期待的时候，它突然就降临到了我的头上……我爱上了一个女人。

“我就像别人害病一样突然坠入爱河。我没想过，也不相信，身不由己，难以抗拒，然后……”

他清了清嗓子。

“然后，我又失去她了，以同样的方式。”

我动不了。好像有一块铁砧刚刚落到我的头上。

“她名叫玛蒂尔德。她一直都叫玛蒂尔德。玛蒂尔德·库尔贝。跟那个画家同姓[①]……

“那年我42岁，但我觉得自己很老了。我一直都觉得自己很老。只有保罗一直是年轻的。保罗永远年轻英俊。

① 指法国著名画家居斯塔夫·库尔贝（1819—1877），法国现实主义画派的创始人。

“可我是皮埃尔。当牛做马、含辛茹苦的皮埃尔。

“十岁的时候，我的脸已经像现在一样了。同样的发型，同样的眼镜，同样的手势，同样的小怪癖。在十岁的时候，我就已经在吃奶酪的时候换盘子，我想……”

我在黑暗中朝他微笑。

“42岁……一个人到了42岁的时候对人生还有什么指望呢？

“我呀，没有任何指望。我什么也不指望。我工作、工作、工作、再工作，永不停止。工作是我的伪装，我的盔甲，我的借口。我逃离生活的借口。因为我不怎么喜欢它，生活。我觉得我没有这种天分。

“我为自己设想出一些困难，一些要翻越的大山。非常高的山。非常险峻。然后我撸起袖子。我翻越过去，之后又想出别的名堂来。我并没什么野心，我缺乏想象力。”

他喝了一大口酒。

“你知道，我……我那时并不懂那一切……是玛蒂尔德教会我的。噢，科萝爱……我是多么爱她啊……我是多么爱她啊……你一直在那里听我说吗？”

“我在。”

“你在听我说话吗？”

“我在听。”

“我让你心烦了吗？”

“没有。”

“你要去睡觉了吗？”

“不去了。”

他站起来，重新放了一块木柴到壁炉里。他蹲在壁炉前面。

“你知道她怎么批评我吗？她批评我是话痨。你明白吗？我……话痨！真难以置信，是不是？可那却是真的……我枕着她的肚子，滔滔不绝地说着。我接连几个小时不停地说话。甚至连续好几天。我听见我的声音在她的皮肤下面变得如此低沉，我喜欢这样。一个真正的口若悬河的人……我让她陶醉。我把她淹没了。她笑。她对我说，嘘，别说那么多话，我已经听不见你说的话了。你怎么这样说话？

“我已经沉默了42年，我要把失去的时光追回。我42年默默不语，我把一切话语都憋在了肚子里。你刚才说什么来着？说我的沉默就像蔑视，是吗？这多令人伤心啊，但我能理解，我能理解针对我的指责。我都能理解，但我并不想为自己辩护，这也正是问题的症结所在……但是蔑视，我不以为然。你也许觉得闻所未闻，但我认为我的沉默是因为羞怯。我不是那种很自我的人，所以不会强调我的话有多么多么重要。常言说，要把舌头放在嘴巴里转七次再开口说话。而我呢，我还要多转一次。我是那种让人气馁的人……在碰见玛蒂尔德以前我不爱自己，在她走了之后我更不爱自己了。我猜想我那么严厉就因为这个……”

他重新坐了下来。

“我在工作上很严厉，是因为我在那里扮演了一个角色，你明白吗？我不得不严厉。不得不让他们相信我很威严。你想，如果他们看穿了我的秘密会发生什么事情呢？如果他们知道我是个很害羞的人会怎么想呢？如果他们知道我必须比别人多付出两倍的努力才能达到同样的结果，如果他们知道我记忆力很糟糕，如果他们知道我理解东西比别人慢一拍，那会是怎样的后果呢？你明白吗？如果他们知道这一切，他们会把我生吃掉的！

“还有我不懂得如何让别人爱我……我就像别人说的，没什么超凡的魅力。假如我宣布增加工资，我会使用粗暴的语气；假如别人谢谢我，我也不回答；当我想做个手势，我马上就阻止自己；当我有个好消息要宣布，我就把这个任务交给弗朗索瓦丝。关于企业管理和人力资源，我更是一窍不通。真的是一窍不通。

“弗朗索瓦丝违背我的意愿替我报名参加个平庸老板培训班。真是多此一举……在马约门附近的拉法耶特协和饭店里关了两天，囫囵吞枣地跟着一个心理学家和一个过度兴奋的美国人学那些蛊惑人心的狗屁玩意。到最后那个美国佬开始推销他的书，书名就叫《做最好的老板并让工作充满爱》。我的老天啊，回头想想，那是什么样的恶作剧啊……

“我记得，培训班结束后，他们给我发了一张‘通情达理的好老板’的结业证书。我把它送给了弗朗索瓦丝，她却用图钉把它钉在那个装维修产品和卷筒卫生纸的壁橱上。”

“‘培训班还好吧？’她问我。

“‘真受不了。’

“她笑了。

“‘弗朗索瓦丝，你听着，’我补充道，‘你在这里就像天父一样，你

去告诉那些对这种事感兴趣的人我并不可爱，但他们永远也不会丢了他们的饭碗，因为我的心算很厉害。’

“‘阿门。’她低着头喃喃道。

“但我说的是真的。在我25年的专横管理下，我那里没有任何人罢工，我也从没解雇过任何人。即使是在非常困难的20世纪90年代初，我也没有裁过一个人。没有裁过一个人，你明白吗？”

“那苏姗娜呢？”

“……”

“您为什么对她那么残忍？”

“你觉得我残忍吗？”

“是的。”

“怎么个残忍法？”

“就是残忍。”

他又把头靠到扶手椅上。

“当苏姗娜知道我欺骗她时，我已经很久没有欺骗她了。我……我以后再告诉你……那个时候，我们住在国民公会街。我不喜欢那套公寓。我不喜欢她把房子装修成那个样子。我在那里感到窒息。房子里摆放了太多的家具，太多的小摆设，太多我们的照片，什么东西都多过了头。我告诉你，那没有一点情趣……我回那里只是为了睡觉，还因为我的一家人都在那里生活。除此以外，没有别的。一天晚上，她要我带她出去吃晚饭。我们走到楼下。楼下有那种普普通通的比萨饼店。霓虹灯光照在她的脸上使她的脸色显得很可怕。她已经装出一副受侮辱妇女的表情，但那无益于问题的解决。那很残酷，但我也不是故意要那样，你知道的。我推开第一家低级餐馆的门……我预感到我会撞上什么事，所以我不想离我的老巢太远。实际上，这事没有拖延。她刚把菜单放下，就抽抽噎噎地哭了起来。

“她什么都知道了。知道是一个比她年轻的女人。她知道已经持续了多长时间，现在她知道我为什么那时老是出差了。她再也忍受不了啦。她说我是个怪物。她凭什么这么被人蔑视，凭什么被人这样对待，就像对一个干粗活的女仆一样？开始时，她睁一只眼闭一只眼。她怀疑有什么事，但她信任我。她想我是一时的心血来潮，头脑发热，寻找刺激，要证明自己有男子气概。然后还有我的工作，工作很艰难，要抓住时机全身心投入。她又要布置新房子分不开身。她没办法一下子把什么都弄好。她又没有三头六臂！她信任我！然后我又生病，她也就睁一只眼闭一只眼了。可现在，她再也忍受不了了。不，她再也不能忍受我。我的自私，我的蔑视，我的方式……这时服务生打断了她的话，在半秒钟的时间里，她忽然换了一副面具。她笑盈盈地问他托特里尼[①]到底是什么东西。我惊呆了。当服务生转身问我时，我惊慌失措、结结巴巴地说‘跟……跟太太一样’。我压根就没有在意那该死的菜单，你想吧，压根就没在意……

“从这件事情上我看出了苏姗娜有多大的力量。她的力量巨大。她就是压路机。从这件事上我知道她绝对是那种坚不可摧的人，没有什么

① 一种意大利传统面食，今译成意大利饺子或意大利馄饨。

能真正把她打垮。实际上，那也是一个愚蠢的时间表的问题。她来找我的碴是因为她海边的房子完工了。最后一个架子放上去了，最后一根金属杆也安好了，她终于把注意力转到我身上，刚刚被她发觉的事情让她惊恐不已。

“我勉强地回答她，有气无力地为自己辩白，我刚才也跟你说过了，那时我已经失去了玛蒂尔德……

“看着我的妻子在巴黎15区一家很不起眼的馅饼店里坐在我对面比比画画，我不说话了。

“她指指点点，泪流满面，擤着鼻涕，一边用面包把盘子里剩下的调味汁蘸干净。在此期间，我不停地用叉子卷起两三根面条，却怎么也送不进嘴里。我也一样，我很想大哭一场，但我控制住了……”

“您为什么要控制住？”

“我想，是因为我受的教育……另外当时我感觉自己依然非常脆弱……我不能冒那个险，放任自己的感情。不是在那里。不是在那个时刻。不是和她在一起。不是在那个肮脏的小饭馆里。我是……怎么跟你说呢……是那么不堪一击。

“她接着告诉我她咨询了一名律师，准备离婚的司法程序。我突然更专心听她说话了。一名律师？苏姗娜要离婚？我不承想事情会走到那种地步，她被伤害到了那种程度……她已经见过那位女律师了，是一位女友的弟媳。她犹豫了很久，但一个周末来这里的时候她下定了决心。她是在回来的路上在汽车里下定决心的，一路上我只跟她说了一句话，问她有没有零钱付过路费。那是一种俄罗斯式的夫妻决斗法[①]，是她发明的：假如皮埃尔和我说话，我就留下来；假如他不说话，我就离婚。

“我很慌乱。我不知道她这么好赌。

“这时她的脸上恢复了血色，她更镇定地看着我。当然，她把整个事情全都说出来了。我在外面出差的时间总是很长，总是很频繁，我对家庭生活漠不关心，对孩子更明显，在过去的那几年我全都忙于自己的事，从未在他们的成绩册上签过字。为了我的安逸，为了企业的发展。那企业是属于她那个家族的，附带属于她，是她做出的牺牲。她又是如何照顾我那可怜的母亲直到最后。什么都说，所有她需要讲出来的东西，加上律师们为了计算离婚损害赔偿而最爱听的所有七七八八的事情。

“我也重新抖擞起精神，因为已经到了我们都熟悉的地方了。她想要什么？要钱吗？要多少？我要她开个价，我已经把支票簿拿出来了。

“不是那么回事，她看清了我的真面目，以为我想那么轻易就脱身……我真的很可悲……在吃完一口意大利糕点，准备吃下一口时，她又开始啜泣了。为什么我就什么也不明白？不要以为有钱有势就可以胡作非为。不是所有的东西都能用金钱买到的。不是所有的东西都能用金钱补偿的。我是在装糊涂吗？我的良心被狗吃掉了吗？我真的很可悲。很可悲……”

---

① 有一种俄罗斯决斗法，决斗者所用的左轮手枪弹巢中只有两颗子弹，但不知道子弹在弹巢中的什么位置。

“‘那你为什么不提出离婚？’我终于恼怒地脱口说道，‘所有的过错都由我一个人来承担。所有的过错，你听清楚了吧？甚至我母亲那副可怕的脾气，我都可以在什么地方签字承认，假如那会让你觉得高兴的话，但请你不要跟一个律师搅在一起，拜托了，你想要多少直接跟我开口。’

“我深深地刺伤了她。

“她抬起头，直视着我。这是许多年以来我们第一次这么长久地看着对方。我试着在她的脸上发现什么新的东西。也许在我们年轻的时候像这样相互凝视过……我不让她流泪的那个时候。我不让任何女人流泪的时候，觉得坐在一张桌子边聊情感这种想法本身都不可思议的时候。

“我什么也没发现，我只看到她有点伤心地噘了噘嘴巴，就像那种准备招供的被制服的妻子一样。她没回去找她的律师，因为她没有勇气。她热爱她的生活，她的家，她的孩子，她的那些商贩……她羞于承认，但的确是事实：她没有勇气离开我。

“没有勇气。

“如果我高兴的话，我会走的，如果下定了决心，我会远走高飞的，可是她呢，她不会走。她不想失去她已经得到的东西。那种社会积累。我们的朋友，各种关系，孩子们的朋友。然后还有那幢豪宅我们还从来没有进去睡过……她不想冒那个险。再说了，离婚对她又有啥好处呢？总有男人欺骗他们的妻子……多如牛毛……她相信这些，并为自己没事找事感到羞愧。就这么回事啦。真要怪的话就怪吊在我们两腿中间的那个玩意吧。应该像猫那样拱起背，让暴风雨过去。她走了第一步，但一想到自己再也不是皮埃尔·迪拜夫人，她就大惊失色。事情就是这样，她真不走运。没有孩子，没有我，她就没有任何分量。

“我把手帕递给她。‘没关系的，’她极力地笑着补充道，‘没关系的……我还是留在你身边，因为我想不出有什么更好的主意。我这一次没有处理好。我总是什么都能预料到的，可这件事，我……事情的发展好像超出了我的预期。’她边哭边笑。

“我拍了拍她的手。没事了。我在这里。我没跟任何其他人在一起。没跟任何其他人。没事了。没事了……

“我们一边喝咖啡，一边点评这家馅饼店低俗的装潢和老板的小胡子。

“一对伤痕累累的老朋友。

“我们刚刚搬起一块大石头，随即又把它放了下来。

“在石头下面蠢动的东西太可怕了。

“那天晚上，在黑暗中，我把苏姗娜抱在怀里，没有动她。我不能再做别的事情。

“我又过了一个不眠之夜。她把自己的真实想法告诉我并没消除我的疑虑，反而让我产生了动摇。要说那一段时间，我太难受了。太难受了。太难受了。就像有人在活剥我的皮。我真的沮丧到了极点：我失去了我所爱的女人，刚刚又发现另外一个女人也被我伤害了。那是什么样的景象啊……我失去了我生命中最爱的人，为的是留在一个因为舍不得她的奶酪商和猪肉商而不愿离开我的女人身边。全乱套了。我太草率了。不管是玛蒂尔德，还是苏姗娜，都不该是这样的结果。事情全被我搞砸了。我感到从未有过的悲哀……

“吃药也解决不了任何问题，这是肯定的，可是倘若我能更勇敢一些，那天晚上，我就会把自己吊死。

他仰起脖子，把杯子里的酒一饮而尽。

“可是苏姗娜呢？她跟您在一起并没有觉得不幸……”

“你这么看？你怎么能说这样的话？她跟你说过她幸福吗？”

“不。不是这样。她说的原话不是这么说的，但她让我听到过……再说，她也不是那样的女人，会停下片刻来询问自己是不是很幸福……”

“不，她的确不是那种女人……然而，她厉害就厉害在这里。可是，你知道，那天晚上，我那么难过，主要是因为她。当我看见她变成那个样子……那么老态龙钟，那么逆来顺受……可惜你没见过，我第一次看到她的时候她是多么漂亮的一个女孩啊……我并不是炫耀我自己，不，真的不是，也没有什么好自鸣得意的。是我让她感到窒息，是我让一朵鲜花枯萎了。对我来说，她就是一个居家妇。总在附近的地方，在我的手边，在电话线的那一头。跟孩子们在一起。在厨房里忙活。就像贞女一样，花我挣来的钱，让我们的小世界在舒适中运转，毫无怨言。我总是看见她在我的鼻子底下出现，从来没有超越过这段距离。

“她有什么秘密是我想了解的吗？没有一个。她的童年，她的往事，她的遗憾，她是否厌倦，我们的夫妻生活，她破灭的希望，她的梦想，我可曾问过她这些？没有，从来没有。没有任何东西。没有任何东西让我感兴趣。”

“您也不要过于责备自己，皮埃尔。您总不能把什么东西都担在自己肩上吧。自责有它好的一面，但毕竟……您又不比圣塞巴斯蒂安，您知道……”

“太好了，你什么都不跟我计较。你是我最喜欢的爱挖苦我的人。就因为这个，我失去你会很难过。你不在的时候，谁会冲上来给我当头一棒啊？”

“我们时不时地约好一起吃个午饭……”

“你向我保证吗？”

“是的。”

“你只是随意说说罢了，过后你不会去做的，我敢肯定……”

“我们定个惯例吧，比如说每个月的第一个星期五……”

“为什么选星期五？”

“因为我爱吃味道鲜美的鱼！您带我去那些高级餐馆，好不好？”

“去最好的餐馆！”

“啊！我一定非常开心……可是要过很久……”

“过很久？”

“是的。”

“什么时候？”

“……”

“好吧。我耐心地等着。”

我把一块木柴翻了几下。

“我们再说说苏姗娜吧……她变成了一个平庸妇人，幸好跟您没有关系。毕竟还有许多东西是她可以要求并且能够得到的，那不需要您的许可。您知道，就像那些吹嘘自己是‘女王陛下恩准生产’的英国产品一样，苏姗娜变成现在这个样子是不需要您‘恩准’的。您是有些讨厌，但您毕竟不是万能的主。她变成那种慈善事业的施主，那种经常跑降价处理品商店和菜市的妇人，那是不需要您就可以办到的。就像别人所说的，那是天性。那种‘我打人我骂人我裁决我谅解’，是在骨子里的。这让人疲惫不堪，也让我精疲力竭，但这是勋章的另一面，上帝知道她可以得到许多勋章，不是吗？”

“是的，上帝一定知道，她……你想喝点什么吗？”

“不，谢谢。”

“来杯药茶可以吗？”

“不要，不要。我喜欢在不知不觉中把自己喝醉……”

“那好……那我就不打搅你了。”

“皮埃尔？”

“唉。”

“我简直不敢相信。”

“不敢相信什么？”

“您刚才跟我讲述的一切……”

“我也不敢相信。”

“那亚德里安呢？”

“亚德里安什么？”

“您会告诉他吗？”

“告诉他什么？”

“还有什么……所有这一切啊……”

“你想吧，亚德里安来看过我。”

“什么时候？”

“上个礼拜……可我没告诉他。反正我没跟他说我自己，但我听他说……”

“他跟您说什么啦？”

“就是我跟你说的那些话，我已经知道的那些……说他很难过，不知道怎么办才好……”

“他跑到您这里跟您说心里话？”

“是的。”

我又哭了起来。

“你觉得奇怪吗？”

我摇了摇头。

“我觉得自己被人卖了。包括您。您……我讨厌被人背叛。我不会对别人做那样的事情，我……”

“你别激动。你把什么都搞混了。谁跟你说背叛了？哪里背叛你了？他没打招呼就来了，我一看到他，就叫他出去了。我把手机关掉，走到停车场里。我准备发动汽车的时候，他对我说‘我要离开科萝爱’。我没有吱声。我们把汽车开出来，开到一个没有人的地方。我不想向他提什么问题，我等他自己说出来……总是那种做儿子的需要梳理的问题……我不想粗暴处理任何事情。我不知道怎么办才好。我把什么都跟你坦白我自己也有些吃惊。我把车开上了元帅林荫大道，打开了车上的烟灰缸。”

“然后呢？”我追问道。

“然后，没什么。他说他结婚了。他有两个孩子。他想过了。他觉得值得……”

“别往下说了，别往下说了……我知道后面是什么。”

我站起来去拿卷筒纸。

“您一定很为他感到骄傲吧，对不对？他做的事很对，是不是？这么做，他至少是个男人对吧！敢作敢当是吧！他的所作所为对您是多好的回报啊！多好的回报……”

“不要用这种语气！”

“我想用什么语气别人管不着，实话告诉您吧……您比他还要糟。您，您一个也没捞着。是的，因为您摆架子，您一个也没捞着，您就利用他，利用他与别的女人上床，他这么做让您感到欣慰。我觉得这很可悲。你们父子俩都让我感到恶心。”

“你在胡言乱语。你知道，是不是？你知道自己在胡言乱语，是不是？”

他跟我说这话的语气特别温柔。

“如果这只是像你所说的，只是和别的女人上上床那么简单的事，我们现在也不会在这里，这个你很清楚……

“科萝爱，你跟我说话。”

“我是所有的笨蛋当中的那个笨蛋女王……不要。不要背叛我，一次也不要。不要背叛我，那样我会很开心的。”

“我可以跟你说句实话吗？一句很难启齿的实话。”

“说吧，只要我能承受……”

“我觉得是件好事。”

“什么好事？”

“发生在你身上的……”

“当个笨蛋女王是吗？”

“不，我指的是亚德里安离开你。我觉得他离开对你更好一些……总比强颜欢笑要好吧……总比你在地铁里一边修指甲一边摆弄你的记事本要好吧，总比看什么费尔曼-热东广场中心小公园小说要好吧，总比你们俩同床异梦要好吧。我说的这些话听起来很刺耳，是不是？还有，我掺和什么，对不对？是的，这很刺耳，可是我还是说出来了。我装不出来，我非常喜欢你。我觉得亚德里安还没到这个份上。他和你在一起有些不合适。这是我的心里话……

“这很刺耳，因为这一边是我的儿子，我不应该这样说他……是的，我知道。可是，现在我已经是个老笨蛋了，我不在乎什么规矩不规矩了。我这么跟你说，是因为我信任你。你……你没有被人好好地爱。在你生命的这一时刻，如果你和我一样诚实，你的态度当然会使人不快，但你没少想过……”

“您在胡言乱语。”

“我们彼此彼此。你那使人不快的神气……”

“您现在开始做心理分析了？”

“你从来没听见过你内心深处发出来的那个声音，那个时不时刺痛你提醒你自己没被人好好爱过的声音？”

“没有。”

“没有吗？”

“没有。”

“那好。我一定是弄错了……”

他把身子往前倾，靠在膝盖上。

“在我看来，我觉得你有一天应该重新升上来……”

“从哪里升上来？”

“从地下第三层。”

“您真的碰到任何事情都拿得出主意，是不是？”

“不，不是任何事情。假如别人知道你是在被大材小用的时候，这种在一个博物馆的地窖里当个小职员算个什么事啊？是在浪费时间。你在那里做什么？复制？做模塑品？你做的是些修修补补的活。美差啊！何时才到尽头呀？干到退休吗？不要跟我说在那种老鼠洞里工作你很开心……”

“不说这些，不说，”我打趣道，“我不会告诉您这些的，您放心好了。”

“要我说，假如我是你的爱人，我会提着你的颈子，让你上升到明亮的地方。你有自己的手艺，你本人也很清楚。接受这一点，接受你的天赋。接受这个责任。如果是我，我会把你放到某个地方，对你说：‘现在轮到你了，科萝爱。该你出手了。让我们看看你肚子里有什么料。’”

“假如什么都没有呢？”

“那也要给个机会让人看呀。你不要咬住嘴唇了，你让我不好受。”

“您为什么总能帮别人出那么多好主意，而您自己却没有呢？”

“我已经回答了这个问题。”

“什么事？”

“我好像听见马丽容在哭……”

“我没听见……”

“嘘……”

“好了。她又睡着了。”

我重新坐下来把毯子拉到身上。

“要我上去看看吗？”

“不用，不用，等等再说。”

“您觉得我配做什么呢，万事通先生？”

“你配有人好好待你。”

“您的意思是……？”

“像对待公主一样对你。一个新时代的公主。”

“噗……胡言乱语。”

“是的，我已经准备胡言乱语了。从能让你开始微笑时，我就开始胡言乱语了。给我笑一个，科萝爱。”

“您疯了。”

他站了起来。

“啊……太好了！我喜欢你笑的样子。你开始不说那么多傻话了……是的，我疯了，你想要我跟你说什么吗？我疯了，我也饿了！我有什么甜点一类的东西吃吗？”

“看看冰箱里有什么。孩子们的酸奶该赶快吃完了……”

“在哪里？”

“最下面。”

“是那粉红色的小东西吗？”

“是的。”

“还不错嘛……”

他舔了舔勺子。

“您看见酸奶的牌子了吗？”

“没有。”

“您看看吧，给您准备的。”

“‘小骗子’……真恶毒。”

“我们最好去睡觉，你不觉得吗？”

“是的。”

“你有睡意了吗？”

我很懊恼。

“我们翻搅了这么多东西出来，您叫我怎么睡得着？我感觉就像搅动了一口大锅里的东西……”

“我嘛，我解开了我的线团，你搅动了你的大锅。我们用的这两个形象化的比喻真是有趣……”

“您是数学尖子生，我则是一把年纪的黄脸婆。”

“一把年纪的黄脸婆？又在胡言乱语了。我的公主，一把年纪的黄脸婆……哎呀呀！你今晚也真能说傻话。”

“您让人受不了，不是吗？”

“非常。”

“为什么？”

“我不知道。也许因为我心里想什么就说什么。这事可不寻常了……我再也不害怕没人喜欢了。”

“包括我吗？”

“噢，你嘛，你喜欢我，我不用担心的！”

“皮埃尔？”

“我听着呢。”

“您和玛蒂尔德到底发生了什么事？”

他看了我一眼。他张开嘴巴然后又合上了。他跷起二郎腿然后又把它们分开。他站了起来。他拨了拨火，把炭火翻了两下。他低着头，喃喃道：“没什么。没发生什么事。或者说几乎没有。在一起的时间那么短，日子那么少……实际上，几乎没什么。”

“您不想说，是吗？”

“我不知道。”

“您没有再见到过她吗？”

“不。见过一次。几年以前的事情了。在王宫的小花园里……”

“然后呢？”

“然后没什么了。”

“您和她是怎么相遇的？”

“你知道……如果我开始说了，我就不知道到什么时候才能停下来……”

“我跟您说过了，我没有睡意。”

他开始看保罗的那幅画。还是没开口。

“是什么时候的事情？”

“是……我第一次见她是在1978年6月8日，香港当地时间接近中午11点钟的时候。我们在君悦大酒店的29层楼辛先生的办公室里见到对方，那位辛先生需要我一起开拓台湾市场。你觉得好笑吗？”

“是的，您说的时间地点都很精确。她和您一起工作吗？”

“她是我的翻译。”

“中文翻译吗？”

“不是，是英文翻译。”

“可是您会说英语呀，不是吗？”

“说得不好。我的英语还不足以应付那样的事务，因为那一切太微妙了。从这个层面上看，那简直不是用语言在交流，而是在变戏法。一个言下之意没听懂，你马上就会张口结舌。再说那一天我们有许多专业术语需要翻译，我又不懂它们的确切译法，而且我一直都不习惯中国人的口音。我好像在每个单词结尾都能听到‘叮叮’声。我是说他们的齿音不明显。”

“那怎么办？”

“怎么办，我很狼狈。我期待一个英国老先生过来和我一起工作。是香港本地人，弗朗索瓦丝在电话里撒娇地说：‘您见面就知道了，他是个真正的绅士……’

“你想想看吧！我被逼无奈，倒了一个晚上的时差，忧心忡忡，高度紧张，全身抖得跟一张纸似的，望眼欲穿，却一个英国人的影子也没看见。那是一个巨大的市场，能让公司营运两年以上。我不知道你能否明白。”

“您到底在卖什么？”

“桶。”

“桶？”

“是，你稍等……不是普通的桶，是……”

“好了，好了，我无所谓！继续说！”

“那么，我刚才跟你说了，我的神经高度紧张。我几个月来一直都在为这个计划忙活，我在里面投入了巨额资金。我还贷了款，并把我的积蓄也放了进去。我可以让南锡附近那家工厂延迟倒闭。十八号人要吃饭呀。我还要应付苏姗娜的几个兄弟，我知道他们在等着我垮台，那些笨蛋，他们不会给我好果子吃……另外，我当时还患有严重的腹泻。请原谅我这么没有诗意，可我……总而言之，我走进那间办公室就像进了古罗马的竞技场一样，而当我明白我要把自己的命运交给……交给那个尤物时，我差点晕过去。”

“那是为什么？”

“你知道，石油业是一个性别歧视非常严重的世界。现在已经有一些改观，但在那个时代，看不到几个女人在里面工作……”

“然后您也是这么……”

“我怎么了？”

“您也有点性别歧视……”

他没有否认。

“听我说，你设身处地地为我想一想！我原以为和我握手的会是一个冷漠的英国老人，一个熟悉殖民地风俗习惯、留着小胡子、穿着皱巴巴的衣服的英国人，哪会想到出现在我面前的竟是一个年纪轻轻的小女子，我一边向她问候一边盯着她袒露的胸肩……啊，不，我向你保证，我真的难以接受。我不需要这个……我脚下的地面开始下陷。她跟我解释说马古先生身体不适，昨天晚上紧急抽派她出来。她紧紧地握住我的手，想给我鼓劲吧。她后来告诉我说，她当时猛烈地摇着我，就像摇一棵李子树一样，因为她发现我面无血色。”

“那位先生真叫马古先生吗？”

“不是。我是乱说的。”

“然后呢？”

“然后我凑近她的耳朵说：‘您知道了吧……我想说的是这场谈判的数据资料……这比较特殊……我不知道别人是不是已经通知过您……’听到这些，她朝我妩媚地笑了笑。这种妩媚的微笑的意思大概是：

嘘……别打扰我了，我的老好人。

“我惊呆了。

“我俯身凑近她娇美的颈子。她的身上散发出一股香气，那气味好闻极了……我脑子里的一切全都打乱了。真是灾难。她坐在我的对面，坐在那个神采奕奕的中国人右边，如果我稍不留神的话，他就会抓住我的要害。她把两只手的手指交叉在一起托着下巴，向我投来信任的目光给我打气。在她小小的微笑中暗藏着某种残忍的东西，我的脑子里已经是一团糨糊了，但我心里非常明白。我不再呼吸。我把双臂交叉着放在肚子上压住肚子上的肉，向老天祈祷。我准备听天由命。我就要经历我这一生中最美好的时光了。”

“您讲得多好哇……”

“你在笑话我。”

“没有，没有，一点也没有。”

“是的，你是在笑我。我不说了。”

“没有笑您，我求您了！千万不要。然后呢？”

“你打断了我的激情。”

“我再也不打岔了。”

“……”

“然后呢？”

“然后什么？”

“然后和那个中国佬发生了什么事？

“您在笑。您为什么要笑，快说说！”

“我笑，是因为真的让人难以置信……因为她真的让人难以置信……因为当时的形势完全让人难以置信……”

“不要老是一个人在那里窃笑！快跟我说说！快跟我说说，皮埃尔！”

“好吧……刚开始，她从包里拿出一个盒子，一个仿鳄鱼皮的塑料盒子。她看上去特别一本正经。接着，她在鼻子上架了一副可怕的旧时的圆框眼镜。你知道，那种非常小、非常严肃的白铁镜架眼镜。退休女教师戴的那种眼镜。从那一刻起，她收起了笑容。她不像先前那样看我了。她迎着我的目光，等着我‘背课文’。

“我说一句，她翻译一句。我被她搞愣了，因为我的话还没说完，她就开始翻译了。我不知道她怎么有如此了不起的本事。她一边听我说话一边几乎同时把它翻译出来。那是同声翻译了。真有慑服力……真的……刚开始我说得很慢，然后越来越快。我觉得我已经是在催她了。她却连眼睛都不眨一下。相反，她开始跟我逗乐了，我的话还没讲完呢，她已经提前把它翻译完了。她让我感觉到我说什么都是她能预见到的……

“然后她站起来翻译一张图表上的曲线图。我趁机看着她的双腿。她有个小小的不足……有些陈旧，有些过时，完全跟不上时代……她穿着一条齐膝的花格呢裙，一件深绿色的羊毛套衫，以及……你干吗还在笑？”

“因为您用英文说的羊毛套衫，让我觉得好笑。”

“不会吧！我不觉得这有什么好笑的！你想让我说什么别的东西呢？”

“没什么，没什么……”

“你真傻……”

“我闭嘴了，闭嘴了。”

“连她的胸罩都是过时的……她的胸脯高高耸起，像我年轻时见过的那些女孩子。乳房很漂亮，不是特别大，有些往两边分开，尖尖的……反正就是高高耸起。然后，我又被她的肚子迷住了。她的小肚子微微拱起，圆圆的，圆得就像小鸟的肚子。她那可爱的小肚子把她裙子上的花格子撑得变了形，我感觉到它已经在……在我的手心下面了……当我准备去看她的脚时，我看出了她的窘迫。她不说话了。她满脸通红。她的前额、脸颊和脖子全都红了。红得就像煮熟了的虾子。她慌乱地看着我。

“‘出什么事了？’我问道。

“‘您……您没听明白他说的话？’

“‘没有……没有。他说什么？’

“‘您没有听明白还是没有在听？’

“‘我……我不知道……我想，我没有听他……’

“她看着地面。她很激动。我往最坏的方面想了，我以为大难临头，做了蠢事，出了很大的纰漏……她认真工作的时候我却走神了。

“‘出什么事了？有什么问题吗？’

“那个中国人笑着跟她说了什么我仍然听不懂的话。我彻底完蛋了。我什么也听不懂。我被当成一个大笨蛋了，没错！

“‘他在说什么？告诉我他在说什么。’

“她开始结结巴巴。

“‘完蛋了，是不是？’

“‘不，不，我不这么认为……’

“‘那到底是怎么回事？’

“‘辛先生问今天和您商谈这么大的一单生意是不是个好主意……’

“‘怎么了？那里不对劲吗？’

“我转身面对他让他放心。然后我愚蠢地主动表态，并露出一个自命不凡的法国经理的笑容。我一定很可笑……那个老太爷一直在捧腹大笑……他笑得那么厉害，都看不见他的眼睛了。

“‘我说了什么蠢话吗？’

“‘没有。’

“‘那是您说了蠢话？’

“‘我？怎么可能！我只是在重复您那些莫名其妙的话！’

“‘那到底是怎么回事？！’

“我感觉到大颗大颗的汗珠在我的腋窝下面流淌。

“她也一边笑，一边摇着扇子。看上去有些激动。

“‘辛先生说您精神不集中。’

“‘怎么不集中啊！我很集中啊！我非常集中！I am very concentrated！’

“‘No（不），no。’他摇着头回答。

“‘辛先生说您精神不集中是因为您正坠入情网，而辛先生不想和一个正坠入情网的法国人谈生意。他说那太危险了。’

“这下子，轮到我的脸涨得通红了。

“‘没有，没有……No, no！我很好。I am fine,I mean I am calm（我很平静）……I……I……’

我又转身对她说：“‘告诉他这不是真的。告诉他我很好。告诉他我一切正常。告诉他……I am okay. Yes, yes, I’m okay.’

“我如坐针毡。

“她又像刚开始一样面露微笑了。

“‘不是真的吗？’

“我陷进了什么样的烂泥坑呀！

“‘不是，也是，也不是，可是问题不在这里……我的意思是说这不是问题……我……There is no problem, I am fine!（没问题，我很好）’

“我觉得他们全都在笑我。那个胖胖的辛先生，他的同伙和那位翻译小姐。

“她并没有想个办法来安慰我。

“‘到底是真的还是不是真的？’

“真是讨厌啊！也不看看是什么时候啊？

“‘不是真的。’我撒了谎。

“‘那太好了！您把我吓坏了……’

“真是个讨厌的女人啊！我还在这么想。

“我刚才被她击昏了。”

“后来呢？”

“后来，我们又重新开始工作。非常职业化的工作。就像什么也没发生过一样。我汗流浃背。我感觉自己的脚上像绑了220斤沙袋一样，迈不开步子。我不再看她。我再也不想看她了。我希望她再也不存在。我再也不能转身朝她看。我希望她消失在一个老鼠洞里，我跟她一起消失。可我越不理睬她，我就越对她情有独钟。这的确就像我先前跟你说过的一样，就像要害一场大病。你知道是怎么发生的……你打喷嚏。第一次。第二次。你浑身发抖，然后就挨上了。太迟了。病已经染上了。而当时，我就是有这样的感觉：我已经大病缠身了，已经完蛋了。再也没有什么希望了，当她向我重复辛先生的话时，我一头埋进材料堆里。她一定很开心。那个苦差持续了大约三个小时……你怎么了？你冷吗？”

“有一点，但没什么关系，没什么关系……您继续吧。然后又发生了什么事情？”

他俯身帮我把毯子拉好。

“然后，什么也没发生。然后……我刚才跟你说过，我度过了最美好的时光……然后……我……然后变得更加难过。”

“不是很快吧？”

“不，不是很快。中间有一些出乎意料的事情……但我们在这段工作时间之后一起享用的所有时光都像是偷来的……”

“从谁哪里偷来的？”

“从谁哪里？从什么地方？我要是知道该多好……”

“然后，我整理好我的材料，把钢笔套子套上。我站起来，我和我的那帮刽子手握手，然后就离开了那个房间。在电梯里，当电梯门关上时，我真的有一种掉进一个无底洞的感觉。我精疲力竭，脑子里一片空白，没有一点气力，眼泪就要夺眶而出了。神经，我想……我感到自己是如此悲惨，如此孤独……特别是那种孤独的感觉。我回到宾馆的房间里，要了一瓶威士忌，泡了一个澡。我甚至连她的名字都不知道。我对她一无所知。我把我知道的事情一一列举出来：她的英语说得非常地道。她很聪明……非常聪明……聪明得不得了。她的科技知识、钢铁冶金知识那么丰富，真让我吃惊。她的头发是棕色的。她非常漂亮。她身高……大约1.66米……她嘲笑我。她没穿连身裙，让人对她那可爱的小肚子浮想联翩。她……还有什么呢？洗澡水越来越凉，我的希望也越来越渺茫。

“晚上，我跟高麦克斯公司的那帮家伙去吃晚饭。我一点东西也没吃。他们说什么我都同意。我回答是或者不是，也不知道他们在问什么。她的模样一直萦绕在我的心头。

“她萦绕在我的心头，你明白吗？”

他跪在壁炉前面，缓慢地鼓动风箱。

“当我回到宾馆时，前台服务员把钥匙递给我时还给了我一张留言条。留言条上用小体字写着的依然是那个问题：‘不是真的吗？’

“她坐在酒吧里，笑盈盈地看着我。

“我一边朝她走过去，一边轻轻地拍着胸部。

“我拍着我那可怜的出了故障的心脏，好让它重新开始跳动。

“我是那么幸福。我没有失去她。还没有失去她。

“我是那么幸福同时也非常吃惊，因为她换了衣服。她现在穿的是一条旧牛仔裤和一件没有样子的T恤衫。

“‘您换衣服了？’

“‘哦……是的。’

“‘为什么要换？’

“‘您白天看见我的时候，我是化过妆的。我和老派一点的中国人一起工作的时候就是那样一身打扮。我发现那种老式打扮会让他们高兴，会让他们放心……我不知道……他们觉得那样子更可信一些……我把自己打扮成一个老姑娘，我就不是害人精了。’

“‘可我向您保证，您那个样子根本就不像个老姑娘……您恰到好处……您……我……我觉得有些遗憾……’

“‘因为我换了衣服？’

“‘是的。’

“‘您也一样，您也不喜欢我做害人精吗？’

“她微微一笑。我被融化了。

“‘我决不相信您穿着您的绿短裙就没那么危险。我决不相信。决不相信。决不。’

“我们要了一点中国啤酒。她名叫玛蒂尔德，30岁，如果说她有什么让我吃惊的话，那就是她没有任何专长：她的父亲和两个兄弟都在壳牌公司工作。所有的专业术语她都熟记在心。世纪上所有生产石油的国家她都住过，她换了50多所学校，学会了成千上万句各种语言里的粗话。她说不出自己的确切住址。她一无所有。只有回忆。只有朋友。她喜欢她的工作。翻译别人的想法，玩味词句。现在，她到了香港，是因为在这个地方你只要伸出手来就可以找到工作。她喜欢这座城市，这里的摩天大楼一夜之间就会拔地而起，走50多米就能找到一个可以吃饭的、昏暗的小餐馆。她喜欢这座城市的勃勃生机。她小时候在法国待过几年，也时不时回去探望她的堂兄。她还说迟早有一天她要在法国买一所房子，不管是什么样的房子，也不管在什么地方，只要有奶牛和壁炉就行。说到这里时，她笑了，因为她害怕奶牛！她抢我的香烟，回答我所有的问题时都把头扬起来。她也问了我一些问题，但都被我挡回去了，我想听她说话，我想听她说话的声音，她那略带口音的说话声，她那些不确切的或者有些过时的表达方法。我不放过任何细节。我希望被她本人、被她的面庞浸润。我已经深深喜欢上她的脖子，她的手，她的指甲的形状，有些圆突的额头，她那可爱的小鼻子，她的美人痣，她的眼圈，她那凝重的眼神……我好像变傻了一样。你还在笑啊？”

“我都认不出是您了……”

“你还是感到冷吗？”

“没事，很好。”

“她让我如痴如醉……我真希望世界停止转动。希望这个夜晚没有尽头。我再也不想和她分开。永远不分离。我希望懒洋洋地靠在那把扶手椅上听她给我讲她的故事，直到永远。我希望把不可能的事变成现实。从那时起，在不知不觉中，我开始铭记我们的故事……充满悬念、如梦似幻的时光，不可能抓住，也不可能阻挡。也不可能品味。后来，她站起身来。她第二天一大早就要去工作。一直都是为辛先生和高麦克斯公司工作。她喜欢那个老狐狸，但她必须回去睡觉了，因为他很可怕！我也同时站起来。我的心又开始怦怦乱跳了。我害怕失去她。她穿外套的时候，我支支吾吾地说了句话。

“‘您说什么？’

“我‘嗯嗯……’

“‘您说什么呀？’

“‘我说我害怕失去您。’

“她微微一笑。她什么也不说。她微笑着，抓住衣领用脚跟轻轻地转过身子。我吻了她。她的嘴巴没有张开。我吻到了她的笑容。她摇了摇头，亲切地把我推开了。

“我都要仰倒在地上了。”

“就这些吗？”

“是啊。”

“您不想把后面的事告诉我，是吗？是要保密的吗？”

“没有的事！没有的事，我可怜的科萝爱……她走了以后，我又坐了下来。我整个晚上都在看着放在我腿上的字条胡思乱想。没有什么不可告人的秘密，你瞧……”

“啊！还说没有……您说到您的腿……”

“你真是个傻丫头！”

我尖声笑着。

“那她为什么跑来见您呢？”

“这也正是那天晚上、第二天、第三天以及直到再见到她之前的那段日子里我一直在冥思苦想的问题……”

“您是什么时候再见到她的？”

“是在两个月后。8月份的一个傍晚，她突然到了我的办公室。我没有跟任何人相约。我的假期还没完，我提早了一点回来好安静地工作。门打开了，是她。她就这么来了。偶然的机会。她从诺曼底回来，正在等一个朋友的电话准备再度出发。她在电话号码簿里找到我的地址，然后就来了。

“她把我落在世界另一头的那支钢笔送了过来。她在宾馆的酒吧里忘记给我，但这一次，她一下子就想到了，并在包里翻找起来。

“她没有变。我的意思是说，我没有把她理想化。我问她：‘可是……您来这里就为送这个吗？就为了这支钢笔？’

“‘是啊，当然是。这笔很漂亮。我心想您肯定很珍惜它。’

“她微笑着把钢笔递给我。是比克牌的。红色的比克牌钢笔。

“我不知道怎么办了。我……她把我抱住，我也任由她突然袭击。世界属于我了。

“我们手拉着手穿越巴黎。从特洛卡台奥[1]沿着塞纳河一直走到西岱岛。那是个神奇的夜晚。天气较热。光线很柔和，太阳还没有完全落山。我们就像两个无忧无虑、充满好奇的游客，外衣搭在肩膀上，两人的手指交叉在一起。我当导游。我已经多少年没那样走过了。我重新发现了我所在的这座城市。我们在太子广场吃饭，后面的那几天都是在她

① 特洛卡台奥原为宫殿，位于巴黎16区，为1878年的万博会所设计建造，1937年巴黎万博会时被摧毁重建，现为夏约宫，夏约宫前面的花园依然叫特洛卡台奥。

所下榻的宾馆房间里度过的。我记得第一个晚上。记得她身上的那股咸咸的味道。她在上火车之前一定去海里游过泳。我半夜起床因为我口干舌燥……我……真的很神奇。

“真的很神奇，但全都是假象。一切都是假的。那不是生活。不是在巴黎。虽然时值8月，但我并不是观光客。我也不是单身汉。我撒谎了。我欺骗自己。我欺骗自己，也欺骗了她，欺骗了我的家庭。她没上当，当饮酒过度感到口干时，几通电话一打，谎言就被戳穿了，然后她就走了。

“在登机闸口，她向我宣布：‘我要去试一试，看看没有您我是不是也能生活下去。我希望我可以做到……’

“我没有勇气走过去和她吻别。

“晚上，我到快餐店去吃饭。我很难过。就像丢了魂似的，就像有人截掉了我的一只胳膊或者一条腿一样。那种感觉真的令人难以置信。我不知道在我身上发生了什么事情。我记得我在快餐店的纸桌布上画了两个人影。左边的人影是她的正面，右边则是她的背影。我努力回忆她的美人痣的准确位置，服务员走过来时，看到我画的那些小黑点，还问我是不是针灸医生。我不知道在我身上发生了什么事情，但我终究还是预感到这件事非常严重。跟她在一起的那几天里，我变成了原原本本的我，不多不少，恰如其分。当我和她在一起的时候，我感觉自己变成了一个好人……就这么简单。我不知道我还可以做个好人。

“我爱这个女人。我爱这个玛蒂尔德。我爱她说话的声音，她的心，她的微笑，她对世界的看法，四处闯荡过的人的那种随遇而安、乐天知命。我爱她的微笑，她的好奇心，她的朴素，她的背脊，她那有些突出的髋部，她的沉默，她的柔情以及……她所有的一切。所有的一切……所有的一切。我祈祷着，希望没有我她就不能生活。我没去想我们的故事会有什么样的结局。我才发现，当一个人感到幸福的时候生活会更加快乐。我花了42年才发现这个道理，我感慨万千，我凝望着天边，不容许自己把什么都糟蹋掉。我是装饰圣诞马槽的那个彩色小泥人[①]……”

他又给他自己和我都倒了酒。

“也是从那时起，我变成了美国人所说的那种工作狂。我的大部分时间都是在办公室里度过的。我总是比别人先到，又总是最后一个离开。我星期六照常上班，整个星期天都在加班加点。我总是随便找个什么借口留在办公室。我最后终于拿下了台湾那边的合同，可以更加得心应手地工作了。我趁机拟订别的计划。有合理的也有不合理的。所有那一切，所有这些日子，所有那些疯狂工作的时时刻刻，只为一件事：我期待她打电话过来。

“有一个女人在这个星球上的什么地方，也许就两步之遥，也许远在一万公里之外，最重要的是，她会来找我。

“我有信心。我精神抖擞。我觉得人生中的那一段时期非常幸福，因为即使我不和她在一起，我也知道有她的存在。这是我未曾预料到的。

“圣诞节的前几天，我有了她的消息。她要到法国来，问我接下去

---

① 法国南方装饰圣诞马槽的彩色小泥人总是一副欢天喜地的样子。

的那个星期是否有空陪她吃午饭。我们约好在同一个小酒吧里见面，可那已经不是夏天了，当她想拉我的手时，我马上抽掉了。‘您有熟人在这里吗？’她一边问我一边把头压低。

“我伤了她的心。我很难过。我把手还给她，但她什么也没做。天空都暗下来了，但我们一直都没找到感觉。当天晚上，我到另一家宾馆的房间里去找她，当我终于把我的手指插进她的头发里时，我又开始恢复了生机。

“我……我喜欢和她做爱。

“第二天下午，我们又在同一个地方见面，第三天还是……那是圣诞节的前夕，我们就要分开了，我想问问她有什么打算，但我不敢开口。我害怕。我心里很害怕，想朝她笑一笑都笑不出来。

“她坐在床上。我紧挨着她，把头枕到她的大腿上。

“‘我们往后怎么办？’她问道。

“我默不作声。

“‘您知道吗，昨天下午您离开这里，大白天把我一个人留在这间房子里的时候，我对自己说，我永远也不要过这样的日子了。永远也不要，您听见了吗？永远也不要……我穿好衣服，走到外面。我不知道要去哪里。我再也不要过这样的日子了，我再也不想跟您躺在一个房间里，然后看着您离去。这太残忍了。’

“她费力地一字一顿地说。

“‘我答应自己永远也不要和一个会让我痛苦的男人生活在一起。我觉得不值得，您明白吗？不值得。所以，我现在就问您了：我们往后怎

么办？’

“我仍然缄口不语。

“‘您不说，是吗？我早就料到了。再说，您还能说些什么呢？您能做些什么呢？您有妻子和孩子。可我呢，我算什么？我在您的生活中一文不值。我离您那么远……那么远又那么奇怪……我不像别的人，我什么都不会做。我没有房屋，没有家具，没有猫，没有烹饪书，没有计划。我原以为我是最精明的，我比别人更懂得生活。我还恭喜自己，因为我没掉进陷阱里。然后您出现了，我感到自己彻底完蛋了。’

“‘现在，我不怎么喜欢东奔西跑了，因为我发现和您在一起，生活很美好。我以前跟您说过，我要试一试没有您我也能生活下去……我试了又试，但我不够坚强，我无时无刻不在想您。我现在问您，也许是最后一次问您，您打算把我怎么办？’

“‘爱您。’

“‘还有呢？’

“‘我向您保证永远也不会再把您丢在宾馆的房间里。我向您保证。’

“我翻过身把头埋进她的双腿里面。她提着我的头发把我拎起来。

“‘还有什么？’

“‘我爱您。我跟您在一起才幸福。我只爱您一个。我……我……相信我……’

“她把我的头重新放下，我们的谈话也中断了。我温柔地要了她，但她并不投入，她随我怎么做。感觉完全不是一回事。

“然后发生了什么事？”

“然后是我们的第一次分离……我说‘第一次’，是因为我们经常分离……然后我打电话给她……我求她……我找了个借口回到中国。我看到她的房子，她的女房东李小姐……

“我在那里待了一个星期，她上班的时候，我就当起了管道工、电工和泥瓦匠。我为这个李小姐卖力干活的时候，她则在一边唱歌一边摸着她的鸟。她带我去参观香港的港口，还带我去一个英国老太太家里，那个老太太还以为我是蒙巴顿伯爵①呢！我都玩起了这种游戏，你想想看！……

“你明白所有这一切对我来说意味着什么吗？对一个七楼都不敢上的小男孩来说意味着什么呢？我的全部生活都在巴黎的两个区和乡下的一所小房子之间来回。我从来没看到我的父母亲幸福过，我唯一的兄弟也窒息而死，我娶的是我交往的第一个女孩，是我一个朋友的妹妹，因为我不知道及时抽身……

“是的，这就是我的生活。就是这样……

“你不觉得吗？我感觉就像获得了新生。我感觉到一切都在重新开始，在她的怀抱里，在那不干净的海面上，在李小姐的潮湿的小房间里……”

他没再往下说。

“是生克丽丝蒂娜的那个时候吗？”

① 大英帝国驻印度的最后一位总督。

“不，是在她之前……流了一次产。”

“我不知道这件事。”

“没人知道。干吗要知道？我和我喜欢的一个女孩结了婚，但我喜欢她跟喜欢别的女孩没什么两样。浪漫而又纯洁的爱情。最初的冲动……就像那种冷冷清清的节日。我感觉就像第二次初领圣体。

“苏姗娜也一样，一定没有料到会这么短暂……她一下子就失去了青春和幻想。我们全都失去了，而我的岳父却捡到了一个金龟婿。我毕业于矿业学院，这是他做梦都找不到的最合适的人选，因为他的儿子都是……‘文人’。”他苦笑着这样说。

“苏姗娜和我之间并没有疯狂的爱情，但我们很听话。在那个时代，听话是有好处的。

“我跟你讲了这么多，但我很怀疑你能不能明白。事情已经完全变了样……那是在四十年以前，但就像隔了两个世纪。那个时候，女孩子月经还没来就要结婚。对你们这一代来说，那像是史前故事。”

他用手搓着脸。

“我刚才说到哪里了？啊，对了……我说我到了地球的另一边，和一个女人在一起，她为了谋生从一个大陆跳到另一个大陆上，她好像很爱我这个人，爱我的内在，不是爱表面的东西。一个爱我的女人，我很想说她是温情脉脉地爱着我。是的，所有那一切都是全新的。非常富有异国情调。一个屏住呼吸看着我喝眼镜蛇菊花汤的神奇女人。”

“好喝吗？”

“我觉得有点像明胶……”

他微微一笑。

“当我再次登上飞机的时候，我平生第一次不再感到害怕。我心想，它可以爆炸，可以像一块石头一样掉下去，摔得粉碎，但那没什么关系。”

“您为什么会那么想？”

“你问为什么？”

“是啊……我应该说相反的话……我应该告诉自己：‘我现在真的知道我为什么感到害怕了，这架该死的飞机对往下掉没兴趣！’

“是的，你说的有道理。那样说更聪明……可是我们碰到了问题的症结，我没有说出来。我甚至希望它掉下去……那样的话，我的生活就会简单得多……”

“您才与您生命中的女人相遇，就想到死？”

“我没有说我想死！”

“我也没说您想死啊。我是说您‘想到’死……”

“我觉得我每天都想到死，你没有吗？”

“没有。”

“你觉得你活着有什么意义吗？”

“啊……是的……怎么说都有一点吧……然后还有小孩子……”

“这倒是个冠冕堂皇的理由。”

他把身体缩进沙发里，又看不见他的脸了。

“是啊。我同意你的想法，那很荒谬。但我当时是那么幸福。那么幸福……我很吃惊，也有些恐惧。如此幸福正常吗？那合乎情理吗？为此我会付出多大的代价呢？

“因为……难道那是由于我所受的文化教育或者要做个好父亲的教育的影响吗？那是我的本性吗？我可能不大会将各种可能发生的情况考虑进去，但有一点我是可以肯定的，那就是我总把自己比喻成一头在地里埋头干活的牲口。马嚼子，马笼头，马眼罩，车辕，犁铧，牛轭，运货马车，犁沟……民间传说里提到的那一切……从我还是个小男孩的时候起，我就是低着头在大街上走，一边盯着地面看，就像那是一块就要裂开的面包皮、一块特别干燥的树皮一样。

“婚姻，家庭，工作，社会生活的坎坷，一切。这一切我都是低着头、咬紧嘴唇跨过去的。这些都让我怀疑，让我恐惧。而且我曾经是，现在依然是很优秀的壁球运动员，这也不是偶然的。我过去喜欢把自己关在一个非常狭小的房间里，猛击一个皮球让它突然像炮弹一样回到我的手中的感觉。我喜欢那样的感觉。

“‘你喜欢壁球，我则喜欢回力球，问题就在这里……’一天晚上玛蒂尔德在帮我按摩酸痛的肩膀时说道。她沉默了片刻又补充说：‘你应该好好想一想我刚才说的话，那绝不是无稽之谈。那些性格刚直的人在生活中碰壁回弹时总把自己弄得痛苦不堪，而那些软弱的人……不是的，不是软弱，而是柔弱，是的，是柔弱，当他们遭受打击时，他们所受的痛苦要小得多……我觉得你应该把自己放在回力球的位置，那要有趣得多。你拍着那个球，你不知道它从哪里弹回来，但你知道它肯定会回来，因为有绳子在那里，其中的悬念令人回味。我这个人，你看吧，就是个例子，我经常有这种感觉……感觉我就是你的回力球……’

“我没有爬起来，她继续默默地给我揉肩膀。”

“您从来没打算过和她一起开始您的新生活吗？”

“打算过，当然打算过……成百上千次。

“成百上千次我想过，又成百上千次放弃了……我在深渊边走着，我俯身往下看，旋即转身跑开了。我觉得我要对苏姗娜，对孩子们负责。

“负责什么？又是一个令人困惑的问题……我受诺言和婚约的约束。我签过字，我承诺过，我必须担当起来。亚德里安都16岁了，但还没任何长进。他经常转校，总在电梯里写‘没有前途’，脑子里只有一个念头：到伦敦去，回来时让一只老鼠趴在肩膀上。苏姗娜快精神崩溃了。她心里有什么抵触情绪。是谁把她的小男孩变成那个样子的？我第一次看见她走起路来踉踉跄跄，一连几个晚上都不开口说一句话。我觉得自己正在使形势恶化。然后，我对自己说……我对自己说……”

“您对自己说什么？”

“等等，这非常滑稽……我应该用当时的话说……我应该是这样对自己说：‘我是我的孩子们的榜样。他们的生活刚刚开始，不久就要长大成人了，到了要对自己做出承诺的年龄，如果我现在离开他们的母亲，那是多么恶劣的榜样啊……’你注意到坏蛋的影响有多大吗？‘接下去他们怎么去面对啊？我会引发怎样的混乱啊？那种伤害怎么弥补得了啊？我不是个好父亲，离一个模范父亲还差得很远，但我是他们最显眼、并且离得最近的表率，那么……嗯嗯……我得规矩一些。’”

他把牙齿咬得咯咯响。

“这很漂亮，对吗？你承认这很高尚，承认吗？”

我没有说话。

“我尤其想到了亚德里安……要给我的儿子亚德里安做好信守诺言的楷模……你知道，你今天有权嘲笑我。你不要放弃这个机会。一个人并不是总有机会听到这样动听的故事的。”

我摇了摇头。

“可是……噢……何苦呢？所有那一切都如此遥远……如此遥远……”

“可是什么？”

“可是什么……还是有那么一段时间，我走到深渊边，离深渊非常近……真的非常近……我开始找单人房间，我还想在周末带上克丽丝蒂娜，我连要说的话都想好了，还在汽车里练习现场怎么做。我甚至约好和我的会计见面，可后来的一天早晨，你看生活是多么爱戏弄人，弗朗索瓦丝眼泪汪汪地来到我的办公室……”

“弗朗索瓦丝？您的那个秘书？”

“是啊。”

“她的丈夫刚刚弃她而去……我再也认不出她来了。以前她是那么活跃，那么蛮横，就像能主宰世界一样主宰自己命运的小女人，现在却眼见着一天比一天蔫。以泪洗面，日渐消瘦，万念俱灰，痛不欲生。痛苦成那个样子。靠吃药支撑，继续消瘦，平生第一次中断工作。哭哭啼啼。甚至当着我的面痛哭流涕。现在回想起来，在这件事上，我是一个多么令人钦佩的人啊，我举起双手，鼓足勇气，走出去和那些狼一起嗥叫。什么样的坏蛋啊，我附和道，一个男人怎么能对自己的妻子做这样的事情？他怎么能如此自私？把门一关，搓搓双手。拍拍屁股走人，就像走出去溜一圈那么轻松。这，这，这，这太便宜他了！太便宜他了！

“不，但是说真的，那是一个什么样的坏蛋啊！简直是十恶不赦啊！我嘛，先生，我可不是你那种货色！我可不会离开自己的妻子，我鄙视你……是的，我从灵魂的最深处鄙视你，我亲爱的先生！

“我当时就是这么想的。想到自己这么轻易就洗脱罪名真是太高兴了。一下子就变得那么坚强并把自己的羽毛抹得十分光亮真是太高兴了。噢，是的，我支持她，我的弗朗索瓦丝，我宠爱她。噢，是的，我同意，不，我经常对她说，您运气不好。运气不好……

“实际上，我应该在私底下祝福他，这个我并不认得的加尔麦先生。我应该在私底下祝福他。他把解决问题的方法拱手送给了我。多亏了他，多亏他的无耻，我才得以昂着头回到我那安逸的生活中。工作，家庭，祖国，我回来了。昂首挺胸地回来了！我感到自豪，你知道我的性格，你一定料到了……我终于给自己下了个满意的结论……我跟别人不一样。我在别人之上。就高那么一点点，但我是人上之人。我不会抛下我的妻子，我……”

“您就是在那个时候和玛蒂尔德一刀两断的吗？”

“为什么呀？不，没有断。我继续去看她，只是我安排好出逃的计划，也不再浪费时间去看那些破旧的单间公寓。因为你知道，就像我刚刚向你出色地证明过的一样，我不是那种素质的人，我不会把脚踩进蚂蚁窝里。那么做只适合那些不负责任的人，只适合那些做打字员的丈夫。”

他冷嘲热讽，气得发抖。

“不，我没有与她一刀两断，而是继续温柔地扑到她身上，向她许诺一些‘永远’和‘再等等’一类的话。”

“真是这样吗？”

“是真的。”

“您说的话就像那些卑鄙无耻的故事中说的一样吗？”

“是的。”

“您要她耐心地等待并向她许诺一大堆东西吗？”

“是啊。”

“她怎么受得了这一切啊？”

“我不知道。我真的不知道……”

“也许她爱您？”

“也许吧。”

他把杯子里的酒一饮而尽。

“也许是真的……也许是真的……”

“您没有走是因为弗朗索瓦丝吗？”

“的确是。准确地说应该是由于让-保罗·加尔麦。话说回来，我告诉你，即使没有他，我也会另找一个借口。背信弃义的人非常擅长找借口。”

“真是难以置信……”

“什么？”

“这个故事……看看它有多么复杂……真的难以置信……”

“不，科萝爱，没什么难以置信的。这就是生活。这几乎是所有人的生活。我们采取迂回的办法，妥善地处理好，我们有自己小小的卑鄙的一面，就像家养的宠物一样。我们爱这种生活，把它建立起来，迷恋它。这就是生活。有勇敢地冲破牢笼的，也有将就凑合型的。凑合的话就绝对不会那么疲惫……喂，把酒瓶递给我。”

“您会喝醉的。”

“不会。我不会把自己喝醉。我还从来没醉过。越喝，我越清醒……”

“真可怕！”

“真可怕，就像你说的……给你也倒点吗？”

“不，谢谢。”

“现在你要点药茶吗？”

“不要，不要。我感到……我不知道自己的感觉……也许是惊呆了……”

“对什么惊呆了？”

“当然是对您啦！我从来没有听您讲话有超过两句的，从来没有听您用抑扬顿挫的语气说过话，从来没见过您有什么感情流露。从我看见您穿着大法官的法袍时起……我从来没有抓到过您软弱或多愁善感的现行，而现在，您招呼都不打一下就把我以前的想法一扫而光……”

“我让你大吃一惊吗？”

“没有，没有！相反……但是……可您怎么能够一直扮演这种角色呢？”

“什么角色？”

“就是那个啊……老笨蛋的角色啊。”

“我就是个老笨蛋啊，科萝爱！我是个老笨蛋。我刚才一直在跟你说的就是为了证明我是个老笨蛋啊！”

“绝对不是！您心里非常明白您绝对不是！真正的老笨蛋什么也不明白！”

“去，别相信这个……这又是我老奸巨猾的一面，我可以光明正大地脱身。这是我的强项……”

他朝我微微一笑。

“真的难以置信……难以置信……”

“什么？”

“所有这一切啊……您刚才跟我讲述的这一切……”

“不，没什么难以置信。相反，这很平常。

“非常非常平常……我今天这么说话，是因为听众是你，因为是在这里，在这个房间里，在这栋房子里，因为是在夜里，因为亚德里安给你造成了痛苦。因为他的选择让我绝望也让我放心。因为我不想看到你难过，我已经让自己受了太多的苦……因为我宁可看见你今天受很多苦，也不愿看见你痛苦一辈子，哪怕只是一点点痛苦。

“我看见一些人只是有一点点痛苦，就那么一点点，就那么一点点痛苦却刚好让他把一切都葬送掉，你知道……是的，在我这个年纪，我看得多了……有许多夫妻依然把自己捆绑在一起，是因为他们把身体的重量都压在那上面，那徒劳无益的小事上面，那毫无亮色的小日子上面。所有的和解，所有的矛盾……都在那里了结……

“好极了，好极了，好极了！我们把一切都埋葬了，我们的朋友，我们的梦想和我们的爱情，现在轮到我们了！好极了，朋友们！”

他鼓起掌来。

“退休佬……退出一切的人。我恨他们。我恨他们，你听见了吗？我恨他们因为我从他们的身上看到了我自己的样子。他们在那里，一副心满意足的样子。轮船稳稳地航行，状态良好！他们好像是这么说的，却从来也不会携手并肩。可是，上帝啊，那要付出多么沉重的代价啊？要付出多么沉重的代价？有懊悔，有遗憾，有轻度的精神失常和对别人的连累，对别人造成的创伤愈合不了，永远也愈合不了。永远，你听见了吗？哪怕是在天堂，哪怕是有满堂的子孙围坐在一起照全家福。哪怕能够快速回答出于连·雷配[①]提的问题。”

我不知道他是不是从没醉过，但这一次终于……

他没有再往下说，也不再手舞足蹈。我们就这样在一起待了很久。默默无语。数着飞溅的火星。

“我和弗朗索瓦丝的故事还没讲完呢……”

他平静了下来，我现在必须竖起耳朵听他说话了。

① 法国著名电视节目主持人。

“几年以前，我想是在1994年吧，她得了重病……非常严重……可怕的癌细胞吞噬了她的整个腹腔。医生开始时切掉了她的一个卵巢，然后是第二个，然后是子宫……最后我知道的情况也不多，因为你想吧，我从来都不是她的知心朋友，但后来证实了她的病情比预料的要严重得多。弗朗索瓦丝计算着她还有多少个星期可以活。她希望能撑到圣诞节。复活节则是奢望。

“有一天，我往她住的那家医院里打电话，建议她离职领取数目可观的补贴，好在出院后去周游世界。她还可以去最大的时装店挑选最漂亮的裙子，然后神气活现地在大客轮的甲板上呷着飘仙[①]。弗朗索瓦丝特别爱喝飘仙。

“‘那些钱给您自己留着吧，那酒我等着您退休的那一天和别人一起喝！’

“我们互相打趣。我们都是很出色的喜剧演员，口干舌燥，但对答如流。医生对她的疾病结果做出了最新预测，那是灾难性的。我是从她的女儿那里知道的。想挨到圣诞节都很难。

“‘别人说什么你都不要信，这一次您还是别想用一个年轻的小丫头来替换我……’她在挂掉电话前上气不接下气地对我说。我假装嘟嘟囔囔，但我已经泪流满面，而且在光天化日之下。我才发现我同样也喜欢她，都不知道有多喜爱。我才发现我是多么需要她。我们在一起工作了17年。每一天。每一时刻。她支持我，帮衬我，都17年

① 或译皮姆酒，一种水果甜酒，1823年由詹姆斯·皮姆制成。现其最流行的产品是飘仙1号力娇酒。

了……她也知道玛蒂尔德，但她从没说过什么。没跟我说，也没跟其他任何人说起过。当我难过的时候，她朝我微笑，我不高兴的时候她就耸耸肩膀。她进我的公司时才20岁。那时她什么也不会做。她从酒店管理学校出来后摘掉了围裙，因为一名厨师掐她的屁股。她不想让别人掐她的屁股。这是我们第一次面谈时她告诉我的。她不想让别人掐她的屁股，也不想回她父母在拉克鲁滋的家。当她有一辆真正属于自己的汽车后再回去，那样她就肯定能再从家里跑出来！我因为这句话录用了她。

“她也一样，是我的公主……

“我时不时地打电话给她，说那个顶替她的女孩的不是。

“后来，过了很长时间之后，她终于同意我去探望她。那是在春天。医生让她转院了，治疗已经用不着那么严格了，她病情的好转对那些医生是莫大的鼓舞，他们每天都跑来祝贺她，不管是在她生气还是心情很好的时候。她在电话里跟我说她又开始给所有的人和事出主意了。她对装潢有些想法，就地做了一个用杂色布片拼成的转台。她批评他们的机能障碍和不正规的机构设置。她要求与企业委员会的负责人见面，想和他一起解决一些明显的细节问题。我笑她。她则为自己辩护：‘我跟他们说的是常识！只是常识，您知道的！’她重新振作精神，我心情轻松地开着车去医院看她。

“可是，我再见到她时还是大吃一惊。她再也不是我原先认识的那个可爱的窈窕淑女了，而变成了一只小黄鸡。她的脖子，她的脸颊，她的双手，她的手臂，全都不见了。她的皮肤是蜡黄色的，有些厚，她的眼睛有原来的两个那么大，而最让我震惊的是她的假发。可能是戴得太匆忙了，头路都不在中间。我试着把办公室里的消息告诉她，卡罗琳生了孩子啦，正在草签的合同啦，但我被她的假发纠缠住了，我担心它会掉下来。

“就在这个时候，有一名男子在敲门。看见我在那里，他说了一句‘哦’就转身要走。弗朗索瓦丝把他叫住了。‘皮埃尔，我给您介绍我的男友西蒙，我想你们从来没见过面……’我站了起来。是的，从来没见过。我甚至不知道他的存在。我们都很难为情，弗朗索瓦丝和我……他紧紧地握住我的手，我从他的目光中看到了世界上所有的善良。两个灰色的眸子很机灵、生动、温柔。我重新坐下来时，他走到弗朗索瓦丝身边去亲她，你知道他当时做了什么吗？”

“不知道。”

“他把那副被砸坏的洋娃娃般的小脸蛋捧在手心里，仿佛要疯狂地亲它一样，还趁机把她的假发戴正了。她骂他，叫他注意一点，说我毕竟是她的老板，他笑了笑，然后借口去买报纸趁机溜掉了。

“当他把门关上后，弗朗索瓦丝慢慢地转向我。她的双眼噙满了泪花。她喃喃道：‘要是没有他，我可能还在那家医院里躺着，您知道……我如此拼命抗争，也是因为还有好多事要和他一起做。好多事……’

“她笑起来很可怕。她的下腭特别大，大得异乎寻常。我感觉到她的牙根全都要露出来了。感觉到她脸上的皮快要裂开了。我感到恶心。加上那里的气味……药味、死人味和娇兰香水混在一起的气味。真的让人难以忍受，我费了很大的劲不让自己把手放到嘴巴前面。我感到自己就要爆炸了。我的眼前模糊一片。噢，你知道，几乎什么都看不见，我假装揉眼睛、捏鼻子，就好像有灰尘在那里一样，可当我再次看见她，并极力向她微笑时，她问我：‘不舒服吗？’‘没事，没事。’我回答道。我感觉到我的嘴巴呈圆弧状下沉，就像小孩子伤心时脸上的表情一样。‘没事，没事，挺好的……只是……我觉得您气色不太好，弗朗索瓦丝……’她闭上了眼睛，把头靠在枕头上。‘您别担心。我会好起来的……他太需要我了，他那个人……’

“我走出来时脸都变形了。我靠墙站着。我花了老半天时间才想起我的汽车停在哪里，我在那个该死的停车场迷失了方向。我怎么了？我怎么了，仁慈的上帝啊？是因为看到她那副样子吗？是因为消毒水的气味，抑或只是因为那个地方？这所有看得见的不幸。所有看得见的痛苦。我那瘦骨伶仃的小弗朗索瓦丝，我的天使将在所有那些鬼魂中间消失，在她那小小的病床上消失得无影无踪。他们对我的公主做了什么呀？他们怎么如此糟蹋她？

“是的，我花了老半天时间才找到我的汽车，又花了老半天时间才把它发动起来，踩油门也花了好几分钟，你知道是为什么吗？你知道我为什么如此恍恍惚惚吗？那并不是因为她，也不是她的那些导尿管或者她的痛苦，当然不是。而是……”

他重新抬起头。

“是绝望。是的，我感觉到有报应……”

死一般的沉寂。

我终于开口说话：

“皮埃尔？”

“什么？”

“您一定觉得我有些夸张，但我终于想喝杯药茶了……”

他骂骂咧咧地站起来以掩饰他的感激之情。

“啊呀呀！你们永远也不知道自己想要什么，你们到头来只有痛苦……”

我跟着他进了厨房，在桌子的另一边坐了下来，他则在那里把一锅水烧热。灯光刺着我的眼睛。我把吊灯尽量拉低，这时他把所有的橱柜都打开了。

“我能问您一个问题吗？”

“如果你能告诉我我要找的东西在哪里，你就可以问。”

“那里，就在您前面，那只红盒子里。”

“这一只吗？以前不放在这里的，好像是……对不起，我听你说。”

“你们总共交往了多长时间？”

“和玛蒂尔德吗？”

“是的。”

“从香港开始到我们最后一次争执，总共五年零七个月。”

“你们在一起度过了很多时间吗？”

“没有，我已经跟你说过了。几个小时，几天而已……”

“您觉得那足够吗？”

“……”

“您觉得足够吗？”

“不，当然不够，但也够了，因为我没做任何使我们的关系发生改变的事情。这是我后来想过的。也许那样对我更合适。‘合适’……这是个多么丑陋的词语啊。也许就因为这个词，我一边有一个让我放心的妻子，另一边却常常提心吊胆。我每天晚上回家吃晚饭，时常有一种堕落的感觉……肚子填饱了，肚皮撑起来了。这很现实，这很舒服……”

“您需要她的时候，就给她打电话吗？”

“是的，差不多就这样……”

他把一只碗放到我的面前。

“事实上，没有……事情不是这样的……有一天，那还是在刚开始的时候，她给我写了一封信。也是她给我寄的唯一的信。她在信中写道：

我仔细想过了，我不再心存幻想，我爱你，但我对你没有信心。既然我们在一起生活是不现实的，那就只是个游戏。既然是个游戏，就得有游戏规则。我再也不想在巴黎与你见面了。不在巴黎见你，也不去任何让你感到提心吊胆的地方。当我和你在一起的时候，我希望能够和你在大街上手拉着手，在餐馆里亲你，否则我就觉得没意思。我已经过了玩捉迷藏的那个年纪了。那我们就在尽可能远的地方见面，到别的国家去。当你确定了你要去哪里时，你写信到这个地址。这是我姐姐在伦敦的地址，她知道怎么转信。别煞费苦心写那些好听的话，提前通知我就行了。告诉我你在哪一家旅馆下榻，还有地点和时间。如果我能去见你，我就去，如果不行的话，那就没办法了。不要尝试给我打电话，或者弄清我在哪里，或者我怎么生活，因为我觉得这并不是问题的关键。我仔细想过了，我觉得这是最好的办法，跟你一样，一边过自己的生活，一边远远地爱着你。我不想等电话，我不想阻止自己再爱上别人。我也想无所顾忌地在任何时候想和谁上床就和谁上床。因为你是对的，无所顾忌的生活更加……更加‘合适’一些。我以前不是这么想的，可是为什么不呢？我很想试一试。到头来，我又能失去什么呢？一个懦弱的男人吗？我又能得到什么？那么几次睡在你的怀抱里的快乐……我仔细想过了，我很想尝试一下。这没有讨价还价的余地……”

“怎么了？”

“没什么。发现您碰到一个势均力敌的对手，我觉得很好玩。”

“噢，不，很不幸。她只是扭动双肩，做出一个玩世不恭的女人的姿态，其实她是个温柔多情的女人。我在接受她的条件的时候并不知道，我是在很久以后才明白的……在五年零七个月以后……

“你说得也对。我跟你撒谎了。我在她的字里行间揣度着，我猜测这样的句子会让她付出多大的代价，但我不会因此变得沉重，因为这些规则对我来说很合适。甚至是非常非常合适。我只要增加进出口贸易的分支机构，习惯坐飞机，就行了，如此而已。这样的一封信，对一个想毫无障碍地欺骗他的妻子的家伙来说，是在意料之外的。当然，她和别人上床、爱上别人那样的故事让我有些担忧，但我们还没到那一步……”

他在桌子另一头他的老位子上坐下来。

“我很狡猾，是不是？是的，我那时真是个老滑头……特别是这个故事让我赚了不少钱……因为当时我总是有些忽视国际市场……”

“为什么这么厚颜无耻？”

“你本人，你刚才已经非常确切地回答了这个问题……”

我弯腰去拿漏勺。

“再说了，那也很浪漫……我走下飞机时心脏怦怦地跳，到宾馆总台时希望我的房间钥匙已经不在那里了，我把行李放在陌生的房间之后就开始到处搜寻看她是不是已经来过，我出去工作晚上回来时乞求老天希望她在我的床上。有时她在那里，有时不在。她大半夜跑来见我，我们一句话都不说就融为一体。我们在毯子下面笑着，为在那里见到对方而心醉神迷。终于见到了。那么遥远，又那么近。有时，她第二天才来，我就一整夜都在酒吧里度过，仔细聆听大厅里的声音。有时，她订的是另一间房，命令我凌晨的时候去她那里。有时她没来，我就恨死她了。回到巴黎时心情非常不好。刚开始我是真的有工作，后来却越来越少……为了去见她，我什么借口都编得出来。有时我到处观光，有时除了宾馆里的房间什么都不看。有时我们甚至连机场都不出……那很可笑。那毫无意义。有时我们没完没了地说着，有时我们没有任何话要说。玛蒂尔德信守自己的诺言，几乎从不讲她的感情生活。或者只是在枕头边讲一讲。她跟我讲一些男人或者一些情景让我发疯，但那只是在枕边说说……我受这个女人的摆布，受她在黑暗中假装叫错名字时的那种调皮的神态的摆布。我表面上很生气，心里其实很沮丧。当我想把她抱在怀里时，我会更猛烈地要她。

“当我们两个人中间有一个人闹着玩时，另一个人就会难过。这非常荒谬。我很想抓住她，使劲地摇她，直到她破口恶骂为止。直到她对我说她爱我。直到她愉快地告诉我她爱我。直到她说他妈的。可我不能那么做，因为混账的人是我。所有这一切都是我的错……”

他站起来，再次拿起杯子。

“那时我是怎么想的？以为那种情况会持续很多年？地久天长？不，我不相信。我们总是悄悄地、伤心地、笨拙地别离，从不说下一次。不，那真的令人难以忍受……我越表示不满，就越爱她，我越爱她就越不相信。我感到自己无能为力，已经被投进罗网里了。不能动弹，听天由命。”

“对什么听天由命？”

“有一天会失去她……”

“我没听明白。”

“你怎么不明白……你当然能明白……你希望我怎么做呢，嗯？你回答不出吧？”

“回答不出。”

“是啊，你当然回答不出……因为你所处的位置不对，所以你回答不出这个问题……”

“您到底向她允诺过什么？”

“我记不起来了……我想，没有过多的允诺，或者是些不可思议的东西。是的，没有过多的允诺……当她向我提问题的时候我就把眼睛闭上，当她等着听我的回答时我就去吻她。我都差不多是50岁的人了，我觉得自己已经老了。我想那是最后的旅程。一段夕阳红……我对自己说：‘不要急着了断，她那么年轻，会是她先提出分手的。’而我每次再见到她的时候，我既激动又吃惊。怎么？她怎么还没走？为什么呀？我不清楚她到底觉得我身上哪一点可爱，我心想：‘既然会是她先离开我，何苦要搞得一团糟呢？’那是迫不得已的，是命中注定的。下一次她没有任何理由再来到我身边，没有任何理由……最后，连我本人都希望她不要出现了。到现在为止，生活负责妥善地替我做出一切决定，有什么必要让它发生改变呢？有什么必要？我毕竟还是证明过，我没有那种生杀予夺的本事……在事业上，我还可以，那是一场赌博，我是最优秀的赌徒，但在人生舞台的另一边呢？我宁愿忍受，我宁愿一边自我安慰一边告诫自己我就是那个逆来顺受的人。我宁愿去梦想或者悔恨。那要简单得多……

“我的姑婆是俄国人，她经常对我说：‘你呀，你就像我的父亲一样，总是怀念大山。’

“‘什么山啊，是俄罗斯的山吗？’我问她。

“‘当然是你没到过的那些山啦。’”

“她是这样跟您说的吗？”

“是啊。每次我看窗外的时候她都这样跟我说……”

“那您当时是在看什么呢？”

“公共汽车！”

他笑了。

“又是一个会让你喜欢的人……哪个礼拜五我再跟你说。”

“那我们去多米尼克餐厅……”

“去你想去的任何餐厅，我已经答应过你了……”

他把我的碗倒满药茶。

“可她呢，那个时候，她在做什么？”

“我不知道……她在工作。她在联合国教科文组织里找到一个职位，但没过多久就辞掉了。她不喜欢翻译那些套话。她受不了一连几天关在屋子里磕磕巴巴地翻译那些政治人物的冗长的说教。她喜欢商务世界，在那里能让肾上腺素加速分泌。她走南闯北，看望她的兄弟姐妹和分散在世界各地的朋友。她还在挪威待过一阵子，可她不喜欢那些眼睛亮亮的阿亚图拉[1]似的挪威人，而且总感到冷……当她倒时差倒够了以后，她就待在伦敦，翻译一些技术说明书。她喜欢她的外甥们。”

“工作之外的事情呢？”

“啊那个……很神秘。上帝知道我总在想方设法套她的话……可是她就是不说，拐弯抹角，顾左右而言他。‘至少给我留一块自己的地方吧，’她说道，‘那是我的尊严。一个居无定所的女人的尊严。这点要

---

① 伊斯兰教什叶派高级宗教学术职衔。

求不过分吧？’要不她就以其人之道还治其人之身，笑着折磨我：‘对了，我没跟你说我上个月已经结婚了吗？真笨啊，我本来想拿照片给你看的，但我忘记了。他名叫比利，人不是很聪明，但对我很好，你知道……’”

“您听了觉得好笑吗？”

“不，不怎么觉得好笑。”

“您爱她吗？”

“是的。”

“您怎么爱她？”

“就是爱呗。”

“那些年给您留下了什么样的回忆？”

“一种虚线一样的生活……没有什么。然后有一点点。没有什么新的东西。然后又有那么一点点。然后又什么也没有……那一下子过得太快了……我现在再回想时，我觉得这段爱情只持续了一个季节……甚至不到一个季节，就像一阵风。像海市蜃楼……我们缺乏日常生活。我想那才是玛蒂尔德最难以忍受的地方……我觉察到了的，我记得，有一次我从早到晚忙了一整天后，晚上我得到了证实。

“那天我回来时，她坐在一张小桌子前面在宾馆的信笺上写着什么。她已经用她那密密麻麻的小体字写满十几页了。

“‘你这是在给谁写信啊？’我伏在她的脖子上问道。

“‘给你。’

“‘给我？’

“她要离开我了，我马上就想到这个，我的感觉还真没有错。

“‘你怎么啦？脸色那么白，不舒服吗？’

“‘你为什么给我写这些？’

“‘噢，事实上我并不是真的给你写信，我只是写下我好想和你一起做的事情……’

“写好的信纸放得到处都是。她的周围，她的脚下，床上。我随手拿起一张：

> 野炊，在一条小河边睡午觉，吃桃子，吃虾子、羊角面包、糯米饭，游泳，跳舞。给我买鞋子，买内衣、香水。看报纸，把脸贴在商店橱窗上看，坐地铁，看时间，把你推开因为你把所有的位子都占了。铺床单，去歌剧院，去拜罗伊特①，去维也纳，去购物，去超市，架几个露天烤肉架，跟你叨咕因为你忘记带木炭出来。和你一块刷牙，给你买短衬裤，修剪草坪，趴在你的肩膀上看报纸。不许你吃太多的花生。游览卢瓦河以及澳大利亚猎人谷②里的酒庄，装傻，叽里呱啦，把玛莎和逊诺介绍给你。摘桑果，下厨，回越南，穿印度纱丽，搞一些园艺，把你推醒因为你打呼噜。去动物园，去跳蚤市场，去巴黎，去伦敦，去梅尔罗兹③，去皮卡迪利④。唱歌给你听，戒烟，要你给我剪指甲，买餐具，买一些不值钱的东西，一些

① 拜罗伊特市位于德国巴伐利亚州的上法兰肯地区。
② 位于澳大利亚的悉尼以北的小镇，有120多个酒庄。
③ 苏格兰小镇。
④ 伦敦一条路。

派不上用场的东西。吃冰激凌，看人，赢你象棋，听爵士乐和雷鬼音乐[①]，跳曼博舞[②]和恰恰舞，心烦，反复无常，赌气，笑，把你绕在我的小手指上，找一栋能看到奶牛的房子。在超市把小推车装得满满当当的，把天花板重新漆一遍，缝一些窗帘，在桌子边坐几个小时，和一些有趣的人聊天，揪住你的山羊胡子。给你理发，把那些杂草除掉。洗车，看海，看老朋友，又打电话给你，跟你说些露骨的话。学打毛衣，给你打一条围巾，打得很难看又把它拆掉。捡一些猫、狗、鹦鹉和大象来养，租几辆自行车来但不骑，待在吊床上，把外婆的连环画再拿出来看一遍，再把苏希的裙子拿出来看看，在背阴处喝玛格丽塔鸡尾酒，蒙混过关。学用电熨斗，把电熨斗从窗户那里丢出去。在雨中唱歌，躲开游人，自我陶醉，把真相全都告诉你，想起来了，并非所有的真相都适合说出来。听你说话，把手给你，把电熨斗重新捡回来，听歌里在唱什么。上好闹钟，忘记带我们的行李。不再到处跑。倒垃圾。问你是不是永远爱我。和女邻居吵架。跟你讲我在巴林岛度过的童年，我奶奶的戒指，散沫花和琥珀球的气味。做一些长面包，给果酱罐子做一些标签……

“像这样写了一页又一页。一页又一页……我跟你说的只是我想得起来的。真的难以置信。

① 由鲍勃·马里首创的一种音乐。

② 一种类似伦巴舞的舞蹈。

“‘你写了多久啊？’

“‘从你走之后就一直在写。’

“‘为什么啊？’

“‘因为我心烦。’她用愉快的语气说道，‘我都快烦死了，你想想看吧！’

“我把这些乱糟糟的纸片全都捡起来，坐在床边好看得更清楚一些。我脸上挂着微笑，但实际上那么多愿望，要花费那么多精力，还真把我惊呆了，但我的脸上依旧挂着微笑。她善于用如此幽默如此风趣的方式来表达她的愿望，然后偷偷地观察我的反应。在其中一页纸上，在‘从零开始’和‘粘贴相片’之间固定了‘一个孩子’，未加说明。我继续不动声色地看着这一长串名单，她则在那里咬嘴唇。

“‘怎么样？’她屏住呼吸问，‘你怎么想？’

“‘谁是玛莎和逖诺？’我问道。

“看到她嘴巴的形状，她的肩膀塌下去的样子和她垂下去的手，我就知道我要失去她了。我知道这个愚蠢的问题一问出来，就等于把我的头放到了砧板上。她走进卫生间，在关上门之前回答我说‘是好人’。我没有跟她进去，扑到她的脚下跟她说，我答应，她所要的一切我都答应，因为我活在这个世界上就是为了让她得到幸福。我没有那样做，而是到阳台上抽烟去了。”

“然后呢？”

“然后也没什么。她心里不是滋味。我们下楼去吃晚饭。玛蒂尔德很美。我觉得她比以往任何时候都要美。而且生动，快活。所有的人都在看她。女人都回过头，男人则朝我微笑。她……怎么说呢……她在辐射……她的肌肤，她的面庞，她的微笑，她的秀发，她的举手投足，她身上的一切吸收着阳光，然后又优雅地反射出来。这是她的勃勃生机和似水柔情的交相辉映，不断地让我感到惊奇。‘你真美。’我坦言道。她耸了耸肩膀说：‘情人眼里出西施。’‘是啊，’我赞同地说，‘是情人眼里出西施……’

“过了这么些年，我今天再想起她时，她首先浮现在我脑海里的形象是：她，她的细长的脖子，阴郁的眼睛，她栗色的小裙子，在那家奥地利餐厅里耸着肩膀。

“而且，那是有意的，她的美丽多姿，她的光芒四射。她非常清楚这天晚上她在做什么：她要让自己永远铭刻在我的心里。也许我弄错了，但我并不这么认为……那是她的天鹅之歌，她的最后一部杰作，是她的告别仪式，是她在窗前挥舞的手绢。她是那么美丽，她自己一定感觉到了……连她的肌肤都更加柔嫩。她意识到了吗？这是她慷慨的一面，还是残忍的一面？我想，两者兼有，两者兼有……

“那天晚上，在温存和娇喘过后，她对我说：‘我能问你一个问题吗？’

“‘可以。’

“‘你会回答我吗？’

“‘会。’

“我重新睁开眼睛。

“‘你不觉得我们在一起很好吗？’

“我很失望，我期待那些……噢……更光芒闪耀的问题。

“‘觉得啊。’

“‘你也觉得很好？’

“‘是啊。

“‘我觉得我们在一起非常好……’

“‘我喜欢和你在一起，因为和你在一起我永远也不会烦恼。哪怕是没有话说，哪怕都不碰你，哪怕不是在同一间屋子里，我都不会心烦。我觉得这是因为我信赖你，相信你的想法。你能理解吗？我从你身上能看到的一切和不能看到的一切，我都喜欢。我知道你的缺点在哪里，但我感觉你的缺点和我的优点可以互补。我们俩害怕的东西都不一样。连我们的魔鬼在一起都会非常合适！你比你表现出来的要更优秀，我则相反。我需要你的目光才能使自己多一些……是内容吗？用法语怎么说来着？是坚定吗？形容某个人内心有深度怎么说？’

“‘深沉？’

“‘对啦！我这个人像只风筝一样，如果某个人没把线轴拿稳，呼啦，我就飞走了……你呢，真奇怪，我经常想你有足够的力量把我牵在手里，而且也非常聪明能把我放飞……’

“‘你干吗要跟我说这些？’

“‘我早就想要你知道。’

“‘为什么现在说？’

“‘我不知道……碰到一个合适的人后对他说我跟这个人很合适，这并不是让人难以置信的事情吧。’

"'为什么现在跟我说？'

"'因为有的时候我觉得你并不明白我们在一起多么幸运……'

"'玛蒂尔德？'

"'我在呢。'

"'你要离开我了？'

"'没有。'

"'你不开心吗？'

"'不是很开心。'

"我们俩都沉默了。

"第二天我们到山里去远足，第三天我们又各奔东西。"

我的药茶凉了。

"故事讲完了吗？"

"差不多吧。"

"几个星期之后，她来到巴黎，要我给她一点时间。我很高兴也很生气。我们一起走了很长时间没有几句话说，然后我带她到香榭丽舍大道的圆点广场那里去吃饭。

"当我鼓起勇气抓住她的手时，她把我吓了一跳：'皮埃尔，我怀孕了。'

"'是谁的？'我面无人色地问道。

"她站了起来，容光焕发。

"'没有谁。'

"她穿上外衣，推开了椅子。一道迷人的微笑横在她的脸上。

"'谢谢你，你说出了我预料之中的话。是的，我大老远跑来就是

为了听你的这句话。真有点冒险。’

“我结结巴巴，我想站起来，但桌子脚把我绊住了……她做了个手势说：‘不要动。’

“她的双目熠熠闪烁。

“‘我得到了我想要的。我一直都没有办法离开你。我不能老等着你，在等待中度过一生，可我……没什么。我必须听到这三个字。我必须看到你是多么卑鄙和懦弱。我必须目睹，你明白吗？不，你不要动……我告诉你，你不要动！不要动！我现在该走了。我是那么疲惫……你要是知道我有多疲惫，皮埃尔……我……我再也支撑不住了……’

“我站了起来。

“‘你准备放我走，说吧？你放我走？你现在必须放我走了，你必须放我了……’她的声音哽咽住了。‘你要放我走，是不是？’

“我同意了。

“‘可你知道我爱你，你知道的，是不是？’我终于脱口说道。

“她走出去了，在跨出大门之前又回过头来。她死死地盯着我，把头从左边摇到右边。”

我的公公站起来把灯上的一个小虫子打死。

他把酒瓶里的酒全都倒进杯子里。

“现在讲完了吗？”

“是的。”

“您没有跑出去追上她？”

“像电影里边一样吗？”

“是啊。慢镜头……”

“没有。我睡觉去了。”

“睡觉？”

“是啊。”

“去哪里睡觉？”

“当然是回家啦！”

“为什么？”

“我感到极度的虚弱，极度的倦怠……已经有好几个月了，我一直被一棵枯树纠缠着。不管是在大白天还是在夜里，我时时刻刻都梦见自己爬到一棵枯树上，我让自己滑进那个树洞里。我轻轻地落下去，轻轻地……就像跳伞时一样弹起来。弹一下，我就落到更低的地方，然后再弹起来。我经常想这个梦。开会的时候，吃饭的时候，在汽车上，想方设法入睡的时候。我爬上那棵树，然后又让自己从上面掉下来。”

“是抑郁症吗？”

“请你不要夸大其词，不要夸大其词……你非常清楚迪拜家的人是怎么回事，”他冷笑道，“你刚才已经说过了。既不是因为心情，也不是因为内分泌，也不是因为胆汁。不会的，按理说我是不会让自己得这种反复无常的毛病的。我是染上肝炎了。那更合理一些。第二天我一觉醒来时，眼白呈柠檬黄色，看到什么都觉得恶心，尿液是深色的，这下子毫无疑问了。一个经常出差的人患上急性肝炎，这是显而易见的。

“那一天是克丽丝蒂娜给我脱的衣服。

“我一点都动不了……我在床上躺了一个月，呕吐不止，精疲力竭。当我口干的时候，我等着别人进来给我倒一杯水，而当我感觉到冷的时候，我连把被子拉上来的力气都没有。我不再说话。我不许别人把百叶窗打开。我变成了一个老头。苏姗娜的善良，我的有气无力，孩子们的窃窃私语，所有的一切都让我感到精疲力竭。他们就不能永远把房门关上，让我独自面对我的忧伤吗？玛蒂尔德会来吗，如果我……会不会……噢，我太累了。我的回忆，我的悔恨，我的懦弱更把我压垮了。我眯着眼睛，老觉得恶心，我想到我在生活中的失败。幸福触手可及，我却把它放走了，为的是不把生活搞复杂。它其实是那么简单。只要把手伸出来。余下的事自然会以这种或那种方式处理妥当。一个人幸福的时候会把什么都安排得好好的，你不觉得吗？”

“我不知道。”

“我可知道。科萝爱，你尽可以相信我。我对别的事情懂的不多，但这件事我心里很明白。我并不比别人敏锐，但我的年纪是你的两倍。是你的两倍，你明白吗？生命，你再怎么否认，再怎么忽略，甚至是在你拒绝承认的时候，它都比你顽强。比什么都顽强。那些从集中营里出来的人又生出了孩子。那些饱受磨难，看到亲人被杀房子被烧的男男女女又开始追赶公共汽车了，又开始议论气象和嫁女的事情。难以置信，但现实就是这样。生命比什么都要顽强。再说了，我们是什么人，有什么资格受到如此的重视？我们情绪激动，我们大呼小叫，然后呢？为什么？然后还有什么，然后？

“那个小西尔维，保罗就是在隔壁那个房间里为她而死的，她变成什么样子了？她变成什么样子呢，她？”

炉火快要熄灭了……

他站起来准备再放一块木柴。

我呢，我心想，说了这么多，我在哪里？

我在哪里呀，我？

他跪在壁炉前面。

“你觉得我说得对吗，科萝爱？当我跟你说生命比你顽强的时候，你觉得我说得对吗？”

“当然啦……”

“你相信我吗？”

“要看时候。”

“今天呢？”

“相信。”

“那你现在最好去睡觉了。”

“您从来没有再见到她吗？您从来没有去想办法得到她的消息吗？您从来没给她打过电话吗？”

他叹了口气。

“你还没听腻吗？”

“没有。”

“我当然给她姐姐那里打过电话，我甚至还去过，但无济于事。鸟儿远走高飞了……为了找到她，我先得搞清楚到哪个半球去找……后来，我答应不再去打搅她的生活了。这是我的一个优点，别人怎么也得承认。我是个输赢都坦然的赌徒。”

“您这么说真是可笑。问题不在您是输赢坦然的赌徒还是不坦然的赌徒，坦然或不坦然的输家。这种推理完全站不住脚，站不住脚而且幼稚可笑。这毕竟不是赌博啊……不是吗？这是赌博吗？”

他兴奋了。

“我绝对不用为你担心了，我的大姑娘。你不知道我是多么看重你。你身上所拥有的品质都是我所没有的，你是我的巨人，你的理性将拯救我们所有的人……”

“您醉了，是吗？”

“你想笑我？我从来没有感觉这么好过！”

他抓着壁炉的横梁站了起来。

“现在我们可以去睡觉了。”

“您还没讲完呢……”

“你还想听我啰唆啊？！”

“是的。”

“为什么？”

“因为我喜欢美好的故事。”

“你觉得这是个美好的故事？”

“是的。”

“我也觉得……”

“您后来又见过她，是吗？在王宫那里？”

“你怎么知道？”

“是您亲口告诉我的呀！”

“真的吗？我这样说过吗？”

我点头称是。

“那这是最后一幕了……

“那一天，我请客户去大维富[1]吃饭。是弗朗索瓦丝把什么都安排好了。喝着陈年佳酿，互相溜须拍马，装腔作势。为了做到这些，我费了九牛二虎之力。自从我开始工作的那个时候起就是这样……午餐一点意思也没有。我一直就讨厌陪人吃饭。几个小时在饭桌上和一些我根本就无所谓的人打趣，我很厌烦他们讲工作上的那些破事……另外，由于我的肝，我也让他们扫兴。很长一段时间里我滴酒不沾，而且还要服务员准确地说出每道菜里都放了什么。现在，你终于知道什么人让人讨厌了……而且，我也不大喜欢凑热闹。他们让我烦。从在寄宿学校的那些年起我一点都没变。江山易改，本性难移……

“我站在一个高级餐厅的门口，有些沉重有些疲沓，手指在一支大雪茄上弹着，就盼望什么时候我可以松松皮带，就在这时，我看到她了。她走得很快，几乎是在跑，后面跟着一个蛮不高兴的小男孩。‘玛蒂尔德。’我小声说道。我看见她的脸色刷地白了。我看见她脚下的地

① 巴黎一家享誉世界的高级餐厅，位于王宫花园附近，1784年开业。餐厅富丽堂皇，在每一把椅子下面都刻上了曾经坐在这里用餐的名人姓名，比如拿破仑和约瑟芬、肖邦和乔治·桑、萨特和波伏瓦等等。2014年获米其林二星评级。

面在下陷。她没有放慢脚步。‘玛蒂尔德！’我叫得更大声了，‘玛蒂尔德！’我像个小偷一样跑了起来。‘玛蒂尔德！’我几乎在吼叫了。那个小男孩掉头看我。

“我请她到连拱廊下面喝咖啡。她没有力气拒绝，她……她依然是那么漂亮。我克制着自己。我有些不自然，有些愚蠢，想跟她说笑，但很难。

“她住在哪里？她怎么到这里来了？我希望她跟我说说她自己。告诉我你好吗？你住在这里吗？你住在巴黎吗？她很不情愿地回答着。她很不自在，咬着那个小勺子。我也没在听她说话，没在听她说话。我看着那个金发小男孩，他把旁边那些桌子上的大块面包都收过来，拿面包屑喂鸟。他放了两堆，一堆给麻雀，一堆给鸽子，忘情地支配着那个小世界。鸽子不该来吃那些小麻雀的面包屑。‘滚开！’他朝它们跺着脚喊道，‘滚开，你这笨鸟！’[①]当我张开嘴巴回头看孩子的母亲的时候，她把我的话挡回去了：‘你还是省省吧，皮埃尔，还是省省吧。他还不到五岁……他还不到五岁，你明白吗？’

“我闭上了嘴巴。

“‘他叫什么名字？’

“‘汤姆。’

“‘他说英语吗？’

“‘英语和法语。’

① 原文为英语。

“‘你还有别的孩子吗？’

“‘没有。’

“‘你……你……我的意思是……你和什么人生活在一起吗？’

“她把杯子底下的糖刮干净，朝我微微一笑。

“‘我现在该去那里了。他在等我们哩。’

“‘就要走了呀？’

“她站了起来。

“‘我可以开车送你过去，我……’

“她拿起包。

“‘皮埃尔，我求你了……’

“这时，我崩溃了。我从未想到会是这样。我开始痛哭流涕。我……这孩子他本该属于我的。应该是我来教他怎么赶鸽子走，应该是我帮他拿起套衫，帮他重新戴好帽子。本该由我来做。而且，我知道她在骗我！这小孩有四岁多了。我又不是瞎子！我知道她在骗我，但为什么要这样骗我呢？！她为什么要骗我？一个人是没有权利这样骗人的！……我抽泣起来。我想告诉她……

“她把椅子推开了。

“‘现在我要走了。我早已经把眼泪都哭干了。’

“然后呢？”

“然后我走了……”

“不是这个，我问的是，你和玛蒂尔德的事，后来怎么样？”

“后来就完了。”

“完了？完了？”

“完了。”

长时间的沉默。

“她撒谎了吗？”

“没有。从那以后我就更加注意。我跟别的孩子比较过，跟你的女儿……没有，我觉得她没有撒谎。现在的孩子个头都那么大了……你们在奶瓶里放了那么多维生素……我时不时也想他。他现在差不多应该有15岁了……那孩子他的个头一定很大。”

“您从来都没试过再去见她？”

“没有。”

“现在呢？也许她……”

“现在结束了。现在我……我甚至不知道我还能不能……”

他打开壁炉的挡火装置。

“我再也不想说了。”

他跑去把大门反锁上，把所有的灯都熄了。

我在扶手椅上没有动。

“走了，科萝爱……你看见几点钟了吗？现在睡觉去。”

我没理睬他。

“你听见了吗？”

“这么说来，爱情是很愚蠢的啰？是不是？男女之情永远都处理不好吗？”

“没有哇，也有处理得好的，但要斗争……”

“怎么斗争？”

“斗争一点点，每天一点点，有主宰自己的勇气，要决心做幸福的人……”

“噢！您说的比唱的好听！就像保罗·柯艾略[①]一样……”

“嘲笑我吧，嘲笑我吧……”

“主宰自己就是把老婆和孩子晾在一边吗？”

“谁说要把老婆和孩子晾在一边了？”

“噢！您还是歇歇吧。您非常明白我想说什么……”

“不明白。”

我又开始哭了。

“您走吧！您现在可以走了。让我一个人待着。我再也受不了您那些美好的感情。我再也受不了啦，‘小心眼’先生，您已经把我喂饱了，把我喂饱了……”

“我走。我走。这么亲切地被人要求……”

在走出去之前，他说道：

“最后再说一个故事，可以吗？”

我不想听。

“很久以前的一天，我和我的小女儿一起去面包店。我和小女儿一起去面包店是非常少见的事。我也很少牵她的手，跟她单独在一起的时候更少。那应该是在一个星期天上午，面包店里有很多人，他们在那

① 巴西作家，生于1947年，主要作品有《牧羊少年奇幻之旅》。

里买草莓或者夹心蛋糕。出来的时候，我女儿要我把长面包的面包头给她。我拒绝了。不行，我跟她说，不行，吃饭的时候再给。我们回到家里，我们全家人坐在一起吃午饭。一个温馨的小家庭。是我切面包。我坚持要切。我想兑现我的承诺。可是，当我把面包头递给我的小女儿时，她却把它给了她哥哥。

"'你刚才不是跟我说你要吗……'

"'那是在刚才。'她一边摊开餐巾一边说。

"'可是，那味道都一样啊，'我坚持地说，'是同一个……'

"她把头扭到一边去了。

"'不要了，谢谢。'

"我要去睡觉了，我把你留在黑暗中，假如你喜欢这样的话。但在熄灯之前，我想再提一个问题。这个问题我不是向你提的，也不是向我自己提的，而是提给细木护壁板的：难道那个固执的小姑娘就不想跟一个更幸福快乐的爸爸生活在一起吗？"

（全文完）

图书在版编目（CIP）数据

我知道有人在什么地方等我 /（法）戈华达（Gavalda, A.）著；金龙格译.
—长沙：湖南文艺出版社，2015.10
ISBN 978-7-5404-7221-4

Ⅰ.①我… Ⅱ.①戈… ②金… Ⅲ.①长篇小说—法国—现代 Ⅳ.①I565.45

中国版本图书馆CIP数据核字（2015）第137610号

著作权合同登记号：图字18-2015-084
Je voudrais que quelqu'un m'attende quelque part © LE DILETTANTE, 1999
Je l'aimais © LE DILETTANTE, 2002
Simplified Chinese language edition published by arrangement with
Éditions Le Dilettante, through The Grayhawk Agency.

上架建议：畅销外国文学

我知道有人在什么地方等我

著　　者：[法] 安娜·戈华达（Anna Gavalda）
译　　者：金龙格
出 版 人：刘清华
责任编辑：薛　健　刘诗哲
监　　制：蔡明菲　潘　良
策划编辑：马冬冬
特约编辑：田　宇
版权支持：辛　艳
营销编辑：李　群
版式设计：李　洁
封面设计：棱角视觉
出版发行：湖南文艺出版社
（长沙市雨花区东二环一段508号　邮编：410014）
网　　址：www.hnwy.net
印　　刷：北京嘉业印刷厂
经　　销：新华书店
开　　本：880mm×1230mm 1/32
字　　数：158 千字
印　　张：10.5
版　　次：2015年10月第1版
印　　次：2015年10月第1次印刷
书　　号：ISBN 978-7-5404-7221-4
定　　价：36.00 元

质量监督电话：010-59096394
团购电话：010-59320018